—北大记忆—

筒子楼的故事

（修订本）

陈平原 主编

北京大学出版社
PEKING UNIVERSITY PRESS

图书在版编目（CIP）数据

筒子楼的故事 / 陈平原主编. —修订本. —北京：北京大学出版社，2018.5
（北大记忆）
ISBN 978-7-301-29094-1

Ⅰ.①筒… Ⅱ.①陈… Ⅲ.①回忆录—作品集—中国—当代
Ⅳ.①I251

中国版本图书馆CIP数据核字（2017）第328874号

书　　名	筒子楼的故事（修订本） TONGZILOU DE GUSHI	
著作责任者	陈平原　主编	
责任编辑	于铁红　梁勇	
标准书号	ISBN 978-7-301-29094-1	
出版发行	北京大学出版社	
地　　址	北京市海淀区成府路205号　100871	
网　　址	http://www.pup.cn　新浪微博：@北京大学出版社 @培文图书	
电子信箱	pkupw@qq.com	
电　　话	邮购部 62752015　发行部 62750672　编辑部 62750112	
印刷者	三河市国新印装有限公司	
经销者	新华书店	
	660毫米×960毫米　16开本　18印张　288千字	
	2018年5月第1版　2018年5月第1次印刷	
定　　价	48.00元	

未经许可，不得以任何方式复制或抄袭本书之部分或全部内容。
版权所有，侵权必究
举报电话：010-62752024　电子信箱：fd@pup.pku.edu.cn
图书如有印装质量问题，请与出版部联系，电话：010-62756370

目 录

想我筒子楼的兄弟姐妹们（代序）...... 陈平原 / 01

形形色色"筒子楼"...... 陆颖华 / 001
怀念 50 年代住在未名湖畔的朋友 ...... 唐作藩 / 021
燕园忆旧（1950—1954）...... 王理嘉 / 027
孩子们在燕园成长 ...... 陈松岑 / 044
燕园长屋与迷糊协会 ...... 段宝林 / 064
世事沧桑话住房 ...... 周先慎 / 083
湖畔的雪泥鸿爪 ...... 谢冕 / 099
半间"小屋"旧事琐忆 ...... 孙玉石 / 106
我与筒子楼 ...... 马振方 / 120
我的生命的驿站
　　——20 年北大筒子楼生活拾碎 ...... 严绍璗 / 124
往事杂议 ...... 赵祖谟 / 147
筒子楼的回忆 ...... 张晓 / 159
家住未名湖 ...... 么书仪 / 164
19 楼的回忆 ...... 商金林 / 179

我的那间小屋 ...... 钱理群 / 192

北大"三窟" ...... 温儒敏 / 196

燕园筒子楼琐忆
　　——从19楼到全斋 ...... 葛晓音 / 204

我们家的八年筒子楼生活 ...... 岑献青 / 213

"非典型"的筒子楼故事 ...... 陈平原 / 228

44楼杂记 ...... 陈保亚 / 236

我在燕园住过的那些地儿 ...... 杜晓勤 / 243

筒子楼杂忆 ...... 漆永祥 / 259

末代筒子楼 ...... 孔庆东 / 266

附：北京大学校园简图 ...... / 272

《筒子楼的故事》再版后记 ...... 陈平原 / 274

想我筒子楼的兄弟姐妹们

(代序)

陈平原

这是一本饭桌上聊出来的"闲书"。

去年3月,北大出版社高秀芹博士来谈书稿,听我讲述当年借住女教师宿舍的尴尬,竟拍案叫绝,说类似的"筒子楼的故事",许多北大教师讲过。那是一段即将被尘封的历史,高博士建议我略作清理,为自己、也为后人,编一本好玩的书。当时颇为犹豫,因为,此类"苦中作乐",自己珍惜,旁人未见得能理解,更不要说欣赏了。

几天后,同事聚会时,我谈起此事,竟大获赞赏。于是,乘兴发了个短信,试探一下可能性。说清楚,这不是北大中文系的"集体项目",纯属业余爱好,很不学术,但有趣。作为过来人,我们怀念那些属于自己的青春岁月与校园记忆。再说,整天跑立项、查资料、写论文,挺累人的,放松放松,也不错。4月1日发信,说好若有二十位老师响应,我就开始操作;若应者寥寥,则作罢。一周时间,来信来电表示愿意加盟的,超过了二十位。这让我很是得意,开始底气十足地推敲起出版合同来。

接下来的催稿活儿,可就不太好玩了。约稿信上称:"文体包括散文、随笔、日记、书信、诗歌、小说等,唯一不收的是学术论文;全书规模视参与人数多少而定;文章篇幅不限,可自由发挥。不求文字优美,但请不要恶意攻击昔日邻居,以免引起'法律纠纷'。利用暑假写作,10月交稿,明年春天由北大出版社刊行。"说实话,大家都很忙,此计划可能推迟,从一开始我就有心理准备。平日里,不断转发同事文章,利用这一方式,温和地提醒:有此一事在等着你。到了暑假或寒假前,再稍为督促一下:"暑假将至,本该放松放松;苦热之中,竟然还邀人撰稿,真是罪过。好在此类'豆棚闲话',尽可随意挥洒。""平日里,大家忙于传道授业解惑,放寒假了,想必可稍微放松,写点'无关评鉴'的文字了。这些蕴含真性情的随意挥洒,十年二十年后,说不定比高头讲章更让你我怦然心动。"这都是真心话。此类闲文,老师们可写可不写;别想得太伟大,基本上是自娱自乐。

当初决意编此书,脑海里浮现的,一是郑洞天的电影《邻居》,一是金开诚先生的随笔《书斋的变迁》。1981年青年电影制片厂拍摄、第二年获第二届金鸡奖的《邻居》(郑洞天导演),讲的是那个时代知识分子典型的生活形态——筒子楼里,两两相对,排列着几十个狭小的房间;邻居们大都属于同一个单位,共用一个水房和厕所;过道里堆满杂物,只留下一人通过的空间;开饭时,满楼道飘散着东西南北各种风味……环境如此艰难,邻里间却温情脉脉。今日习以为常的"走后门"(房管科吴科长偷偷把一间小屋分给了省委董部长的侄子),当初竟义愤填膺。这就是80年代的精神氛围,大家对公平、正义等有很高的期待。也正因此,才有了电影里那"光明的尾巴":市委决定停建高级住宅,着重解决群众的住房问题。一半是自嘲,一半是期望,80年代的读书人,大都记得《列宁在十月》中的豪言壮语:"面包会有的,牛奶会有的,一切都会有的。"

1955年毕业留校任教、1992年起转任九三学社中央宣传部长、副主席等职的金开诚（1932—2008）学长，在1988年2月13日《光明日报》上发表了《书斋的变迁》。此短文流传甚广，后收入他的《燕园岁月》（北京大学出版社，1998年），其中有这么一段："我虽然一直在北京大学从事教学工作，但因长期住在集体宿舍，所以谈不上有什么书斋。1978年爱人带了孩子调到北京，结束了18年的两地分居，这时才有了一间10平方米的房间。房中有两张书桌，一张给孩子用，以便她好好学习。半张给爱人备课写文章，另外半张亦归她，用来准备一日三餐。房中还有一张双人床，晚上睡三个人，白天便成为我的工作之处。无非是搬一张小板凳坐在床前，把被褥卷起半床，放上一块没有玻璃的玻璃板，就可以又看书又写字。藏书就在床下，往往一伸手就可以拿到床上来用；但有时也不免要打着手电钻到床底深处去找书、查书。我就把这戏称为'床上书斋'。在这个书斋上完成的工作倒也不少，备出了两门课，写出了两本书和几篇文章。"据说，老友沈玉成来访，看到此情此景，戏称将来为金先生写传时，一定要带上这一笔。

如今，金、沈两位先生均已归道山，轮到我来编书，猛然间想起20年前读过的文章，翻检出来，摘抄一段，以展示一代人的生存状态与精神境界。阅读此文，后人很可能感叹嘘唏。可金文的主旨不是抱怨，而是借十年自己如何从没有书斋到有"床上书斋"到"桌面书斋"再到"小康书斋"，说明整个中国社会的发展变化。80年代的乐观主义情绪，还有那一代知识人的大局观，作为后来者，你不一定认同，但千万别轻易嘲笑。

出版社要求申报选题，我脱口而出："想我筒子楼的兄弟姐妹们"。不用说，那是套用台湾女作家朱天心的小说《想我眷村的兄弟们》。如此"信口开河"，日后再三斟酌，觉得不妥。原因有三：一怕拾人牙慧，二担心限制老师们的思路，三不希望此书过于文学化。但有一点，我认定：就像台湾的"眷村"，大陆的"筒子楼"，既是一种建筑形式，也是一种生活方式，更是一种时代倒影、文化品位、精神境界。每所大学都有自己的筒子楼，也都发生过无数动人心魄的故事。不夸耀，不隐瞒，不懊悔，只是如实道来，这样，琐琐碎碎的，反而动人。

关于此书的编辑工作，我有五点技术性说明：第一，学校不断调整布局，同一座19楼，一会儿住的是男教工，一会儿又变成了女教工宿舍，端看你何时入住。第二，文章有时29楼，有时29斋，其实是同一个东西，"文革"前叫"斋"，"文革"中改为"楼"。第三，未名湖边的德、才、均、备、体、健、全七个"斋"，乃原燕京大学建筑，不按数字排列。第四，为了叙事完整或文气贯通，集中文章，有的溢出了题目，兼及学生时代或搬进单元房后的，编者也不做裁撤。第五，文章排列顺序，不叙年齿，依据的是正式入住筒子楼的时间。

随着校园改造工程的推进，这些饱经沧桑的旧楼，说不定哪一天就会被拆掉。趁着大家记忆犹新，在筒子楼隐入历史之前，为我们的左邻右舍，为那个时代的喜怒哀乐，留一侧影，我以为是值得的。

对于昔日筒子楼的生活，说好说坏，都不得要领。你想很辩证地来个三七开、四六开、五五开，也不是什么好主意。那是一代或几代人的生命记忆，而且，还连着某一特定时期的政治史或学术史。我的想法是：先别褒贬，也不发太多的议论，"立此存照"，供后人评说。

本书的征稿工作，得到了北大中文系周燕女士的大力协助，特此致谢。

谨以此书献给北大中文系百年华诞。

2010年2月27日于京西圆明园花园

形形色色"筒子楼"

陆颖华

引 子

当知道要开展一个"写写筒子楼"的活动,心中就涌起一股写作的冲动。其实以我现在的精力与体力,根本就谈不上动笔。2006年,我患了子宫内膜癌。虽做了手术,但体力一直虚弱。更麻烦的是,我双眼黄斑变性眼底出血,目前我右眼的视力是0.16,左眼更差,只有0.06。可以说已是"半盲"。

可是说起过去多少年的住房情况,我就思绪万千。作为拥有双重身份——大学教师和家庭主妇——的我,更是酸甜苦辣,百感交集。从1952年来到北京大学,到1982年搬到中关园,30年里,我曾多次搬家。特别奇怪的是,这些住房,大多并不是典型的"筒子楼",可是我又似乎依稀可以看到"筒子楼"的影子。这到底是怎么回事呢?

我把我的困惑和老伴说了,他思索了几天,给我提出了一个问题:

到底什么是"筒子楼"？他还认真地查了词典。《现代汉语词典》是这样解释的："中间是过道，两边是住房，没有厨房和卫生间的楼房。这种楼房俗称筒子楼。"（1996年7月修订第3版，北京第184次印刷，第1268页）

我最熟悉的筒子楼是我们学校的19楼，那是中文系的男教师宿舍。因为工作关系，我经常去找人。它本是为单身教师修建的集体宿舍，以后由于房源紧张，一批刚结婚的年轻教师没有家属住房，也就以此为家了。我把脑子中的19楼和《词典》对筒子楼的解释对照着看，我觉得最有意思的是这一句："没有厨房和卫生间的楼房。"《词典》里说，筒子楼里"没有厨房"，可是走进筒子楼，给人印象最深的也是"厨房"。那本来还算宽敞的过道，挤满了煤炉子。从东头望到西头，像一个大筒子，整个过道就是一个大厨房。至于没有厕所，似乎不够准确。如果说没有一家一户自己的厕所，那是不错的。而公共厕所，筒子楼里还是有的。

一

我是1952年从南京大学中文系毕业被分配到北大中文系当研究生的。当时，全国高等院校学习苏联进行大调整，北大也不例外。北大和清华、燕京的文理科合并，成为新北大，以原来的燕京大学作为校址。我到北大正赶上学校搬家。我是在沙滩老北大报的到，没有多久，就进了新北大所在的燕园。可以说，我是红楼最后一批的北大人，又是最早进入燕园的北大人，这是我一生中感到非常自豪的一件事。

初到北大，我还没有结婚，理所当然住的是集体宿舍。在沙滩，我住在一栋叫"灰楼"的女生宿舍。"灰楼"和"红楼"只是一字之差，知名度可大不一样。但是对我来说，它是我北大生活的第一页，是永

摄于1956年秋，西校门内白石桥头柳荫下，我时年26岁。

远难忘的。在燕园，我的第一个住处是"均斋"，现在叫"红三楼"。燕京时代，它是男生宿舍。我到燕园的时候，它是女研究生的集体宿舍。建筑古色古香，濒临未名湖。

"均斋"是一个系列建筑中的一座。整个系列是七栋建筑，从西到东被依次命名为：德、才、均、备、体、健、全七个"斋"（不知为什么没有"魄斋"，我想或者是因为"魄斋"听起来像"破斋"不好听）。其中，像健斋以后就成了"筒子楼"。均斋没有，但也改换命运，成了办公场所。

想当年单身宿舍的生活还是蛮惬意的。两人一间房；必需的家具：床、桌、椅、柜，一应俱全；吃饭有食堂，拿北京人的话说"一人吃饱全家不饿"，我基本上没有感到对厨房的需要；洗澡，宿舍里就有淋浴间。比学生时代住的集体宿舍条件好多了。但是，也有一条不太方便，晚上还要定时熄灯，常常看书看得正高兴，灯没了——这就引发了一件直到现在想起来还感到可笑的事：

和我同屋的也是中文系的研究生，叫朱家玉（北大中文系应届毕业生），她跟随北京师范大学钟敬文先生主攻民间文学。我刚到北大是做杨晦先生的研究生，主攻外国文学。但不久就被学校调到负责教师政治理论学习的学习委员会办公室工作。开始，办公室设在临湖轩，那是美丽幽静的燕园中最美丽幽静的景点之一。过去是燕京大学校长、后来的美国驻中国大使司徒雷登的住宅。我被调到学委会的时候，司徒雷登先生睡过的一张床还放在我办公室外面的厅内，空闲着。下班回来，我和"小豆"（朱家玉的外号）聊起这件事。有一天，她忽然提出："今天晚上我到你们办公室去看书，看个够。困了就睡在司徒雷登的床上。"我也没有多想，就同意了。当时正是冬天，又是夜里，屋里气温比较低。我们坐在床上挑灯夜读，虽有暖气，仍是比较冷，顺手把原来就放在床上的一床鸭绒被拖过来盖在腿上。夜深了，我们困了，丢下书本，和衣盖着鸭绒被睡了一夜。

50多年过去了，如今小豆已不在人世。但这件青春时代的往事还是那么清晰地刻印在脑海里。

二

我在均斋安静的生活不长，只短短的几个月，就开始谈恋爱了。接下来的就是考虑结婚，建立一个家庭。成家，首先需要有一间房。没想到，为了申请到一间房，我竟经历了一个漫长而艰苦的历程。

应该说，燕京大学当时给北大留下的是一笔相当可观的房产。除了均斋这样的集体宿舍，家属宿舍也有不少。

当时，全校有两片相当高级的住宅区。一片是现在图书馆西南面的燕南园（俗称南大地），另一片是现在北大附小附近的燕东园（俗称东大地）。都是别墅小楼，前面有院落。里面住的都是著名的教授。两位副校长，江隆基和汤用彤住在燕南园63号，一座小楼一家一半。在燕南园居住的还有中文系的林庚、王力、魏建功先生，西语系的朱光潜先生，哲学系的冯友兰、金岳霖先生，力学系的周培源先生，经济系的陈岱孙先生等；在燕东园居住的有中文系的杨晦、游国恩、高名凯、岑麒祥先生，西语系的冯至、罗大冈、俞大絪先生，历史系的翦伯赞先生等。

在老燕园的清代名园中，还遗留一些四合院，现在成了不少新北大著名学者的家。在德、才、均、备四个楼的北面，有镜春园和朗润园，镜春园里有中文系的吴组缃先生，文学研究所的余冠英先生，哲学系的何兆清先生，物理系的叶企孙先生；朗润园里有文学研究所的孙楷第先生。西校门对过的蔚秀园里有中文系的袁家骅先生，地理系的侯仁之先生。

除了这些住宅以外，燕园内外还有不少供家属住的老房子。

当年的燕京大学规模较小，据说全校的师生员工加在一起不过1000多人，尽管它留下了不少的房产，但还是不能满足新北大的需要。所以，在三校合并的时候，就开始了大规模的基本建设。在燕南园的南边，盖了许多学生宿舍楼和单身教师楼。家属宿舍建在中关园，盖了200多套红砖平房（最初计划是住10年，实际上住了30多年），按职别和家庭人口每套分别为100平方米、75平方米、55平方米和35平方米，有厨房和厕所。我们中文系的王瑶、周祖谟、季镇淮、冯钟芸、林焘、章廷谦（川岛）、吴小如、姚殿芳先生都居住在此。另外，还在中关园兴建了一座公寓式的楼房，被命名为一公寓。稍后，又在平房的南面盖了二、三公寓。中文系的朱德熙先生就住在二公寓。

三

我爱人是南京大学同学，叫胡建中，他毕业后也被分配到北京，在中央人民广播电台少年儿童广播编辑部任编辑。他们单位的条件，不论是办公还是住房，当时也都比较差。那时还没有广播大楼，他们在西长安街现在邮电大楼旁边一个不起眼的大院里办公。他的住处在西单，是一个用洗澡堂改建的简陋的旅馆，叫"金城旅馆"。现在，这座旅馆连同它所在的胡同都消失了。

我们两人，一个在城里，一个在西郊，离得较远。那时从北大进城，只有一趟32路公共汽车。到了西直门，还要换车才能到西单。从长远考虑，我们的家安在北大比较合适。他在单位要一个床位。由于路远，他们工作忙，会议多，平时他就住在那儿，到周末回家。

这样从我准备结婚起，就开始向学校要房子，但是一直没有结果。尽管学校接收了那么多老燕京的房子，又新建了一批新的家属宿舍，我还是排不上队。

没有办法，我在1953年8月1日建军节结婚的时候，只得把新房安在了东单建中外祖父家。婚后，每星期六，也是到城里度周末。可没有多久，我怀孕了。这时候，我不得不加紧了申请住房的步伐。经过一番奔波，终于在我的领导宋超同志的关心和帮助下（她是江隆基副校长的夫人，是学委会办公室副主任），这年冬天在镜春园78号公寓，要到了一间房子。这是我和我爱人的第一个自己的家，第一个自己的小窝。

镜春园78号坐落在上面提到的几个四合院的后面。在老燕京遗留的房产中，这是档次较低的一个。它是一个大杂院，都是平房，原来是燕京大学单身教职工的住房，和筒子楼一样，没有厨房。

大院四周有围墙。从南面的大门进去（无门），右边，也就是东面,坐北朝南有两排平房。筒子楼的房间,是门对门,隔过道相望。78号的这两排平房,一前一后,每排五间,一样大小,整整齐齐,像两列士兵一样。筒子楼的厨房设在过道,78号的厨房设在房前的走廊里,比筒子楼的厨房略为宽敞,只是处于半露天状态,风雨天比较麻烦。

大院的左面,是一溜朝东的西厢房,房间很小,厕所、水房都在其中,也有几间住房。

1953年初冬,我怀着老大,搬进了新居。我们住在第二排靠围墙的头一间。我接受的第一个考验,就是学习生炉子。

筒子楼一般有暖气,78号没有,每家都配备了一个取暖的炉子。那还不是后来的蜂窝煤炉子,烧的是小煤块和煤球。自己到煤场订煤,有工人给送到家。

我搬进78号的时候,正是冬天。屋里没火是绝对不行的。可是对于我这个从小生长在长江以南的人来说,怎么生煤炉是一窍不通。虽有人指点,但技术拙劣。煤炉生着了,不懂得及时添煤,不懂得怎样恰到好处地让它空气流通。往往是早上出门的时候,炉火很好,但下午回来,炉子灭了。忙了一天,回家就想赶快休息,再没有生火的精神了。钻进被窝,上面再盖上羊皮大衣,也就一夜睡到天亮。人说,孕妇是双身子,热量大。其实这不过是一种自我安慰,谁能不怕冻?

慢慢地我就注意掌握生炉子的规律。早上起来,先把炉子下面的插板拔掉,捅炉子,把烧过的煤球、煤块,还有煤灰,清除干净。添上新煤。一会儿,炉火旺起来了,再把插板插上,留一点小缝通气;再用水调一点煤末,用小铲子轻轻地盖在还没燃着的煤上,用通火棍从上到下凿出一个小孔,让煤炉上下通气。然后盖上炉盖,或者做上一壶水。对了,还有一点千万不能忘记,临出门把炉子通烟囱的阀门打开,让煤气可以顺畅地从烟囱跑出去,以免煤气中毒。

通过一段时间的认真钻研、实践,我终于掌握了生炉子的规律,从此,炉子再没有灭过。俗话说,天下无难事,只怕有心人。这话真是一点也不错。这是我成家后学会的第一件本领。(以后虽然我搬进了有暖气的住房,屋里不用再生火,但是这门技艺在厨房里做饭还是用得着的,一直延续了30年,到用上液化气才算歇手。)

天气逐渐暖起来了,但是炉子不能熄灭,只能把它挪到走廊上。因为我发现,在以后的生活中我是越来越离不开它了。

搬进新居不久,我的工作岗位有了变化。1954年2月,苏联专家毕达可夫应邀来我校讲授文艺理论课程。全国许多高校都选派了教师来我校听课。中文系成立了文艺理论教研室。系里为了培养人才,专门组织了一个研究生班跟随苏联专家学习。这时,高校教师的马列主义理论学习改为在夜大学上课,我所在的学委会取消。我就申请回中文系工作。杨晦先生同意了,但决定我不再做研究生了,改任助教。但首先要向苏联专家学习,不但听毕达可夫的课,还要听和他同时来我校任教的另两位专家讲授的"俄罗斯文学史"和"辩证唯物主义和历史唯物主义"课。结业时要参加考试。这样,我既要重当一回学生,还要履行助教的职责,担任一个班的大一写作的教学工作。我苦干了一年,在最后通过毕达可夫口试的时候,我得了一个"5"分。杨晦先生主抓苏联专家的工作。结业考试他也参加了,就坐在毕达可夫的旁边。当专家给我打分的时候,我看到了杨晦先生赞许的目光。

这一年真难熬啊!这样的工作量对任何人都是一个沉重的负担,何况我还是一个正在给婴儿喂奶的母亲。

我生老大是1954年6月。一般人都盼望头胎是个男孩,我却盼望生个女儿,连名字也取了,叫"海燕"。有同事开玩笑说,要是男孩呢?我说,那就叫"山鹰"吧!结果真是一只"山鹰"。

搬到78号以后,我还在食堂吃饭,可是成了家、有了孩子,和单身时期在食堂吃饭就完全不一样了。那时候我差不多每天都要听课,专家用俄语讲课,翻译译成汉语。两个学时的课,差不多要用三个小时。下课的时候,食堂都要关门了。我急急忙忙往回赶,自己虽然也饿得不行，可家里还有两张嘴等着呢。我一回到家，先忙着给孩子喂奶，同时让保姆去食堂吃饭。保姆吃了饭，买一份给我带回来。喂饱了孩子，也不管带回来的饭是热是凉，划拉到肚子里，又该开始下午的工作了。

北大校园很大，从我听专家课的俄文楼到镜春园，步行总要走20分钟。现在北大的学生很多都有自行车，可那个时候老师有自行车的都很少。很难买到，也买不起。1955年，学校工会定购了一批自行车，是民主德国的产品，Move牌，紫红色，女车，可以分期付款。我咬了咬牙，买了一辆。我不会骑车，当时给苏联专家当翻译的有一位马老师，是从地质学院借调来的。他听说我要学车，非常热心地答应教我。东操场离我家不远，是个学车的好地方。马老师给我讲了讲要领，然后就让我骑上车，他在旁边扶着把保护。以后他看我骑得有点在行了，就站到了车后。没多久，我就学会了骑车。从上课的教室到我家，一路上行人不多，汽车更少，我就大着胆子骑。这样，上下课就能节约不少时间。

1956年夏天，老大两岁了，进了托儿所，我稍稍松了口气。暑假里，工会组织大家去东北参观，我也参加了。刚参观完"鞍钢"，回到沈阳，还没有去大连，我感到身体不适，就提前回北京了。一看医生，才知道我又怀孕了。

照传统习惯，有两个孩子不算多，差距也有三岁。况且我一直盼望有一个女儿，老大未遂人愿，是个儿子。现在，肚子里的孩子会是"海燕"吗？我真盼望她能平安出生。但是，繁重的工作负担、狭窄简陋的住房，实在不允许我再有一个孩子。我决定把他拿掉。开始，系主任杨晦先生也同意了。但是，师母姚冬先生不同意，她觉得我还年轻，把孩子拿掉会影响我的身体健康。这样，杨晦先生也改变了主意。

保住肚里的婴儿是决定了，但是在这种情况下，要我同时照顾两个孩子困难很大。我的父母提出可以帮我带老大，我就赶忙把孩子送到上海。1957年3月31日，我的第二个孩子出生了。又是个儿子，不过，失望的感觉只在心头闪了一下。不管是儿还是女，都是从我身上掉下来的肉。第一个儿子叫"山鹰"，"鹰"是动物，第二个就改用植物吧，叫"山林"。

新生儿带来的喜悦没有延续多久，又一件意想不到的事发生了。就在月子里，当时任系秘书的彭兰同志病了，急需有人代替。系里跟我商量。那还有什么可说的，一切服从组织分配。不要说56天的产假没有满，就是月子还没有做完，我就上班了。

那一阶段，不知道什么原因，学生纷纷要求转专业，都想进新闻专业。我没有决定的权力，只得一趟趟地跑杨晦先生家。杨先生按照学校规定，不同意这样做。我一批批地接待学生，努力说服他们。一批刚走，另一批又来了，忙得我不亦乐乎。常常是下班时间到了，我还是脱不开身。老二身体好，特别能吃。我一回家，把他抱在怀里，同时急急忙忙解上衣扣子。孩子虽小，已非常熟悉妈妈身上的气味。衣服还没有撩开，他的一张小嘴已经张得老大，头转来转去，寻找奶头。就像在画片上看到的一样，燕子妈妈从外面捉来小虫，一回到窝里，几只燕雏，立刻张开小嘴，等待喂食。我撩开衣服，把奶头凑过去，他立刻急不可待地"吧唧吧唧"地吮吸起来。一边还瞪着两只眼睛瞧着我。我真是又好笑，又心疼。

说起孩子，不能不讲讲我的邻居。中国有一句老话："远亲不如近邻"。住筒子楼，或者像镜春园78号那样的准筒子楼，邻里关系更是密切。78号的住户来自北大各个单位，让我结识了不少新朋友。

住我隔壁的有马列主义教研室的岳麟章和崔懿华夫妇。岳麟章也在我工作的学委会兼职，现在又成了邻居，就更熟识了。他们也有一个男孩，比我老大大几个月。两个孩子都在托儿所，周末回来，谁给孩子做了什么好吃的，常常多做一点，送给对方。

鲁迅先生的公子周海婴也曾是我的邻居。他在物理系工作。他比

此照摄于1955年冬，由当时邻居鲁迅先生公子周海婴同志所摄。在镜春园78号住处廊前，我抱着一岁半的老大，我身后晾着许多孩子的尿布。

我晚一点搬到78号。开始我们并不认识，不知道他听谁说起我有一张小床闲着没用，就和我商量能不能借给他们用用。当时他有了第二个孩子：一飞。我听了当然同意。这样就相识了。不过大家都忙，平时来往不多，我常看到他们夫妇两人各骑一辆跑车，从系里回家。有一次，他忽然说："我给你和孩子照一张相吧。"我高兴地答应了，就抱着孩子照了一张。这张相片如今还保留在我的照相本里。有一天傍晚，我把孩子放在小车里，推着到未名湖边遛弯儿，迎面走来一位学者风度的中年妇女。我还没有认出她是谁，她已经走到我们身边，从包里拿出一块巧克力，递给我的孩子，亲切地说："小朋友，吃糖！"这时我才发现站在我眼前的是我仰慕已久的鲁迅夫人许广平先生，她是来看海婴的。我非常激动，又很不好意思，连连称谢。我曾想，如果我研究鲁迅那该多好，可以好好地向她请教。

四

在镜春园住了三年多，我搬了第二次家。

这一次是组织上主动向我提出的，说可以改善住房条件，分我一套中关园35平方米的平房。能住得宽敞一些我当然愿意，只是平房跟78号一样，没有暖气，冬天得自己生火，我有点嫌烦。我提出，我希望搬到一公寓。学校居然也答应了。

按说，一公寓既叫"公寓"，就应该和筒子楼的式样迥然不同，不是"中间是过道，两边是住房"，也不会像镜春园78号那样，一间接一间的住房。也的确是这样，我分配到的一套就有两间房子，但是有一点它和"筒子楼"惊人的相似，又是没有厨房。原因是楼边就有食堂。

三年来，我对食堂已经领教够了，它完全不能满足有家、有孩子的需要。孩子喝牛奶，食堂供应吗？孩子长到半岁，需要加辅食，食堂卖吗？成家以后，常有客人来，有的就是想到你家来"打打牙祭"，食堂能满足要求吗？——有了家，没有一个自己的厨房是绝对不行的。

不过我察看一公寓的房情以后，发现它虽然没有厨房，但是卫生间可以利用。卫生间里安的是抽水马桶，比较干净；淋浴的地方比较宽敞，可以放煤炉。于是，我就把厨房搬进了卫生间（80年代，学校把一公寓做了一次改造，才新添了独立的厨房）。

1958—1960年，是我国人民难忘的三年。它既是高举总路线、大跃进、人民公社三面红旗的三年，又是天灾人祸、国民经济遭到严重破坏、人民生活非常困难的三年。就我们家而言，也不可能不受到波及，是极端动荡的三年。

当我搬进一公寓后不久，1958年，中文系开门办学，组织一、二年级学生到京西煤矿半工半读。当时，吕德申先生讲授《文艺学引论》，我协助他辅导学生，也就随着他和同学来到门头沟煤矿。

多年来，建中都是住在城里电台的集体宿舍，周末回家。我一下矿，家里只剩下保姆带着老二。不久，大炼钢铁的群众运动轰轰烈烈地开始了，居民区也不例外，我家的保姆常常被喊去炼钢，孩子呢，街道干部就临时找一位家属老太太帮着照看。我很不放心，就跟建中商量，把家搬到了城里电台的宿舍。

五

这第三次搬家，住的可是真正的筒子楼。不过建中挑了一间紧挨着厕所的房子。厕所只有几个坑位，进深比较浅，这样我们的房就多出了半间，成了一个套间，我们就把那半间当成了厨房。其他人家，炉子还是生在过道里。

这是我们的第三个家。这次，我和建中换了个个儿，家里以他为主,而我成为"过客"。开始,他仍住在集体宿舍,家里就是保姆和孩子。后来,孩子送进了电台的幼儿园,保姆辞了,建中就搬回家。第一个周末,他把孩子接回来。由于没有经验,简直是手忙脚乱。晚上,孩子兴奋,不肯睡觉,他毫无办法。第二天,孩子发烧了。他不得不在星期日下午就把孩子送回了幼儿园。慢慢的,他有点经验了。他有个同事,是广播合唱团的,有时候星期日也有演出任务,就把自己的孩子(和山林一样大,也在电台幼儿园)交给建中。建中居然能同时照顾两个孩子,给他们做饭,带他们玩,孩子拉屎他给擦屁股。

从1958年开始,我先是在门头沟开门办学。不久,系里又决定我和一批年轻的同事——王福堂、王理嘉、袁行霈、武彦选等参加第二批下放,先是在密云参加大炼钢铁,半年以后,又转到斋堂白虎头村参加农业劳动。白虎头的老支书为了给村民多留点口粮,瞒了点产,结果受到处分,骑着毛驴游街。而我们就比较幸运,我们的饭食基本上都是粮食。听说在我们之后的第三批就吃了瓜菜代,连白薯秧(收了白薯后剩下的茎和叶)都煮了吃,那日子是不好过的。

这时候老二才一岁多,我的心里怎能不挂念孩子,孩子怎能不想妈妈。在密云大炼钢铁的时候,两个星期休息一次,我可以回家看看。直到现在,我也忘不了我每次回家的情景。我一进门,孩子总是坐在一张小板凳上,一看见我回来,就把小板凳当马,骑着来到我的跟前,表情非常复杂,又哭,又笑:笑是高兴,看到我回来了;哭是委屈,埋怨我怎么那么长时间不回来。每次我都是急不可待地跑上去,把他紧紧抱在怀里。眼泪夺眶而出。我还能说什么呢?

动荡不安的生活,繁重艰苦的劳动,我的身体终感不支。1959年寒冬的一天,为兴修梯田,我和一位同志抬着一筐石头,走到半路,晕倒了。这样我才又回到学校。看病,休养。一晃就到了1960年。

六

过了三年的动荡生活以后,我又搬了一次家。这时,又有一些家属楼建成了,就是位于校园东北角,朗润园的八、九、十、十一、十二、十三共六栋公寓楼(在这之前,还在燕东园的北面,盖了四、五、六、七,四栋简易公寓楼)。

这儿的景色非常优美。从博雅塔沿第一体育馆一路往北,穿过两座小土坡形成的一个"山口",眼前就会豁然开朗。燕园中的未名湖闻名遐迩,殊不知这儿还藏着这么一汪湖水。一边是小桥亭阁,另一边为垂柳环绕,绿色丛中,掩映着一座座粉红的楼房。

朗润园的建筑比一公寓又"高级"了。一套三或四间,进门有一个过道,还有独立的卫生间、厨房。卫生间有抽水马桶、大洗澡盆。应该说,它和筒子楼毫不相同,连"相似"也谈不上。

这房原是给校系领导和教授准备的,每家一套。东语系的季羡林先生、哲学系的宗白华先生都住在这里。由于房源紧张,学校也拿出公寓楼的一部分给了年轻教师。不同的是都是两家或三家合住一套。我搬入了十二公寓,和其他两家合住103号一套。三家合用一间厨房,三家合用一间厕所!这真又是一个新创造。

先说厨房,本来面积就不大,不过几个平方米(厨房之所以这么小,是当时鼓励大家吃食堂)。三家人,每家一个蜂窝煤炉子,炉子旁边,码着高高的煤垛子。煤垛子上,铺几张纸,放放油盐酱醋。至于锅碗瓢盆,常常只能放到屋里,现用现拿。其拥挤程度,一点也不亚于筒子楼的过道。每到做饭的时候,厨房里就更热闹了。三个大人,有的淘米,有的择菜……挤得连回身的地方都没有。水龙头放水的哗哗声,切菜的笃笃声,刚洗好的菜下到油锅里滋拉滋拉的响声,简直就是一曲交响乐。

再说卫生间,大浴缸,抽水马桶,都只有一个。三家大大小小一共有十来口子,有老人,有小孩,有男,有女。我们常在电视剧中看到这样的场景,一家人住一套房子,有时上厕所还要排队,何况是三家!

卫生间里的澡盆倒是比较大,但是没有淋浴设备,没有热水。要洗澡,先要自己烧好热水,端一脸盆,人站在澡盆里,用毛巾擦洗。那么多人,夏天天气热,大家都要洗澡,快着点洗,每人20分钟,一轮下来,也要两三个小时。

我晚上要备课,孩子要做作业,哪还有时间和精力等着洗澡。没办法,我请白铁匠人给打焊了一个白铁大圆澡盆,我们一家就在屋里轮流用它来洗澡。洗完了,孩子睡觉,一大盆换下来的脏衣服就是我的家庭作业。孩子睡觉以前总要小便。大家轮着洗澡,卫生间的门总是关着,进不去。有时听见里面没了水声,知道洗澡的人就要出来了,孩子就在门外候着,等里面的人一出来,他们就像兔子似的一溜烟往里钻。哥哥先进去,弟弟在外面等。一个出来,一个再进去。有时候钻不着空子,两个臭小子就只好跑到楼下,在院墙根方便一下。

这里还有一个小插曲:那是我们搬进十二公寓以后很多年了,有一天,和我们同住一套房的一位女士,拿了一些钱要给我,说,这是她还给我们的厨房房租。我听了莫名其妙。她解释说:"我们这套公寓一共四间房,你们住两间。按照学校规定,这厨房是归你们一家用,厨房的租金也是扣你们一家的。"她说她也是刚刚知道。我这才恍然大悟,依稀记得是有这么回事。但当时我就没有不让邻居用这个厨房的想法,所以多少年来我们都是三家合用这个厨房相安无事,我也从来没有注意过房租问题。当然,我现在也不会收她这个房租。一切照旧。

七

1966年,"文化大革命"开始了,筒子楼也发生了很大的变化。每天人来人往,串联的、写大字报的,熙熙攘攘。不久,学校形成了两派,并且逐步升级,最后发展到武斗。从南门进入学校,沿马路两边的筒子楼,不少成了武斗的前沿阵地。中文系的19楼也不例外,一改前一阵热闹的景象,楼里杀气腾腾。很多住户逃离了筒子楼。我们家曾成为避难所,有同事在我家借住过两个晚上。那时,我爱人住在电台,运动很紧张,偶尔回家也是晚上八九点钟。他坐公共汽车到中关村,从南门进来。他说,校园里总是静悄悄的,几盏路灯,躲在枝叶繁茂的树丛里,发出一点暗淡的光,路上不见一个人影,阴森恐怖。真是风雨飘摇筒子楼。

还有这么一件事。大约是1968年冬,我们散居的教工突然被要求集中到集体宿舍住宿。我被分配在女生宿舍30楼。当时中文系同事和我在一起的还有冯钟芸教授、党总支副书记华秀珠、分管留学生工作的蔡明辉。我们没有行动自由,不能回家,在食堂吃饭,每天写思想检查。我的感觉是我们住到了"次牛棚"里。我爱人住在电台,当时又在接受审查,很难回家。我一集中,家里只留下两个孩子,都是半大小子,一个14岁,一个11岁,平时我也教他们做一些家务,但是要他们完全脱离父母,独立生活,那总是不放心的。我不时坐在斗室里,望着窗外发呆:他们会不会玩疯了忘了做饭?烧水会不会烫着?他们会不会有什么不舒服?……一天傍晚,门开了,进来的竟是我的两个孩子。我真是喜出望外,看看老大,又瞧瞧老二,还好,看来他们还能照顾自己。两个小家伙还带了他们自己烤的白薯。我吃在嘴里,甜在心里。

到了1969年冬,北大、清华的教职工连锅端,"发配"到江西南昌鲤鱼洲五七干校。在这之前我的爱人已经去了电台的五七干校（先在黑龙江嫩江，后来中苏边界形势紧张，干校搬迁到河南淮阳）。北京家中，只有大儿子独自留守。小儿子开始随他外婆在上海。一家四口，天各一方。后来，老二也来到鲤鱼洲。直到1972年，全家才又在北京团聚。

八

写到这里，我的这篇回忆该结束了。动笔以前，我对到底什么是筒子楼是糊里糊涂，而文章快写完了，仍然是模糊不清。回忆里，出现频率最高的一个词语就是"厨房"。

"厨房！厨房！厨房！"

家属宿舍没有一家一户的厨房，仅仅是房源紧张的临时措施吗？我曾经这样认为。但是，就在不久以前，我的想法变了。

今年——2009年，是中华人民共和国成立60周年。电视、广播，各种报刊，登载了不少回顾60年发展历程的文章。《北京晚报》还专门开辟了专刊。其中一组文章引起了我的注意（载于2009年6月12日）。文章说，1960年，在全国城乡掀起大办人民公社的热潮中，北京建起了三座人民公社大楼。人们都以羡慕的眼光注视着这三座大楼和里面的住户。那时候，全北京五层以上的高楼不超过100座，而这三座大楼都是八九层，还有电梯。从设计图可以清晰地算出，一套房子的面积有40多平方米，在当时不能说不宽裕了，一间大房，一间小房，一间厕所。这样一座高级住宅，竟有一点和筒子楼一样，就是没有厨房。吃饭问题如何解决？原来，人民公社楼的建筑理念是"家务劳动社会化"。要吃饭，请到地下的公共食堂。

哦，问题的症结在这儿！《北京晚报》关于这组文章的标题是

"公社大楼：共产主义的生活剪影"。文章里有这样一句："人民公社大楼在当时的人们眼中俨然是活生生的共产主义乌托邦。"看了这组报道，我对"厨房"问题似乎有了新的理解。

家务劳动社会化，这想法应该是很不错的。可是，这句话和"以人为本"的理念又该如何统一呢？离开人民的实际需要，那是怎么也行不通的。文章里说：大楼里的公共食堂只办了一年。大食堂是按点吃饭，楼内居民属于不同的单位，上下班时间不同，过了开饭钟点就没有饭吃。这样大家又纷纷开上了小灶。

尾　声

"文革"结束，改革开放。偿还欠债，改善人民生活，被提到党和政府的议事日程上。在北大，首先建起了蔚秀园家属宿舍。1982年，又在中关园建起了一批比较高级的住房，74平方米，三居室，有独立的厨房和卫生间。由于房源有限，入住者必须合乎三个条件：50岁以上，副教授以上职称，有三个户口。我刚刚合乎这三个条件，有幸分到了一套住房。这样，我才结束了30年形形色色"筒子楼"的生活。当年一些和我同住在镜春园78号、朗润园十二公寓的邻居，也搬入了中关园。

就像筒子楼是时代产物一样，新居的诞生，不止是住房条件的改善，而是一个新时代开始的标志。

就在迁入新居不久，我和爱人一起，受学校派遣，到民主德国洪堡大学讲学一年。这种事在过去是想也不敢想的。1990年我退休，开始学习国画。用了16年时间（等于又进小学、中学、大学读了一遍），圆了我少年时代爱好美术的美梦。

搬进中关园已经27年了，在这期间，北京市无数高楼大厦拔地而

摄于 2007 年,中关园家中,大病初愈的近照,时年 77 岁。

起,北大也盖起了成片成片的家属楼,住房面积可以扩大到 120 平方米,甚至于更大。比起来,我们家又成了蜗居。但是我们老了,搬不动了,能过上相对宽松和谐的小康生活,我就心满意足了。当年那两个给我送红薯的小子都已经长大成人,不但娶妻生子,我的孙子也已成婚,说不定我很快就要当曾祖母了。现在,只有我和老伴还厮守着这个小窝,并且准备一直守下去。

怀念 50 年代住在未名湖畔的朋友

唐作藩

1954 年秋我随中山大学语言学系调来北大时，王师母夏蔚霞先生特别提醒我顺便将我住在湖南老家的老婆、孩子也接来燕园（当时尚无户口的限制），一报到就被安排住在承泽园公寓。公寓内共有十来间平房，我们三口子挤住在一间约 10 平方米的房间里，厨房和厕所是公共的，和筒子楼差不多。不过只住了一年，就搬到朗润园 175 号，与王力先生同住在一个四合院里，他家住北屋、东屋，我家住在西屋，但各有自家的厨房和厕所。两年后王力先生移居燕南园 60 号，我于 1958 年也挪到中关园平房 162 号。我们在这 35 平方米的房子里一待就是 24 年。1982 年搬进新建的中关园所谓高知楼 43 楼 302 室（每户大约 70 平方米）。又过了 19 个年头，才住进现在的蓝旗营小区。所以我基本上没住过正规的筒子楼，但在上世纪 80 年代以前常和住在筒子楼的同事们打交道，或常到他们房间里去串门。本文只记叙上世纪 50 年代住在未名湖畔备斋等的一些朋友，因为他们现在大都已仙逝了，我很怀念他们。

1954年8月下旬我进了燕园后，首先相识的北大中文系同事是石安石。他也是刚毕业留校，住在未名湖畔的备斋，和东语系同届毕业的印尼语教师梁立基合住101室（真巧，梁教授现在又与我同住在蓝旗营6号楼）。当时我是汉语教研室的助教，石安石是语言学教研室的助教，他是个很热心的人，经常到我所住的承泽园公寓来看我们。第一次到我家，见我们生活用品什么都没有，就送来两个空酒瓶，给我们用来打油、买酱油，帮助我们开始了燕园里的新生活。我们各有自己的专业，他协助高名凯先生辅导"语言学概论"；而我协助王力先生辅导"汉语史"。同时我们又与裴家麟担任新闻专业54级三个班的写作。裴家麟住蔚秀园平房，他爱人在幼儿园工作。我们三个都是第一次教写作课，经常碰头讨论教学中的问题。那个学年的写作课是语言、文学和新闻三个专业的一年级同学合班上大课，由冯钟芸、姚殿芳、林焘、吴小如、叶竞耕等先生讲授"主题""选材""体裁""结构""语法修辞"等写作知识，并定期布置作文；我们以陈贻焮大师兄为首的几个助教负责小班教学，任务则是批改作文，讲评作文。每个小班都有个课代表，负责收齐作文并送到老师住处。和我联系的是新闻三班的课代表林昭，她是唯一经常到我承泽园公寓家去的同学。但她毕业工作后就与我失去联系。"文革"后才得知她因反对"文革"，坚贞不屈，惨遭杀害！令人痛心不已。

一年后即1955年，我家搬进朗润园175号，出入都经过未名湖，和住在未名湖边的朋友见面的机会更多了。大师兄陈贻焮住在镜春园82号，和吴组缃先生合住一个四合院。他是文学史教研室助教，但我们是同乡，而且他夫人李庆粤大夫是我中学同学，所以我们一见如故，交往密切。陆颖华也是与我相识较早的同事，她原是文艺理论教研室的研究生，刚转为助教，当时结婚不久，先生是她南京大学同班同学胡建中兄。他们的第一个孩子山鹰刚出生，也刚从均斋搬进镜春园公寓。我们同属共青团中文系一个教师支部。石安石是支部书记，新闻

1959年秋与石安石合影于西校门。

专业的何梓华是组织委员,我是宣传委员。我们经常在德斋与才斋之间的王文襄大姐房间里过组织生活,成员还有文学史教研室的裴家麟、褚斌杰,文艺理论教研室的霍汉姬,新闻专业的郑兴东、何慎言等。住在体斋的杨贺松,作为党员负责联系我们团支部,有时也来参加我们的一些活动。1955年夏又有潘兆明、金申熊、沈玉成等几位同志毕业留系任助教或做研究生,团支部扩大了,组织生活就经常在文史楼二楼教研室里过了。而我早已超龄,该办退团手续了。

1956年6月23日我家添一丁,老二燕民出生。团支部的同志们得知后,就让也住在备斋的褚斌杰做代表提了一只老母鸡送给孩子的妈妈。此事后来都成为笑话,但我们一辈子都忘不了。还有陆颖华又将他们山鹰用过的竹制婴儿车送给我们。老二出生半个来月尚未取名,

1955年春摄于承泽园公寓前,抱着4岁的益名。

7月我们全系教师都在二教参加高考阅卷工作,有人问我小孩取什么名字?我说老大1951年生于湖南,叫益民;老二出生北京,想给他取名京民。裴家麟说,"京民"较俗,不如叫"燕(yān)民","燕"字既代表燕园,又代表北京。在座者都说很好。裴家麟和褚斌杰还有潘兆明、金申熊等57年都被冤打成"右派",不久就离开燕园,下放劳动去了。当时教员党支部组织委员朱家玉也是住在体斋,她关怀下属,找出一些说是旧的衣服送来我家给孩子做尿布,实则还相当新,我妻多用以改做小孩衣裤,感激不尽。1957年暑假家玉同志参加校工会组织的从天津乘海轮赴大连旅游的活动后就再也没回来了。多年之后我们还一直怀念她。

当时北大附近的公交车只有两路:32路(即今332),自西直门开往颐和园;31路(即今331)自平安里开到中关园二、三公寓西边空地停车场,后来也延长至颐和园。虽然两路全程票价都只要一毛五分钱（分段收费，32路由北大到人大是五分，到魏公村是七分，到白石桥则是一毛），但大多数学生都是以步代车。我们年轻教师也常常步行进城。那时自行车是三大件之一，校园里还比较稀少。石安石不知从哪里买来一辆旧自行车，同事们都可以借用，几乎成为大家的公共交通工具。吕德申先生也有一辆较新的自行车。他是讲师兼系秘书，住在备斋二层单间。大约是在1955年的一天晚上，石安石约我去看新落成的苏联展览馆（即今北京展览馆），他向吕先生借来自行车，而将自己的让给我。我们骑车到西直门外大街，只能较远地外观展览馆宏丽的正面建筑及房顶上的红星。1957年我向王师母借钱买了一辆印度鹿牌自行车，就方便多了。记得我和石安石曾一道骑车到虎坊桥工人俱乐部看过李少春、袁世海等主演的《响马传》，后来又和胡双宝骑车去看过马连良主演的《四进士》。那时年轻，精力充沛，蹬两三个小时的自行车一点也不感到累。

当年和孩子们在自家门口留影。

1957年冬中文系青年教师合影于未名湖冰雪上。

我现在住的地方离学校比较远了,两条腿也没有以前那么有劲了,但也间或与老伴或陪同外地来的亲友到未名湖去走走。未名湖中的湖水还是那么清澈,水中的塔影还是那么清晰,但当年用作单身宿舍的德才均备体健等楼斋,"文革"中则已改名为红一楼、红二楼、红三楼、红四楼等,后来又都已做了学校一些部处的办公室了。而那些曾居住在未名湖畔的老同事们现在大都已作古了,每行至此,即景生情,睹"屋"思故人,令人感念不已!

2009 年 8 月 18 日

燕园忆旧
（1950—1954）

王理嘉

历史会慢慢淡出记忆逐渐被遗忘，但是历史不会改变。

燕园的历史显然要划分为两个时期：1952年（学年）以前，它是1919年创办的燕京大学的校园；1952年在全国高校院系大调整以后，它是北京大学的校园。当时，燕大工科各系迁至清华园，并入清华大学；医预系去了协和医学院；音乐系并入天津的中央音乐学院；清华、燕京的文理各科基本上都并入了北京大学。北大告别五四运动发源地红楼，从皇城根沙滩迁至西郊与清华园毗邻的燕园，当时称之为新北大。

1952年并入北大中文系49、50、51这三届的燕大国文系学生，是燕京最后的三届学生，但他们又是建国后新北大中文系前三届毕业生。我和古代文学教研室的褚斌杰都是燕大50级国文系的学生，北大中文系1954届的毕业生。我们俩都有一段未名湖畔学生筒子楼的生活经历，院系调整后还有一段燕农园学生大通间简易楼的生活经历。沧海桑田，世事变迁，燕园里的这两段生活经历不会再有人重新经历了。

那时候的燕园：博雅塔东门外有狼，校园里有野兔

60年前，新中国成立后的次年8月，我在京沪线上经过三昼夜的颠簸，在京郊西山落日余晖的照耀下，踏入暮色笼罩的燕园。虽然在西校门内洁白挺立的华表下，在校友桥前有各系高年级学长热闹亲切的热情接待，我的第一感觉仍然是，这个芳草遍地、满眼翠绿的校园好生安静啊。此后整整两年的校园生活，燕园的宁静一直是我心头永恒的感觉。但是燕大在燕园消失后，燕园的宁静也随之而去。毕竟那时候燕大的学生太少了，全校各系各科的学生和研究生都加在一起也才一千多人，据说那还是人数最多的一年。国文系系主任在欢迎我们的迎新会上也说：今年是我们入学新生最多的一年。可那一年我们一年级新生有多少人呢，七个人。全系四个年级连读研究生的高年级学长周汝昌也算在内，一共才27个人。

踏入燕园的初夜，我就在男生宿舍的首座筒子楼——红一楼一层119室入住了，几昼夜旅途的困顿疲乏使我一挨枕头就进入了梦乡。清晨，在小鸟啾啾声中醒来的时候，一睁眼看到的竟是床边绿色纱窗外一只肥硕的野兔，在宽阔的窗台上探头伸脑向屋里好奇地张望。想不到在燕园第一个来探访我的竟是一只可爱的野兔，而且因为它在纱窗外，我在纱窗内，所以它颇像一个闲散观赏的游客，而我倒像是一只关在笼子里的某种动物，想到此我不禁开心地笑出声来。

那时候未名湖畔总是静悄悄的，钟亭上，用航海报时法敲响的钟声，每半小时一次，缓慢悠远地在燕园里回荡。男生宿舍六栋古典式筒子楼的背后，自西向东就是鸣鹤园，清庄静公主的赐园、有一座校景亭的镜春园，以及清六王爷恭亲王奕䜣的赐园朗润园。三园相连，遍布池水湖塘，满山坡尽是酸枣树、桑树，一派野外风光，是燕大学生"野游"之处。与三园毗邻只有一路之隔的圆明园更是荒凉，一片废

墟,断垣残壁,满目凄楚,偶见几家农舍,墙外都用白石灰散乱地画着大白圈,听说为的是保护家畜,防狼。狼性多疑,怕钻进圈套,落入陷阱,见了可疑东西,总是要绕开的。正因为圆明园是野物出没之地,所以燕园里偶尔也难免会有它们的踪迹。就在我就读期间,镜春园校景亭下面的小山坡上曾逮住过一只个头不小的獾。曾被称为清八大古园之一的蔚秀园,是光绪皇帝之父、七王爷醇亲王的赐园,那时也还保留着故园旧貌,园里经常可见黄鼠狼、刺猬一类野生动物,偶尔也有从圆明园跑来的野狐。而我们这几个初入燕园的新生更是碰到过一件今天看来简直匪夷所思的事:入学不多几天,我们几个新生依惯例去燕东园拜见国文系系主任高名凯先生,没想到顺未名湖南岸经过博雅塔走到东校门,只见校门紧闭,有布告一张,上面写着:因东门外发现有狼,凡去东大地者,必须三五成群,手持木棒,结伴而行……。这使我们几个想起景阳冈的告示和武松打虎的故事,有点好笑,但也不敢造次,面面相觑,不知如何是好。校卫队见我们几个是初来乍到人生地不熟的新生,劝我们改日再去。我们一合计就折向南大地(燕南园)去拜访林庚先生,出身清华中文系、熟知圆明园的林先生听我们一说,赶紧安慰我们:那不一定是狼,也许是野狗,不过狼和狗有时也不好分,校卫队为安全起见,只能这么办……圆明园里有狼也并不奇怪,那里早就是荒野之地了。

　　燕园的这些事,我原先尘封在记忆里并不在意,但有一次好像是系里为几位老教师集体祝贺60寿辰的大会上,我在个人的答谢中不经意地说起了这些事,想不到立刻引起了形象思维比我显然丰富得多的几位文学专业教师的兴趣,尤其是擅长儿童文学创作的曹文轩,对我初入燕园野兔来访的那一段,很是欣赏。怂恿我写出来,他给我发出去。现在趁此机会写在这里,留下这一段过去的生活踪迹,聊作对燕园的追怀。

未名湖畔的筒子楼男生宿舍，静园里的三合院女生宿舍

　　过去燕园的建筑布局其实很简单：西校门内围绕着两个华表的建筑群，是由文理工各系科的教室楼、图书馆、行政大楼组成的教学服务区。面向西校门的办公楼，左侧自西向东，一直到面对岛亭的未名湖北岸，是男生宿舍区；办公楼右侧自北向南，经过图书馆、姊妹阁（即南阁北阁），围绕着静园是女生宿舍区。大学生的学习生活和日常生活主要就在这一片区域内。

　　那时候的男生和女生在燕园里各有一番天地。静园的四座女生宿舍都是三合院式的，每座宿舍一进红漆大门总是一个小院子，由正厅连接的南楼北楼是宿舍，女生宿舍通常不准入内，要找她们，得在正厅一层的会客室（相当于现在中文系的一楼会议室）等候，由舍监通报来会见。女生用餐也不用出院门，正厅上面的二层（相当于现在中文系的二楼报告厅）就是餐厅。四座女生宿舍，各院独自用餐。每一座女院的内部结构都是如此。四座女院的南端是一座底层有游泳池的女生体育馆。一般似乎只有教室和图书馆才是男生女生共同活动的地方。

　　未名湖北岸的六栋男生宿舍，就建筑外表看，宫殿式大屋顶，雕梁画栋，典雅古朴，其实里面是标准的筒子楼格局，中间一条笔直的通道，两边都是一样的单间宿舍，每室二至三人，每层有一间较为宽敞的公用盥洗室。每两栋楼（一楼和二楼，三楼和四楼）的北端都跟一个食堂连接在一起，所以在总体上男生宿舍的楼群也是中国传统的一厅两厢四合院形式的建筑，比较别致的是男生宿舍的五楼和六楼，五楼是一栋跟南阁或北阁一样的亭台楼阁，由一个庭园里常见的带顶的廊子跟六楼连成一体，确实别具一格。住在男生宿舍五楼六楼，可观赏未名湖全景：博雅塔、花神庙、石坊、岛亭和钟亭，湖畔风光，尽收眼底，大家都认为这是全校观景最佳的宿舍。

当时国文系的大多数男生都住在与现在研究生院毗邻的红一楼，全系连研究生在内不足三十人，最高学长就是现已年过九旬享誉国内外的红学家周汝昌。他虽然是1949年才进入国文系研究院，实际上1940年就在燕京大学英语系受业了，本科毕业后留系任教。他不仅英文水平高，中国古典文学的功底也极为深厚，用英文翻译了陆机的《文赋》，入国文系研究院就是为了撰写后来在1953年出版的《红楼梦新证》。在红一楼筒子楼里，和他同住一室的是师从孙楷第老教授，后来在南开大学中文系任教，讲授古典文学和宋元小说戏曲的许政扬教授（他的叔父就是《新概念英语》的作者许国璋教授）。他们两人都是1949年入学1952年毕业的研究生，可以说是新中国成立后培养的，中国古典文学研究领域里的第一代学者。

周汝昌比我们1950年入学的新生要年长十几岁，当时解放初期我们的穿着都还是"五四"时期的遗风，一式都是蓝布大褂西服裤，他也一样，对我们这一批大都来自南方的十七八岁的小学弟，问暖嘘寒，十分温厚亲切。我们同住一楼，同在一个食堂（一食堂）用餐，朝夕见面，每天看到他拿着铜笔帽的毛笔一管，去办公楼边上的图书馆，整天伏在二楼临窗的长条书案上，专心致志，翻阅大厚本的清史稿，又看又写，我们当然免不了有几分好奇地探询他在干什么。他对这些不经意的询问，总是立马极其认真地跟我们细谈"红学""曹学"中的一些事情，直听得我们云山雾罩，如堕五里雾中。因为《红楼梦》虽然看过，贾宝玉林黛玉的故事也都熟悉，但他"探赜索隐，钩深致远"的那些事，我们却闻之未闻，一窍不通，所以听起来未免莫测高深，捉摸不住。至今我回想起来，当年他放弃燕大西语系薪酬不菲的讲师职位，住进学生宿舍筒子楼，孜孜不倦，锲而不舍，倾注心血于"红学""曹学"，醉心于中国古典文学的研究，这种学术情操，实在值得钦佩。要知道当时读研究生，生活十分清苦。我们在学生食堂用餐，主食一般都是高粱米、棒子面和白面掺和在一起的混合面馒头，副食经常是不削皮的土豆块跟胡萝卜等熬在一起的杂和菜，白面馒头、大米饭和肉食，只有食堂月底有伙食结余可以"打牙祭"的时候才能偶尔吃到，平时极难见到荤腥。怪不得有一次，在林庚先生上完"小说写作"课，在燕南园家里请我们吃饭时，一位天津同学一连吃了七碗大米饭。林师母看到饭锅见底，赶紧招呼家里的女佣："张妈再煮，张妈再煮！"我们一起劝住了那位同学，回到宿舍他还意犹未尽地说："还可以吃两三碗呢。"其后，50年代后期在"教育与生产劳动相结合"的号召下，学生经常参加劳动，去十三陵帮着筑铁路，去密云修水库，等等。青年教师也定期要下乡下厂劳动锻炼。1958年，系里分配我、周强、袁行霈、王福堂、陆颖华等七八个教师下放劳动煅炼。我们在经历了门头沟煤矿挖煤、密云大炼钢铁之后，又来到过去抗日战争时期八路军打游击的京西山区斋堂公社白虎头生产大队参加农业劳动，整梯田、翻猪圈、沤肥料、收割庄稼、刨白薯、掰棒子、摘桃子、打核桃、垒草垛，甚至好几次帮着出殡，在山间羊肠小道上抬棺材（有四五次之多），繁重的体力劳动，使我们饭量大增。我们都在生产大队的食堂吃饭，有一次碰上改善生活，有大米饭，我竟然也一气吃了一斤半，显然比七碗大米饭还要多，其时吃两斤的，也不乏其人。回想起来，二十来岁年轻时的有些事，现在看起来真是有点不可思议。

燕农园的大通间简易楼

燕园里曾经出现过的一大片十分简陋的大通间简易楼，现在已经荡然无存。但在全国院系调整后的头几年，这里却是全校最有活力最热闹的地方，因为这是新北大全校男女同学主要的居住地区。这片地区大致从现在的百年大讲堂东边的马路对面（当时电教大楼、光华学院还没影儿呢），向东南方向一直扩展到二教、三教、四教周围，东北方向已经快接近现在逸夫大楼的马路边了。当时这块地方叫燕农园，四教南边的五四操场当时都管它叫"棉花地"。这些旧称反映了老燕大过去是一所西方体制的综合大学，理工农医文法商，各科都有，甚至还有音乐系，马思聪曾担任过系主任。南阁北阁又叫音乐阁，是音乐系学生上课、练琴练唱的课室。现在灯红酒绿、留学生聚居的勺园，当年却是燕大农学院的水稻实验基地，四周一片田园景色。

当时，新北大汇合了清华燕京等几所大学的文理各科教职员工和全体学生，人数骤增数倍，燕园的学生宿舍、教室和图书馆，以及教职员工的家属宿舍，连同其他一切生活设施，全线告紧，而一切必须在短时期内全部解决。否则，秋季一开学，各路兵马一集中，全校势必陷入大混乱。当时在市政府和教育部的领导下，学校在保证教学方面，首先迅速新建了哲学楼、文史楼、生物楼、化学楼、教室楼（一教）等一批供学生上课和自习的大楼。因为是百年大计，这些教学大楼盖得十分讲究，都是与燕园相般配的有宫殿式大屋顶的优雅古典的建筑，跟燕园过去的建筑浑然一体，不知道燕园历史的人已经很难区分了。但是，时值建国初期，又加上抗美援朝，由于财力物力的限制，同时也为了抢时间赶速度，学校在生活设施的基建方面就不能这么讲究了。在中关园，也就是过去燕京大学的苗圃（也是燕京校长司徒雷登夫人墓地所在之处），赶建了将近三百座红砖简易平房，作为教职工家属宿舍。当时，我因熟悉燕园的地理环境，被派遣负责中关园的迁入接待工作，所以我比班上的同学早一步认识好些文科的名教授。中文系的季镇淮、王瑶、冯钟芸、肖雷南、吴小如、章廷谦（川岛）、周祖谟、林焘等各位先生，1952年都是先在这里落脚的。除了教工宿舍之外，学校又在燕农园赶建了15栋学生宿舍，灰砖两层楼；同时在现在百年大讲堂的这一块地方盖了一座可以容纳两千多人站着用餐的大饭厅，这里也是开全校大会和看电影、文艺演出和举办舞会的地方。这样，全校师生员工的教学和学习，工作和生活都有了基本的保障，一切就可以有条不紊地展开了。

那时候的这一批学生宿舍简易楼,简单得实在够可以的。两层的灰砖楼房,每一个门洞一进去,就是由楼梯隔开的左右两个大通间,楼上楼下一共四间,每层各有一间大盥洗室。每一个大通间的内部格局都是一样的:一个大通间用不砌到顶的楼板,隔成三格,就跟火车上硬席卧铺车厢那样,但更为简单。室内没有暖气,冬天每个大通间配备两个大炉子,煤块儿就堆在楼外,学生还得自己管好炉子,否则晚上就要挨冻。大通间每格住8个人,三格合计共住24人,每格四个上下铺的双人床,四张单人小课桌,两个小书架,每人一个小方凳。这张方凳极为重要,不仅在宿舍里要用,而且每逢开全校大会、听报告、看电影、看演出都要自带凳子,免得站着。丢了凳子,必须想方设法去"捡漏",找补一个,否则处处不方便。

从未名湖畔两三人一间的古典式筒子楼宿舍,到燕农园24人一个大通间的简易楼宿舍,就居住条件说当然是一个大幅度的下降,但就学习方面说却是一个直线上升。因为院系调整后的北大中文系,集北大、清华、燕京、中山大学语言学系等几所大学的名家名师于一系,其教师阵容之强大,课程设置之多样,教学内容之充实,确实处于全国其他高校之先列。当时,林庚、游国恩两位先生的古代文学史,吴组缃先生的小说分析,浦江清先生的戏曲小说选,王瑶先生的新文学史,王力先生的汉语发展史,魏建功、周祖谟两位先生的文字音韵训诂,高名凯先生的语言学概论,袁家骅先生的汉语方言学,岑麒祥先生的历史比较语言学,凡此等等,使我们大开眼界,其中有许多课程都是当时其他高校还无法开设的。所以吸引了全国许多高校的青年教师来进修、听课,后来这一大批青年教师大都成为各自高校中文系的学术骨干和领军人物。作为学生来自三校的同学也都如此,虽然居住条件都比以前差了很多,但是对知识的渴求,学习情绪之高涨,听课之积极,政治上的进取心,都是过去无法比拟的。1952年的全国院系调整，对新中国成立后的高等教育事业的发展应该说是起了决定性的推动作用。

温馨难忘的集体生活

那时候燕农园的这15栋宿舍楼，继承北大清华的传统，学生宿舍不叫"楼"而叫"斋"，一斋，二斋等等。这里容纳了新北大绝大部分男女同学，中文系49、50、51、52四个年级的男生就住在五斋和六斋。入夜，燕农园的15栋宿舍，大通间的每一格寝室里的电灯会一齐亮起来，灯火辉煌，煞是好看。记得中文系的有一位同学在新年联欢晚会的游乐园里，用"格"谐音"葛"出了一个灯谜："燕农园灯火齐明——打一古代人名"，谜底是"诸葛亮"（谐音"诸格亮"）。如果不是在燕农园里生活过的人，恐怕很难体会这个谜语里浓厚的生活气息。

院系调整是对旧大学结构体制的调整，高等院校的学科建设、教学改革都是在其后进行的。这里还涉及教师教学态度教学方式的改革，学生学习态度学习方式的改变。比如说，过去在旧大学里学生随便"撒课"（不去上课），固然是常有的事，但是教师姗姗来迟，让学生在课室里等上一二十分钟，乃至忘了去上课，那也不会有人管的。另外，过去教师授课都是讲学式的，海阔天空，聊到哪儿是哪儿，没有写好讲稿授课的。现在不可以了，规定学生不许迟到旷课，教师也一样。个别老教授对此竟然十分为难，说上课不许迟到，那怎么可能呢。系里又规定教师授课必须拟订教学大纲，按课时完成，还要给学生发讲义。不能讲到哪儿算哪儿，讲了一学期课，从绪论开始，学期结束，还是绪论。这些可以说都是对旧大学的改造吧。院系调整后，全国高等院校的教学和学习，面貌也随之焕然一新。

教学上如此，学生的学习也一样，不是自由散漫而是有严格的管理了。当时全校学生从生活到学习，包括体育锻炼和文娱活动，都是由北大团委会和学生会配合学校和各系一起管理的。学生会主席是原燕大的学生会负责人夏自强（后任教育部高教司司长），团委会书记是原沙滩北大的团委书记，来自工学院的胡启立。胡启立与中文系的关系与别的系稍有不同，因为他的夫人就是中文系51级与金开诚同班的郝克明。如果把中文系比作本系学生的娘家，那么胡启立是中文系的"女婿"，有"姻亲"关系。其后，60年代他们结婚成家，与严家炎老师又有过一段邻居关系，同住中关园三公寓的同一套单元。

那时候团委会和学生会珠联璧合，领导和开展大学生德智体全面发展的各项具体工作，特别是在文娱体育活动和生活管理方面，更是独立开展，出色地发挥了积极作用。比如说，在二十多人一个大通间的集体生活中，只要有少数几个人不注意清洁卫生，就会影响全宿舍的居住环境，所以学生会团委会就要定期搞清洁卫生运动，甚至通过各班的生活委员抽查个人卫生。体育方面也规定每天下午的5点至6点是全校统一的锻炼时间，由各班的体育委员带领，按劳卫制规定的内容和标准开展体育锻炼。这时燕园里到处可见整齐的跑步队伍，操场上尤其热闹，练操的、拉单杠的、玩双杠的、打球的，等等。文娱活动也是搞得丰富多彩，每周有电影、舞会，还常有东欧各国的歌舞团来演出，为了得到一个好座位，大通间里个人的方凳就会被同学早早地拿到大饭厅的各个入口处去排队，长长的凳子队伍成为周末的校园景观。

在团委会和学生会组织的各类文娱活动中，每年的新年联欢晚会，在我个人记忆中留下了最深刻的印象。阳历新年的除夕夜，全校学生沉浸在一片狂欢的气氛中，第一教室楼和文史楼的每一个教室都是一间游艺室，灯谜室、棋艺室（包括围棋、象棋、跳棋、军旗等）、变戏法的魔术室，还有国乐演奏和各类地方戏的表演，如京剧、越剧、黄梅戏、苏州评弹，等等。真是百花齐放，丰富多彩。在可以容纳上千人的大饭厅内,照例总是一场由学生自己组织的乐队进行伴奏的盛大的舞会。有一次别出心裁,居然搞了一场要求体现自己国情和各系各专业自己特点的化装舞会。那时候就学生个人说当然是没有条件搞什么化装的,但是依靠各系各班集体的力量,特别是学校所属的各类文娱社团的帮助,这一场化装舞会还真搞得有声有色。有的化装成电影制片厂片头的工农兵形象、有的化装成当时最流行的黄梅戏"天仙配"里的人物,俄语系的同学有化装成普希金和"村姑小姐"的,东语系有化装成印度姑娘的。特别值得一提的是当时中文系的同学也不甘落后,由系学生会文娱组经过讨论研究,动员两位参加京剧社的同学,一个化装成赵子龙(赵云),一个化装成诸葛孔明,参加化装舞会。因为中文系自来就是和《红楼梦》《三国演义》等中国古典名著联系在一起的。果不其然,当舞会开始化装演员首先绕场一周的时候,一见他们两个,场下就都说"中文系的,中文系的!扮相不错",为他们两个鼓掌喝彩。只是其后成双捉对跳舞的时候,却受到了冷落,女同学总是吃吃地笑,却不肯伴舞,他俩一气之下,不顾交谊舞中的禁忌,两位男士——赵子龙和诸葛亮居然做伴共舞了,见者无不哈哈大笑,说是背上插着四面旗的赵子龙跳快三步转圈儿,倒也威风有加,但是作为智慧化身,羽扇纶巾的诸葛亮就有失身份、不成体统了。

那时候对学生的学习管理主要由各系的党政领导通过各个年级的党团组织和班委会贯彻下去的。每个班都有一个由班长领导的学习委员,住在大通间同一格寝室的同学又构成一个学习小组,有一个学习小组长。所以一个大通间里就有三个学习小组。这一学习组织系统,管的面相当宽,而且很起作用。按照系里的布置,学习委员要督促检查同学制订每周的学习计划,保证每门课程都有复习的时间,免得偏科,只钻自己感兴趣的科目,不管其他课程的学习,甚至光看小说,四处瞎逛,完全不顾学习。以前这样的同学确实也是有的,但无人顾问,现在班委会、学习小组就会提出批评,被批评的同学都会高高兴兴地接受和改正，因为大家都是真挚诚恳的，充满了亲如手足的同学情谊，大家都把这种批评看成是集体对自己的关怀和爱护，从来没听说过因此发生争吵的。

当时每门课都还有一个课代表，负责本班同学的考勤、去系里领讲义分发给大家，而最重要的责任是把同学对老师讲课的意见反映上去，沟通师生的意见，协调师生关系。这一点对保证教学正常进行相当重要，因为当时正值知识分子思想教育运动之后，学生都已习惯了直率地对教师当面提意见或在听课时当堂递条子，批评他们的旧意识旧观点。这种在思想改造运动中的做法，用之于传授知识、学术讲授的课程教学中当然会产生严重的负面影响，妨碍教学。因此，系里就通过各班的学习委员和各科的课代表严格防止发生这类事件。记得有一次在一门讲授古代文学作品的课上听季镇淮先生讲白居易的《长恨歌》是一首政治讽喻诗，大出我们意料。因为在中学国文课上和日常社会生活中，《长恨歌》都是作为对爱情坚贞专一、生死不渝的爱情悲剧来理解的。我们不懂得季先生是在强调白居易诗歌的思想性，于是在大通间寝室里议论纷纷，热烈讨论，提出激烈的反对意见，居然惊动了系领导杨晦主任。他立刻通过班上的党团组织和学习委员布置下来：有不同意见可以质疑，但要写出来，经过系里审查才可以交给季先生答疑。最后上交的意见居然有七八份之多。从这件小事来看，当时大家的学习积极性相当高涨，学术民主、自由讨论的气氛也很浓厚，组织性纪律性也都有严格要求。当时这一套学习组织系统及其管理办法很起作用，有时可以帮助解决一些让教师十分为难的事情。记得有一回先秦两汉文学史的期末考试，游国恩先生看到一份卷子，字体古怪，无法辨认。因为这位51级的北京同学不知道是否满文看多了，竟用满文的书写方法来写汉字，把汉字写得稀奇古怪，大家都把他的字戏称为蒙文。游先生费尽心思，实在无法卒读，只好把课代表找去，帮他解决。课代表是位女同学，也认不得这些字，只好拿回来悄悄地跟班上的学习委员商量怎么办。最后是背着他找了两个平时跟他最熟悉的同学和一个有点古文字学基础知识的同学,在一个没有人的背旮旯的小教室里,四个人用了两倍于笔试答卷的时间,才把这份卷子照原样誊写出来,给游先生送去。厚道的游先生如释重负,十分高兴,因为他实在不知道怎么办才好,担心处理不好引起学生的不满和意见。当时老教师都很忌讳发生这样的事。

简易楼里大通间二十多人住在一起的学生宿舍,似乎非常适合同学之间学习上的互相帮助。古代文学作品课上布置了用白话文翻译杜甫的《石壕吏》,有晦涩难懂的地方,古文基础好的同学就会帮助解读;逻辑课上的各种奥妙的推论,拙于形象思维却擅长逻辑推理的同学也会把他的学习心得告诉大家。而每次课后回到宿舍也往往会自发地形成交流和讨论。对林庚先生用几何图案来解析"大漠孤烟直,长河落日圆"的意境之美,对王瑶先生课上精辟的文学评论,包括讲课时极富感染力的倒吸气式的大笑,大家都热烈赞赏。当然各种议论也会有人持不同看法,免不了要争论几句;在《中国通史》课上听邓广铭先生偶尔讲了一句李白是山东人,班上四川同学的那个"义愤填膺",让人觉得实在有趣。"五四"时期的热血文学青年、新中国成立后北大中文系首届系主任杨晦先生,好不容易把聂绀弩请来做一次报告,可是他那一口混杂着多种方言口音的地方话,极其难懂,以至于绝大部分同学竟一句也没听懂,可是有一位也是湖北籍的同学却听懂了,于是在大通间里热心地把聂绀弩报告的意思,简单地大概齐地说了一遍,大家才不致一无所获。如果我们两三个人分住一屋,学习上的这类互相帮助、热烈讨论和广泛交流,显然就没那么方便了。

大通间里的寝室格局,使同学彼此间生活的方方面面都息息相关。当时解放初期,社会经济和生活水平都是比较低的。我们这一班四十几个同学,一辆自行车都没有,手表也只是少数人有。院系调整后的头两年,大食堂供应一日三餐,不用交伙食费。此外,学习上和生活上的日常必需费用，还可以申请助学金，但最高档次也只有五块钱，最低的只有三块钱。所以那时候不少同学常常手头拮据，身无分文，甚至没钱买蓝墨水、钢笔尖、写作业的稿纸、给家寄信的邮票。班上在节庆假日组织一些集体活动，比如中秋晚会，每人交三毛钱，大家就可以有一块北京硬面提浆月饼，再买一堆京白梨、玫瑰香紫葡萄、密云小枣、大花生……围聚在未名湖畔的花神庙前，或者岛亭和石舫这一带，全班同学就可以一起赏月聊天了。但就是这三毛钱，掏不出来的同学也不在少数。这时经济相对宽裕的同学就会发挥集体主义的精神纷纷多交钱。这些经济困难的同学大都家在乡下农村，没有经济来源，家里有时反而向他们告急，使他们困窘无奈。这些事在大寝室里大家很快都会知悉，出手相助，积少成多，往往是七八块钱就"化险为夷"了。那时候的学生生活充满了组织上的帮助，集体中的友爱。

　　大通间里的集体生活不仅是温馨的，而且是热闹的。燕农园15栋宿舍楼最热闹的时候都在每晚21：50阅览室、图书馆闭馆之后到22：30各宿舍统一拉闸熄灯之前，因为根据全校规定的作息制度这一段时间是宿舍内的自由活动时间，在大图书馆、文史楼阅览室、各教室自习的同学也纷纷地回来了，宿舍里一下子就热闹起来：爱下棋的就会抓紧时间下一盘军旗或象棋，爱打扑克的凑在一起打百分，有会乐器的在这时候也可以自由操练一会儿，过去系里语言学教研室的石安石老师当时是学校国乐社社长，拉得一手好二胡，这时就会被要求拉一曲瞎子阿炳的优美曲子，也有团干部、班会的干部趁机开会布置工作的，当然也有闲聊天发表奇谈怪论的。一个年龄偏大，外号叫"老大"的同学，说什么读了建安时期的《古诗为焦仲卿妻作》（《孔雀东南飞》），体会到过去父母之命媒妁之言的封建婚姻也有一定好处，父母包办，自己不用操心，保证有一个老婆，现如今时兴自由恋爱，反倒没有着落了，老大不小了，还是一个王老五……即便是这样调侃式的"牢骚话"，也会引起个别知心同学的同情，坐在床边为他出谋献策。每晚这时候,大通间里的集体生活是喧闹的,热烈生动的,展现了大学生激扬青春、充满活力的个性。

亲切的思念,悠远的缅怀

大通间里丰富多彩的大学生活,随着我们年龄的增长大都逐渐淡忘了,但是如今都已是八旬上下的50级老同学聚会时,谈起往日同窗学友的集体生活,记忆最为鲜明的竟然大都是晨起的集体出操。听起来似乎有点出人意料,细想一下却也不无道理,因为这是除周日以外每天一起床必办的第一件事,年年如此;而且场面确实动人,蔚为壮观。每天晨光熹微,两遍催促起床的进行曲一停止,燕农园15栋宿舍楼前各自的开阔地区,各系各年级已经站好队形的学生立刻随着广播操的口令和乐曲,两千来人各自在班上体育干事的示范带领下,整齐划一、动作有致地做起矫健优美的体操来,英姿勃发,充满了青春的活力。此情此景,年深月久就深深刻在记忆里,再也不会忘却。而对于我们50级的同学来说,怀旧之时由此还会记起当年褚斌杰老同学的一首奇妙的《起床诗》。

那时中文系49、50、51三个年级学生中,陈贻焮(49级)因年长和深厚的古典文学修养,闻名各班。在我们班上就要数褚斌杰了,因为他在三年级时就在《光明日报》上发表了一篇纪念屈原的文章,和林庚先生的一篇文章登载在同一版面上。他的古典文学修养高出我们一筹,也写旧体的诗词楹联,每年元旦迎新晚会上大讲堂(大饭厅)演出台两边的对联和横幅,都是他拟的。他也写新诗,包括林庚先生倡导的九言体新诗,还配合舞蹈写新诗,才气横溢。但又生性诙谐,说话有趣,有时也会冒出让人好笑的打油诗来,《起床诗》就是他灵感突发的神来之笔。那是一年两大节日中的"五一"国际劳动节,上午全校同学进城参加天安门前庆祝五一的群众大游行，下午校膳食处让大食堂根据各系各班上报的人数，给每个班准备了揉好的面团、和好的肉馅儿，外带香油、醋和蒜瓣儿，并且事先就在燕农园各宿舍楼前垒起了灶台，准备好劈柴，让学生自己动手包饺子吃。有饺子吃，这使同学极为兴奋，因为平时大饭厅如有肉包子和新疆羊肉抓饭就算改善生活了，如今有水饺可敞开了吃，那还不心里乐开了花，不仅个个准备大干一场，而且还凑了些钱，用小饭盆大茶缸零买了很多鲜啤酒和一些下酒菜。因为是过"五一"，学校特许晚上不统一拉闸熄灯，于是这一顿吃喝，一直闹到了下半夜1点多。躺下不久，啤酒的催尿作用又发作起来，不断有人起来上厕所，吱吱嘎嘎的起床声，噼里啪啦的脚步声，唧唧咕咕的说话声，接连不断，直闹到下半夜两三点。二十多人铺铺紧连的大通间，当然一有动静，全屋皆知，谁也睡不踏实了。那时没有什么黄金长假，国庆两天，"五一"只有一天，第二天照常上课，所以到时候室内的起床铃、窗外扩音器，一齐响了起来，催促起床出操。但大家实在太困了，就是装聋作哑，赖床不起，想不出操，多睡一会儿，急得体育干事向熹（现川大中文系汉语史教授）操一口湖南腔普通话连声嚷嚷，叫大家快起床。因为每天的早操出勤率是要上报校学生会体育部统计的，出勤差的班级，通过全校广播提出批评。那体育干事就首先要在全体班会上检查"渎职"，在黑板报上作自我批评，所以他分外着急。正在千钧一发之际，褚斌杰同学忽然在上铺坐起来，提高嗓门说："各位！各位！我给大家念一首起床诗，听完赶紧起床……春眠不觉晓，处处闻啼鸟，夜来起床声，小便知多少。"顿时，大通间里二十多人一起哄堂大笑，局势顿时改观，大家从迷迷糊糊中完全清醒过来，迅速起床，纷纷快步冲出楼外，站队出操，无人缺席，全勤！

这些事纯属生活中偶发性的小事，这首起床诗也只是"楚子"（斌杰自称）受当夜特定情境触发的"脱口秀"，不是苦心创作的，大家也并没有刻意去记忆，却不料在几十年后都已是七老八十的老同学聚会中浮现出来。其后，2006年10月4日、10月28日、11月1日，系里来自燕大的两位教授林庚先生、林焘先生和我的同班同学褚斌杰，一个月内紧接着相继去世。当年去世的，前后还有民间文学教研室的汪景寿、古代文学教研室的孟二冬、语言学理论教研室的徐通锵三位教授。中文系一年内接连走了六位教授，这是建系以来未曾有过的。我经历了在燕园五十多年来未曾有过的伤痛。次年，我在50级校友的打印刊物《五四笔会》上写了一篇追念褚斌杰老同学的悼文，其中写了一些我与他在燕园同窗学习集体生活中的一些趣事逸闻，也写到了他即兴创作的起床诗，没想到这些小事却打动了他的夫人黄筠。她虽然也是北大中文系的毕业生，但年级要低得多，斌杰当大学生和青年助教时的生活趣事，她当然不得而知，但我在文中写的一些事，她看了觉得十分亲切动人，特意托斌杰过去的研究生、古代文学教研室的常森，向我索要原稿，让女儿录入电脑保存。由此我联想到初入燕园野兔来访的一事，领悟到生活里不经意发生的事情，也许是最为真切动人的。这些不登大雅之堂的生活趣事倘写进正经的文章里，有点不成体统，但写在本届系主任陈平原准备编写的属于"豆棚闲话"这一类书里倒很是地方。而且前燕京留系者至今也唯我一人矣，系里能写这一段生活踪迹的人也似乎很难找了。故而拉拉杂杂写在这里，作为对我过去的授业师、我的同学和同事以及燕园往昔的追怀。

2009年8月写于海淀西二旗北大智学苑社区，时为盛夏酷暑。

孩子们在燕园成长

陈松岑

近两年来,心惰手懒,很少写东西。但看到么书仪的《家住未名湖》后,就像听到了一群老朋友正在一起聊天,聊的又是我也有兴趣并感慨多多的话题,情不自禁地就想掺和进去。

我22岁从部队转业考入北大时,大女儿雁已经一周岁了。在读书期间,儿子军和二女儿音相继出生,留校之后,又生了最小的女儿佳,四个孩子可以说都是在燕园长大的。虽然他们住进燕园的时间有先后,住的地方也有一些不同,但孩子们却都把未名湖边的燕园当成他们的故乡,喜爱、依恋,不愿离它远去。他们成长中的点点滴滴,不但是我们全家聚会时喜欢回忆的温馨内容,同时也能部分地反映当时社会的风貌。

一　集体宿舍和筒子楼里的家

我的孩子中，最先住进燕园的是小三——音。

1958年夏，北大迎来了在各地工农速成中学的最后一班毕业生。为了减少这些文化基础较差的学生在学习外语时的困难，北大决定让他们提前报到入学，集中一个暑假的时间，学习俄语。我因此被分配到中文系的58级，担任他们的级主任兼党支部书记，负责思想教育和生活管理。9月开学后，我又被安排与吕德申先生和石安石、陆颖华等年轻教员一起带领中文系58级学生到京西门头沟煤矿去半工半读。当时，我大的两个孩子已经全托在我转业前的部队幼儿园，但三岁以下的婴儿不能入托；我只好把不到半岁的音全托在北大家属刚办起来的"红旗托儿所"（地点就在今天遥感楼前马路南面的教材科，那时这里是一个小四合院，不是今天的一栋大平房），这样我才可以没有后顾之忧地带学生们下矿。

我们在矿上，开始的安排是一天下井挖煤，一天上井教学。但八小时的重体力劳动，再加上下井和更衣、洗澡的时间，大约需要十个小时，师生都累得够戗。为了不因过度劳累影响教学效果，后来改为一周下井劳动，一周专门上课。我当时担负着《语言学概论》课的部分讲授，第一次上讲台，自然得花较多时间去备课；和学生同吃同住同劳动期间，逢周末休息，还要开会研究学生中出现的一些问题，找人个别谈话，等等，基本上没工夫去顾及孩子。只有个把月回一次学校，或系里开会要求我回校参加时，才能抽空到红旗托儿所看一看。记得有一次，我刚走到了托儿所的院外，就看见在院子门口的大槐树（可惜现在已经被砍了）下铺了一张席子，四五个还不会走的孩子在席子上玩耍。我走近一看，音恰好趴在席子的边缘，伸出小手，抓住了地上的半个煤球核儿往嘴里塞。我连忙赶前一步，掏出了她手里的煤核，

音在红旗托儿所院门前的围栏里。

抱起她来……托儿所的阿姨见了,很抱歉地说:"你看,我刚一转身,她就抓开了,小手还挺快!"我也连忙安慰她:"没事,没事,孩子就是见什么抓什么,什么都往嘴里送。"还有一次我去看音,却被阿姨挡在院外。原来当时正在流行水痘,托儿所为了保证疾病不致传到所内,就把孩子们隔离了起来。可见,这虽是一个由家庭妇女办的托儿所,人手少,物质条件也比较差,但在大的问题上,她们还是很认真负责的。

1960年后,天灾人祸引起的粮食短缺越来越明显,半工半读搞不下去了,我又重新住回21楼的单身女教职工宿舍。雁转到了北大附小，从此就和我住在一起了。和我同宿舍的还有生物系的一个女研究生，雁只得和我合睡一张床，好在她那时还小，我们母女也还能凑合。大约有一年多的时间，这间集体宿舍就是我们母女的家。

严格地说，这真算不上个家，我们俩都吃食堂，只把它当个宿舍。但在雁的记忆中，这却是她童年的一段黄金时期。因为那个年代，独生子女很少，做母亲的总不得不把精力分给几个子女。在特定的条件下，她居然过了一段妈妈只照顾她一个人的生活，她怎能不记忆深刻呢。

三年困难时期，粮食定量很低，副食、食油又少，不少人因为营养不良而得了浮肿病。我深怕离开幼儿园不久的雁无法适应这种生活（当时国家对幼儿园是有特殊照顾的），总是想法让她吃饱并尽量吃得好一点。可我除了自己的那份定量之外，也没有别的东西，只能把我和她的糖果票、糕点票都买来给她一个人吃。当时的浮肿病人，可以额外得到购买一斤黄豆的票证，人们都把治疗浮肿（就是营养不良）的希望寄托在这每月一斤黄豆的特殊照顾上。所以我就把我俩每人每月半斤的黄豆票都买成黄豆，炒熟后放在窗台上的玻璃罐里，叮嘱她每天放学回来后抓一把吃以预防浮肿。雁是个很听话的孩子，虽然香喷喷的炒黄豆对她诱惑很大，但她从不多吃，每天只抓一把。

星期天，我俩常在校园里散步。春末夏初，我们常到"三一八"烈士纪念碑后面的小山坡上去。那里有一条大石头，我俩就坐在上面，一面听布谷鸟清脆的叫声，一面拿出扑克，玩"憋七"或"捡对儿"的游戏。碰上我有事，不能陪她时，她就跑到19楼去找中文系的叔叔们玩。所以中文系的好多同志都很熟悉她，以至段宝林同志后来写的一本书中还提到她。

1962年，我终于结束了感情已经破裂的婚姻，办了离婚手续，离婚协议由我监护三个孩子。学校在23楼给我分了一间房子，军也进了北大附小，音仍全托在部队的幼儿园。于是，23楼三层向西的一间10平方米的小屋，就成了我们母子四人的家。平日只有我带着雁和军，到了周末，才从幼儿园把音接回来。

当时的教工集体宿舍，没人自己做饭，我于1963年重组家庭后，一家人仍旧吃食堂。由于大学的作息时间和附小不同，有时我们四个人吃饭都不在一起，往往是我把饭票点出来发给孩子，各人拿了饭票自己去，各吃各的。两个大孩子一起上下学，所以他们姐弟俩一起去的时候很多。孩子喜欢果酱抹馒头，常常是买一份果酱两人分着吃。吃的时候，免不了为你多我少发生争执；于是就用筷子在碗中把果酱划成两半，各人吃自己的一半。但果酱不够稠，刚划开，一会儿又流到了一起。他们就盯着线，快合拢时再划一下。姐弟俩还会为了该谁洗碗而争执……旁边的大人看了无不发笑。许多年后，当我偶尔与外系同志打交道时，发现好多人都认识我："你不就是那两个在食堂吃饭的孩子的妈妈吗？他们现在都挺大了吧？"想不到孩子竟成了我的名片。

50年代末的雁和军在未名湖边。

23楼的邻居们那时都还没有孩子,我的孩子们就常受到大家的照顾。我系袁行霈、杨贺松夫妇也住在23楼三层,更是常把孩子们叫到他们屋里去玩,音就特别喜欢在他们的床上跳来跳去。

军和开朗、活泼的姐姐不一样,生性腼腆。有生人在场,叫他唱个歌或说个歌谣,他就哧溜一下钻到桌子底下不出来;但没生人的时候,他可完全是另一个样子,一般称之为"蔫儿淘"。有一次我发现给他新买的灯芯绒裤子右腿膝盖处整整齐齐地破了几道口子,问他怎么回事,他开始回答说:"不知道它自己怎么破的。"我肯定地告诉他新裤子自己是不会破的,他只好承认是他用剪刀剪的。我奇怪地问他:"为什么要剪裤子呢?"他的回答是:"上手工课的时候,我想试试我的剪刀快不快。"

把音送回部队幼儿园的任务,一般都由雁来完成。周一早上快6点时,我就要把雁和音叫醒。音睡得迷迷糊糊地闭着眼让我给她穿衣服,临出门时依依不舍地想哭。但只要我抱抱她、哄哄她,并给她两块饼干拿在手上,她也就乖乖地跟姐姐走了。她到了幼儿园可以赶上吃早饭,但她姐却来不及回来吃早饭再上学。我就让军给雁带一个面包作为她的早餐。军在上学的路上,实在抵制不了面包的诱惑,就把面包转着圈儿地咬上一口,带给姐姐的面包也就小了一圈儿。老实的雁虽然觉得弟弟带给她的面包形状有点奇怪,但也没有深究;直到很久以后雁无意中说及此事,我才知道军的小花招。

这段时间还发生过另一些难忘的故事。有一个冬天的上午,我上完两节课回到家时,一位我不认识的男同志抱着两件大衣找到我说:"这是你孩子的吧?"我一看,可不是嘛,但我明明看着孩子们穿好它上学去的呀,怎么会在他的手中呢?他说:"我住在二楼,到二楼拐角走廊上去晾被子时,发现在水泥栏杆上放着这两件小孩的大衣。这楼没别的孩子,我想准是你们的,所以就送了上来。"等中午孩子放学回来,我问姐弟俩是怎么回事,他们才坦白说:"穿上它就跑不快,所以我们就把它脱在二楼拐角的走廊上了。"我狠狠地批评了他俩一通,告诫他们此事绝不可再发生。因为若不是同楼的叔叔及时发现大衣并把它们送回来,大衣很可能就被人拿走了。天气再冷时没有大衣是不行的,我到哪里去弄那么多的布票再给你们买大衣呀?

那时的集体宿舍,臭虫尚未绝迹;过个一段时间,就要把被褥等都晾出去,在床板的缝隙里喷"滴滴涕"。为了让被褥多在阳光下晒晒,同时又不耽误孩子们的午睡;我就在楼下空地上铺了一床草席,让孩子们在上边休息,我和他爸爸则在房间里消灭臭虫。不一会儿,音就苦着脸上楼来对我说:"妈妈,我不睡觉了。"我问她为什么,她结结巴巴地比划着说:"睡在那个……黄黄的、方方的东西上太热了。"从此以后我们家就把"席子"叫做"黄黄的、方方的东西"。

二 有了像模像样的家

一家大小五口人住在 10 平方米的房间里确实太挤了,经过申请,1963 年暑假,学校把未名湖北岸的全斋 114 号房间分给了我们。虽然仍旧只是一间屋子,但面积却比 23 楼的宿舍大了几乎一倍,足足有 18 平方米。我们全家对这次搬迁都很兴奋,并着手布置一个真正的家。离开 23 楼时,公家的家具是不能带走的,我们只好自己买家具。一套必需的家具几乎花光了我们所有的储蓄。我们先把两个书架的背后用牛皮纸糊住,面向北并排放在屋子的中间,从而形成一道半截墙,把屋子隔成前后两半。北面的半间是我们的主卧室兼书房,南面的半间成了儿童房兼饭厅。

我们看到全斋的好多住户都在屋门外的廊檐下生炉子做饭,我们也买了炊具、锅碗瓢盆等自己开伙了,但窝头、馒头等还是经常到未名湖北的员工食堂去买。

住到全斋，孩子们渐渐大了，我们开始制定一些全家都必须遵守的规矩。比如，东操场离得很近，经常放映露天电影，但我们规定只有周六才可以去看。不是周末的晚饭后只能休息一小时，然后就是工作和学习的时间；我们在后半间看书、备课，孩子们在前半间做作业。放学较早回来时，作业没做完不能看课外书，也不能出去玩。我们还要求早上按时起床，晚上按时睡觉，三顿饭都按时吃，很少有零食。这些作息时间的规定在节假日也不例外，因为人的生物钟是没有节假日的，破坏了生物钟的节奏对身体有害。

我们希望孩子们从小养成爱劳动、尊重别人劳动的习惯，所以要求他们做力所能及的事。每天早上起床要叠好自己的被子，前屋的清洁卫生由雁和军轮流值日。他们从上小学开始，除了被褥、床单、毛棉衣裤等大件衣物由我拆洗外，他们要学着洗自己的衣服；一遍洗不干净，就洗第二遍，直到我检查洗净为止。平日的家务如采购少量的粮油、蔬菜，打醋打酱油，买葱买蒜之类，更是叫到谁，谁就得去。

但是，我们也认为，孩子毕竟是孩子，他们应该有充分玩耍的时间，通过玩耍可以认识世界，增长才能。所以在完成作业和规定的家务之外，他们可以自己随意在校园里玩耍。

在这方面，燕园为孩子们提供了广阔的活动场所。出全斋大门不远就是一座小山，穿过山下的小道就是未名湖。而全斋的左右和后面更是坡坡坎坎，小路曲折，河湖相连，草深树密。孩子们春天摘桑叶喂蚕，夏初上树掏鸟蛋、采桑葚，吃得连嘴唇都紫了。秋天他们常在后湖钓鱼，下水去摸虾。冬天则是溜冰、滑冰车的好时机。孩子们的同学有不少住在全斋后面的镜春园、朗润园和8—13公寓里，放学以后和节假日，一大帮孩子你呼我叫，玩得不亦乐乎。那时的全斋，除了南北两排住房和东西两头的公共厕所、盥洗室之外，整个院子都是空的泥土地。平日，这是大家的晒衣场，也有人就在自家门前辟出一小块地，种点葱蒜之类的东西；冬天更有人就在门前挖个小坑，储藏大白菜。军也用小铲挖土种了几棵玉米。放学以后,他常常自己去除草、浇水,忙个不停。

住全斋期间,我们也常在星期天全家出游。为了节省车费,我们常常是先坐公共汽车到植物园,玩耍一阵后徒步从樱桃沟翻山到香山。开始爬山时,孩子们的劲头都很大,你追我赶地往前跑。特别是从樱桃沟翻山时,我们走的是没有路的山坡。树丛里长满了野草野花;蜜蜂、蝴蝶和另一些叫不出名的昆虫经常在周围飞舞、跳跃;鸟雀远远近近地啼叫、飞翔;蓝天白云下,微风吹拂,真是舒服极了。山顶上有一个已经废弃不用的炮台,孩子们更是像发现了宝贝似的在炮台内外钻进钻出。可等到在香山玩够了往回走时,他们就像泄了气的皮球一样,再也蹦不起来了。这时,他爸爸就给他们讲《三国》《水浒》的故事,或是出一些趣味数学题让孩子们算,转移他们的注意力。孩子一边走,一边思索那些有趣的题,步子也就不知不觉地跟着我们加快了。

有时,我们也会带孩子进城去北海划船,或到中山公园去看金鱼。有一次我们一起去美术馆看画展,雁和军正站在一幅《小八路》的画前观看,有人把他们拍了下来。后来有人告诉我们:当天晚上这个镜头就出现在北京电视台的新闻里。可惜那时我家没有电视机,我们始终没有看到过这个画面。

搬到全斋后不久,音从部队幼儿园转到了北大幼儿园,我的第四个孩子佳也出生了。预产期前几天,我母亲就来到我家,准备照顾我。雁和军不得不脚抵脚地共睡一张单人床,腾出另一张单人床给姥姥睡。佳从海淀妇产医院出来后没地方睡,只好买了一张特殊的"婴儿床"——长方形的藤编笸箩;白天放在我们的大床上,晚上则挪到书桌上。这种笸箩食堂常用来装馒头,于是我们也就昵称佳为"小馒头"。

我们一大家子老少三代七个人住在这个18平方米的家中,倒也其乐融融,而且发生过一些好笑的事。比如,暑假中的一天,我照例要求孩子们睡午觉,开始他们都嘟嘟囔囔地不愿意,但真正睡着之后就

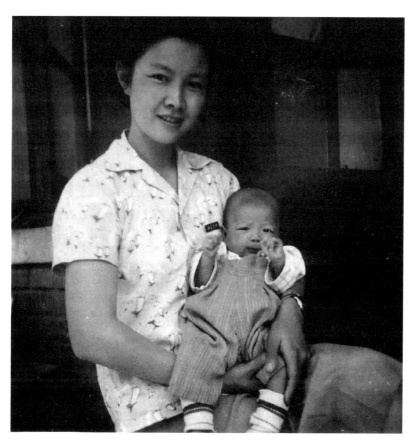

佳刚满月在全斋前。

睡得很沉了,不叫是醒不了的。一小时后我正要起床,突然听到前半间屋有哗哗的水声;走过去一看,原来是军揭开了放在外屋墙角的稀粥锅,倚着饭桌半闭着眼正往里边撒尿哩。我忙连拉带喊地说他:"你干吗呢?干吗呢?"这时,他才真正清醒过来,手拿锅盖一脸无辜地望着我。原来冬天夜里,我怕孩子上屋外的公共厕所太冷,曾在外屋墙角放过一个痰盂供他们小便。睡得糊里糊涂的军仍旧把稀粥锅当成了痰盂,才出了这样可气又可笑的"事故"。我们只好把中午熬好、放凉了准备晚上吃的一锅绿豆粥全倒了。

三 难忘的朗润园里的岁月

1964年的秋天，我家搬进了朗润园172号（这里原来的房屋现已全部拆除，新修建了漂亮的古典建筑——万众楼和好几进院落，成为我校经济研究中心）的西厢房。这回我们不但在院子里有一大一小两间西屋，而且穿过连接北面正房的走廊进到后院，还有一间七八平方米的西屋和一个堆煤的小屋。我的母亲在佳满月后已经带着二女儿音回成都去了。于是我们搬家后做了新的安排：我们夫妇住前院那一小间，雁和军住前院的大间，这个大间同时又是我们的餐厅兼客厅；后院那一间则让佳和请来带她的老太太住。半年后音从成都回来准备上学，便和姐姐哥哥同住大屋。这个院子北面正屋住的是我校无线电系主任汪永铨家，他的两个儿子和军年龄相仿，都在北大附小读书，五个孩子便一起上学，一起玩耍。我们这个小院房屋呈 L 形，北边长，西边短。院落也就有了两块。我们住室南窗下的西院有一张长方形的石桌，孩子们用两块砖头架一根竹竿就成了他们的乒乓球台，在这个台子上，他们学会了打乒乓球。石桌的南面是院子的大门，出门不远就是环绕朗润园这个小岛的大路。

北院空地更大些，汪家和我们都种了不少牵牛花和夜来香。整个夏天，牵牛花的小喇叭迎着我们吹响晨曲，太阳落山后，夜来香又次第开放，幽幽地散发着清香。

磨不过孩子们的苦苦要求，我家也养过一对小鸡，这对黄绒绒的小东西一时间成了孩子们的最爱，可是它们都没有活过一个月。第一只小鸡的夭折是因为军看它身上脏了，给它洗澡，羽毛湿透而冷得瑟瑟发抖的小鸡很快就不行了。第二只小鸡老是跟在人的后面跑，孩子们看它跑得有趣，便领着它不断地在院子里转圈。可怜的小鸡扑腾着翅膀，跌跌撞撞地跟着，不久就累得趴下不动了。我想，小鸡天性要

军和音在后湖钓鱼（这是《人民中国》的记者拍摄的，曾用在《人民中国》的日文版某期上。）

跟着老母鸡，而老母鸡是不会不停地跑的。现在小鸡错把孩子当成了它的妈妈，紧紧跟着孩子们，而孩子不了解鸡的生活规律，活活地把小鸡累死了。从此以后，我再也不允许孩子们饲养动物了。

　　穿过北边的走廊，进到逼仄的后院，在小煤屋的北面，还有一个小门。开门就是环绕了朗润园一圈的后湖。湖中还有一道堤，水浅时，可以从它上面走到湖对面的13公寓。这里经常是孩子们钓鱼、摸虾的地段。有一次，军带着两个妹妹在这里玩。他脱了鞋袜，下到水中，正低头屏息把双手伸向岸边石缝准备摸虾的时候，突然听到旁边"扑通"一声，侧身一看，只见两只穿着红棉鞋的小脚在水面上乱划……他迅速抓住小妹妹佳的脚，向上一提，扑向岸边。音早已吓得呆住了，直到军爬上岸后抱住佳的双脚，让她头朝下地控水时，她才哭出声来。经过哥哥的控水，佳连哭带吐地把水吐了出来。等我们回家时，孩子们已换好衣服在家玩了。我笑着问小女儿："湖水好喝吗？"她告诉我："有点凉。"

燕园里到处都是湖、河，除了雁以外，其他三个孩子都曾掉进过水里。好在水都不深，每一次都是他们自己爬上岸来，我们事后才知道。音从小有点憨，又有些鲁，行事莽撞，颇像一个小男孩。有一次她趁我们午睡，自己跑到外面去抓蝴蝶。由于湖岸边长了许多灌木和杂草，她只顾眼盯着前面飞的蝴蝶，却没看清脚下，一脚踩空就掉进了水里。她自己事后告诉我们："刚掉下去时，身子一歪，就倒下了。我看到黄绿色的水直往上冒泡，那时心里可害怕了。可后来我站起来才发现湖水只能淹到我的胸，所以我就不害怕了，自己就爬了上来。"

还有一次我买回一些肉末准备做炸酱面吃，肉末都下锅了才发现酱没了，于是就叫正在院内玩耍的音，到小商店去买点黄酱回来。音拿了碗，嘴里嘟囔着"黄酱！黄酱！"向商店跑去。可不多一会儿，她又苦着脸回来问我："妈妈，你叫我买什么来着？"我说："你不是一直在念叨'黄酱'吗？"她说："我一出门就摔了一跤，爬起来后就把你叫我买什么给摔忘了。"

军比姐姐妹妹都淘气，老在外面疯跑，粘蜻蜓，抓知了，掏鸟窝，掉到水里可不止一次。最危险的一次是在初冬，湖面的冰尚未冻结实，他就拿了自己用木板、铁条制作的冰车去第一体育馆北面的小湖（现在已经填平围在人文一号楼的工地里面作为堆料场了）滑冰。冰车滑出不远，冰面就破裂了，他也连人带车掉进冰窟窿里。周围一个人也没有，他费了很大劲儿才爬上岸来。这一次他没敢马上回家，而是跑到附近同学家中把衣服烤干了才回来的。现在我回想起这些事，真是感到后怕。可当时确实没有什么恐慌情绪，因为周围邻居的孩子掉水里好像是常事，谁也不以为怪，顶多把孩子批评一顿完事。那时的社会风气就是这样：大人整天忙于工作，孩子们都是自己去玩，只要到时候回家吃饭就行了。孩子的功课一般也用不着家长操心，自有学校老师负责。现在看到我的子女为了孙辈的衣食和学习忙得团团转的场面，我就想：要是当年我也像今天他们这样照顾孩子，我可能都活不到今天。现在他们只要照顾一个孩子,我可是要照顾四个啊。

我们在朗润园一直住到1968年夏,在此期间,大的三个孩子跟着别的孩子一起在红湖游泳池(在考古文博学院旁,现已作废)学会了游泳,借同学家的车在东操场学会了骑自行车,这些活动都是他们自主进行的,我们都是事后才知道。东操场北头安装着单双杠和攀登梯,这些更是周围孩子们几乎天天都要爬上翻下的玩耍器械。不但大的三个孩子总在上面翻腾吊甩,连三四岁的佳也学着哥哥姐姐的样,吊在单杠上玩,小手上居然磨出了几个小趼子。孩子们生活在燕园真是幸运,有这么好的条件供他们认识大自然、欣赏大自然,并从中发挥自己的聪明才智,增强体魄。

1966年邢台地震期间,孩子他爸正在河北定县参加"社教",我平时不是上课,就是开会,或在图书馆查资料,白天很少在家。朗润园居委会挨家挨户通知各家做好防震的准备时,只有孩子们在家中。大的三个经过一番商量决定:"只要保住咱家的三件宝,跑到院子外面就行了。"他们决定的具体内容是:除了各人背上自己的书包外,雁负责抱着咱家的第一件宝——小妹妹佳;军负责抱着第二件宝——收听"小喇叭"节目的收音机;音抱着第三件宝——叫醒大家按时起床的小闹钟。当我回家得知他们的"应急预案"后,眼泪盈眶半晌说不出一句话来。孩子们真是懂事了!

1966年"文革"开始后,孩子们也和成人一样经受了程度不等的"冲击"。大女儿雁从小就是一个很听话的孩子,不但在家中处处以大姐姐的身份照顾弟妹,在学校也一直是班上的干部,学习成绩也很好,经常受到老师的表扬。我们夫妻俩在她的心目中都是好党员、好教师。当我被当做"黑帮爪牙"打倒、劳改,特别是我们"爪牙队"到北大附小去挖土,被她和她的同学看到后,孩子再也不能平静地生活了。她自己跑到中文系革命委员会去询问:"我妈妈到底是不是敌人?"革委会副主任华秀珠同志(原为我系党总支书记)是一个童工出身、党性很强的老党员,她对雁说:"你回去吧,你妈妈的问题属于人民内部矛盾。"我想,如果当时的回答不是这样,孩子会怎么样呢?我们平日对他们的教育可都是"一切要听党的话"啊。

当时北京所有的学校都"停课闹革命"了。雁参加了北大附小的宣传队,配合当时住在我校第一体育馆的解放军某部宣传队到密云去宣传毛泽东思想;回来后又被指派到学校举办的"文革展览"去当解说员,还和她妹妹音一起卖过《新北大校刊》;总之一天到晚都在"革命",在家的时候很少。而军却没有这么高的"觉悟",学校不上课了,他就在家玩。幸亏有他在家,才解决了我们家的一个大问题。

"文革"开始不久,我们家请来照顾佳的老太太听了别人的宣传,说我们请保姆是剥削人,我们只好让她回家去,"不再剥削她"。佳当时只有两岁,北大幼儿园不收,只能放在家里,哥哥便成了负责照看妹妹的小"保姆"。工作组进校后,所有教职员全部集中起来,全天组织学习文件、开批判会等,不能随便请假。我们夫妻一天三段都在系里,没法回家做饭,全家吃食堂经济上又承受不起。因为我们两人不到150元的工资,从1964年后还要挤出50元接济我爱人的父母和弟妹。于是我不到12岁的儿子除了照看妹妹之外,还要承担炊事员的任务。好在我们家一向吃得简单,中午军擀好面片儿,洗、切好大白菜,我们回家后,烧上水,煮一锅白菜面片儿,加上一勺猪油、一勺辣椒酱就齐了。晚上则只需要他先蒸好米饭,我们回家后再炒菜。那时的蔬菜品种不多,不是白菜就是土豆、萝卜。能买上一毛钱的肉(一毛钱的肉或肉馅都不要肉票)炒在里面就算很不错了。只有星期天我爱人的姐姐来家时,我们才改善生活。她姐姐知道我们不富裕,常常提了一大块肉过来,名义上说我烧的菜好吃,她们一家过来打牙祭;其实她看我孩子多,有意给我们剩下不少慢慢吃。她的儿女穿不了的衣服也拿来给孩子们穿。孩子正在成长阶段,毛衣裤很快就小了,穿不得了。我又没有足够的时间完全拆了重织,情急之下,想出了一个应急的办法。比如毛衣小主要是身长和袖长不够,我就拆开毛衣的下摆和袖口,添织一段。仿此,小了的毛裤,就可以只在裤腰和裤腿添织一段。这样,比拆了整件衣裤、完全重织要节省很多时间。那时没有尼龙袜,孩子的棉袜破得特别快,我只好在袜子刚买来时就给缝上袜底。在孩子的外裤屁股和膝盖处先用缝纫机密密地匝线,这些地方就变得抗磨些。孩子们知道家里经济困难,从不会在穿着上提什么高的要求。佳直到上高中的时候,还是穿着接了两截裤腿的裤子去上学。接上的布和原来的裤子在颜色上不能完全相同,她也并不在意。我还经常把我从我母亲那儿听来的一句谚语"笑破不笑补"解释给他们听,意思是穿着破的衣裤可能被人讥笑,认为你太懒。但穿着有补丁的衣裤却不会被人讥笑,因为它说明你虽穷却很勤快。在此期间,我系的马真、徐通锵等同志都曾把他们穿不得的衣服、鞋子送给我的孩子们。姊妹四人更是老大穿不了给老二,老二穿不了给老三。不巧的是,老大和老三都是女孩,中间的老二却是个男孩,这种排序有时也会造成一些尴尬。

我爱人的小弟弟只比雁大四五岁,他穿着嫌小的一件黑灯芯绒夹克衫寄来后,只有给雁穿。因为军只比他姐姐小两岁,男孩子个子又长得晚,穿不了。有一天雁穿了这件男式夹克去上学,恰好又穿了她姑姑给的一条红灯芯绒的裤子,脚上穿着徐通锵嫌小而给的皮鞋。她走出水塔下的东校门后,就遇到了住在成府街道上的一帮小男孩,他们见雁这么一身打扮,便一起起哄,骂雁是"圈子"(女流氓),向她扔石子。雁又是气愤,又是害怕,哭着跑到附小。回来后她并没有把她的遭遇详情告诉我,只是再也不愿穿那双男式皮鞋了。可当时她又没有别的鞋子可穿,于是她一个要好的同学便在上学时多带一双布鞋;雁出家门后,就换上同学的布鞋去上学,放学回来再换上自己的皮鞋。很多年后,雁才把这件事情告诉了我。我想:孩子当时是多么为难啊!可我这个当母亲的却一点也不知道。不过,即使我当时知道了又

大的三个孩子和同院汪家的小伙伴（分立左右者）在院内。

有什么办法呢？因为那时我们每个月都是紧紧巴巴的，快到发工资的时候，身上只剩下两毛钱，这就是全家的"应急资金"。有时，连这也用光了，我就把家中的废报纸、牙膏皮之类的东西搜罗在一起，卖一次废品，又可以凑够一两天的菜钱。

那时的社会风尚，节俭勤劳是美德，没有夸富讥贫的现象，周围的人生活水平也比我们高不到哪儿去。所以我们经济上虽然很紧，但一家人还是生活得很愉快，很少因为经济拮据而发愁。相反，一些不得已采取的措施反而给我们留下了不少温馨的回忆。比如佳幼时缺乏母乳而不得不吃牛奶，吃牛奶容易上火，医生要求经常给她喂点果汁或果泥。北京的苹果较便宜，我便买来苹果，削了皮用勺刮果泥喂她。哥哥姐姐看了，也很想吃苹果。可我没有那么多的钱让大的孩子也吃苹果，便在削苹果皮时，故意把皮削得厚一点给大孩子吃。每当我削苹果时，皮还没完全削下来，哥哥姐姐的小手早已抓住皮的一头，争抢着吃苹果皮了。这些经历使我的孩子们对物质生活都很容易满足，没有过高的奢望；对于生活困难的人富有同情心，总是尽可能地帮助他们。

到了1968年，中小学"复课闹革命"，雁被分配到海淀中学（在海淀镇里，现已合并到别的学校去了），军、音继续上北大附小，佳满了三岁，进入了我家右边的红旗幼儿园。但那年的夏天，我们住的房子由于地下水位太高、墙基泡得不结实成了危房，我们只能再一次搬家。

四　短暂的中关园生活

学校后勤派来的一辆马车就把我们的全部家当搬到了新的家，新家在中关园新27号。这是在原来27号和28号两家一栋的平房中间，各取一小段构成田字形的四小间房屋。这种结构的房屋是"文革"中北大的特产。原来这类平房分东、西两头，各住一家。每家都有75平方米，而且分别有自家的厨房和厕所。它们大多是我校讲师以上的教员或系、处级以上的职员的住所。"文革"中这些人很多都被当成"反动权威"或"黑帮"打倒，在批判、斗争他们的同时，还认为他们物质上享受太高，住房太宽，硬是隔出来一部分分给其他教职工。

新家的每小间差不多都有10平方米的样子，我们子女多，房间多点很有利。但这种硬在两所住宅中间挤出来的住房不但没有暖气设施，也没有厨房和厕所。我爱人到海淀的日杂商店买了几根竹竿、一块油毡，再捡了一些半截砖，自己在院内屋檐下靠墙搭起一个小偏厦。蜂窝煤炉一放，就成了我们家的厨房。由于室内没有上下水设施，只能到五十多米外一个露天自来水龙头去取水，为此特意买了一对铁皮水桶，一只用来装干净水，另一只装用过的水。上厕所只好到前排平房南面的公厕去。

住到中关园后，佳也转到了中关园幼儿园，地点就在我们取水处的北边。这可让抬着一只铁桶去取水的哥哥姐姐犯了难。因为幼儿园的孩子们经常在院里玩，每逢佳在玩耍时看到哥哥姐姐来取水，就跑到幼儿园的篱笆前哭着喊着要回家。弄得雁和军取水时像做贼一样，先要在远处侦察，看幼儿园的院子里没有孩子时，才敢快去快回地把水抬回来。有一个星期六的下午，幼儿园的老师带了孩子们在中关园内散步，路过我们家时，佳竟然偷偷溜了出来。恰好我们都不在家，她就一个人站在进不去的家门前哭，还是邻居把她领回他家，我们回家后才送了过来。

冬天，人们传说在圆明园北边的树村大队可以买到不要粮票的红薯，孩子们都很喜欢吃，要求我们也买一些。我就告诉他们，我们不能在工作时间去干私事，你们要吃，就得自己去买。军真的就把他自做的冰车下面加了四个轱辘，自己拉着这个冰车去把红薯买回来了。从中关园到树村大队，差不多有小十里地，真是难为了孩子。但是，军也有他的缺点，就是上课不专心，爱做小动作，学习成绩也不如他姐姐。有时，我抽不出时间去参加他们班的家长会，他姐姐就代表我去出席。家长会上，老师点名批评他，他在和姐姐一块回家的路上，就不断地向姐姐哀求"别把老师的批评告诉妈妈"，甚至向姐姐连连作揖。

1968年暑假后，军小学算毕业了，被按住地分配到了北大附中。开学不久就去工厂学工劳动，他去的是海淀汽车修配七厂，在那儿跟着一个工人师傅学修车。这个工人不但技术精湛，对徒弟要求也很严格。他常对军说："汽车这玩意儿学问大了，你在学校要好好学习，没有文化知识汽车也修不好！"这次学工劳动使军更加热爱汽车，学工劳动结束后，每逢有空，他还到汽修七厂去找他师傅，跟着他干活。从那以后，他像换了一个人似的，突然"开窍"了，在学校上课也认真起来，不再做小动作，学习成绩也不断上升，成了一个好学生。

1969年秋天，雁虽然实际上只有高小水平，却按年头算是中学毕业了。当时高中的教学还在"革命"中，没有招生。她只有三个选择：一是到内蒙古生产建设兵团劳动；二是到云南农场去劳动；三是到黑龙江生产建设兵团。她选择了和好朋友一起去北大荒。北京市规定：下乡、支边青年均可凭证明买一个帆布箱，我向同教研室的叶蜚声同志借了50元，才准备好雁北上的衣物。有的孩子离家时哭哭啼啼，依依难舍，但雁是高高兴兴笑着离开家的，她不要我们去送她。雏鸟要展翅高飞了，天真的孩子一心向往着"一手拿枪，一手拿锄；开发边疆，保卫国防"的轰轰烈烈的革命生活。

雁走后不久，所谓的"一号命令"下达，驻北大的军宣队宣布全校紧急动员，分赴各地：无线电系、技术物理系和数力系的力学专业迁至陕西汉中的分校；文科各系除留下少数教职员到京郊参加社教之外，大部分去江西南昌郊区的鲤鱼洲建农场。当时军宣队驻中文系的军代表找我谈话时表示：这次全校大转移，一般不照顾夫妻关系，所以你和你爱人只能分赴陕西和江西，希望你们考虑如何安排孩子。汉中分校是1965年按照三线建设的需要修建的，宿舍、食堂等都已建好；而鲤鱼洲则只是一片河滩上的几个大草棚，带了孩子到那去，肯定会遇到一系列的困难；所以我们决定我一个人去江西，爱人则带了军、音、佳三个孩子去汉中。动员后四天，去汉中的就得出发，而且由于车皮紧张，一律只许带必要的被褥及衣物，不许带任何家具。我们当时没有余钱购买箱子，只好买来几张塑料布把被褥、衣物全包在里边。

四天后的早晨，我把他们送出家门前的小院后，不敢接着再走，怕小女儿离开我时哭闹，趁着她还不太明白是怎么一回事，就赶快进屋了。第二天，我便和系里大多数教职员一起上了南下的火车。心里想，不知什么时候，才能再见到我的孩子们。

燕园长屋与迷糊协会

段宝林

1952年高校改革，文理科集中到北大，北大从沙滩红楼搬到了燕京大学的校园。这就是燕园。

燕园扩大了。原来的燕园很小。从西校门到未名湖，没有几座楼。第一教室楼及其南的生物楼、文史楼、地学楼、化学楼、哲学楼等都是新盖的。楼的南边是围墙，有个简易的"天桥"跨过胡同通向南区，南区有大饭厅（就是现在的大讲堂）、棉花地体育场（后改名"五四运动场"）和许多新盖的学生和青年教师的长长的集体宿舍楼，这就是燕园长屋——筒子楼。

7斋的三年

燕园长屋有好几种，最早在棉花地之北盖了1—15斋。这15座为两层的简易楼。有的楼较长，开两个门，每个门内两层有四个大屋，每层两个大屋，中间是水房、洗手间，我在上海时每天洗冷水澡锻炼，住在这里也可以洗澡，但北京的自来水太凉，把我的胃洗疼了，就不洗了。为了锻炼，我每天早晨到棉花地跑步，冬天也穿汗衫短裤；有一天零下13度，王磊同学曾给我照过一张相，我现在还保存着呢。空军来的黄骏圃同学每天早晨跑5000米，后来得了全校运动会10000米长跑冠军。在校刊上我还给他写过一篇通讯。而我们班则在1955年的中文系第一届运动会上得了一个总分第一奖状，我是体育委员，得了一个个人总分第一的全能冠军，奖品是一本鲁迅的《野草》。

我1954年入学后曾在7斋楼下西边的大屋住过三年。大屋内又用大半截的薄墙隔开为三个小间，每个小间放四张双人床，住八个人，三小间共住24个人。

这种大屋比筒子楼还要开放，是非常热闹的，全班男同学都住在这里，只要一个人讲话，24个人都能听到。我睡在中屋上铺，下铺是邵炘，我经常能听到外屋任彦芳大声唱河北民歌，里屋唐沅和刘绍棠在争论中西文学理论，还有沈泽宜那男高音美妙的歌声。

进屋门是一条走廊，左手靠北有个一人多高的火墙，墙下放个小书架，我的书也放在里面，谁都可以取看，但我们看书大都上图书馆，很少人在宿舍看书。床当中放了两张四抽桌，每人有一个抽屉放零碎东西。沈泽宜和汪浙成是从西语系转学来的，有些课已经学过，我们去上课时，他们两个人就可以占用三间房了。1957年的"519"大字报诗《是时候了》也许就是在这里写出的吧？

当时我是班上团支部组织委员，沈泽宜是我们的发展对象，已经快要入团了，我记得我还在团总支秦珪书记主持的各支部组织委员的小会上介绍过如何培养他的经验。谁知他很快就成了这1957年第一张大字报的作者之一。幸好还没有人追查我的责任，不然可就麻烦了。

1956年在北大团代会上中文系代表曾作了大会发言《学生也能参加百家争鸣》，这是张钟、陆俭明和我一起讨论而由我起草的，张钟在大会上作了发言，并在全校广播。

1957年"大鸣大放"时我正紧张地埋头写我的学年论文，根据托尔斯泰的艺术论对苏联季莫菲耶夫的文艺理论体系，特别是"艺术性"问题提出了不同意见，旁征博引，批评教条主义，进行争鸣，写了五万多字。只在吃饭时端着碗看看铺天盖地的大字报。直到"反右"开始后我才写了大字报，我们做沈泽宜的工作，他最早写出了检讨，我作为团支书组织团员在小平房西山墙集中贴出了一大版大字报。暑假时，沈泽宜还和我们五六个同学一起游览了泰山和玄武湖。谁知后来虽然宽大处理，他还是被划为"右派"。被分配到陕西农村中学去教音乐和体育课，至今还是单身一个人，没有结婚。

7斋的三年生活，有好多深切的记忆，难以忘怀。

1—15斋是1952年盖的。这种二层小楼原来很多，现在都拆光了，看不到它的历史面貌了。

54级文学1班毕业合影。

1954年又建成了22—27楼,是大屋顶的三层楼,比较精致一些。1954年入学时,我曾在24楼202住过几天,同屋的有新闻专业的钟山、许行、邹德昌等人,邹德昌是烈士子弟,后来去苏联留学了,分专业后,我被分到文学专业,搬到了7斋。

李福清在26斋写博士论文

25楼是研究生宿舍,26、27楼是女生宿舍,60年代曾经住过外国留学生。苏联科学院通讯院院士李福清就在那里住过,当时他还是副博士,1965—1966年来华进修一年,在我的指导下写博士论文。这说明1965年我已经是博导了!他听过我的民间文学全部课程,我给他开了一个长长的书单。当时中苏关系紧张,没有导师开的书单他借不到书。

他的博士论文本想写古典小说和民间文学的关系,我说不行,内容太多,一篇论文写不下,只能写一部。后来就写了《三国演义与中国民间传统》。这篇论文已译为中文在上海古籍出版社出版,并被研究李福清的马昌义先生评价为李福清的众多著作中水平最高的一部著作。1996年,在丹麦哥本哈根的"中国现代口头文学国际研讨会"上,因为他是国际著名汉学家在学术上很有威望,大会安排他第一个发言,他开口第一句话就说:"很高兴,在座的有我的老师段宝林先生——"

李福清在26楼一直住到1966年"文化大革命"开始以后才离开。一般外国人看不懂大字报,因为连笔字多,而他过去手抄本看得多,所以,大字报全能看懂。1981年他作为苏联第一个"自费旅行者"来华,第一个要见的人就是北大老师段宝林,还有季羡林教授,外事处专门派车到航天部12所宿舍去接我与他见面。见面后,他的第一句话就说:"我没有写过一篇反华文章!"这一次他带了四百多本书回国,作了好几十场报告，介绍中国改革开放的情况。

对中国，对北大，他还是很有感情的。

37斋的大跃进运动

50年代，北大的学生年年增加，集体宿舍就年年在建。

1955年盖了28—31楼，这是平顶的四层楼。

1956年拆迁民居，又盖了32—40楼。

1957—1958年我们曾在37楼住过一年，直到毕业为止。这是有屋顶的四层楼，每屋住8人，但我住的106号则为16人，因为里屋面对楼梯，不能开门。在毕业前，我们要解放思想，打破迷信，学生集体写书，决定编写《中国文学史》。北师大毕业班已经开始干起来了，我们文学专业四年级一二班的两个团支书我和沈天佑同志到北师大中文系取经，请他们来介绍经验。他们派了孙一珍、张恩和二人来北大，给我们讲了编写文学史的做法。他们是很先进的，一点也不保守。于是我们向他们看齐，进行革命竞赛，也来编《中国文学史》，作为毕业献礼。大家分工合作，借来不少书，分头去写。因为我喜欢文艺理论，就分配我写导言。经过一段时间，我们已经写出了初稿。但因为毕业分配在即，就把这个伟大任务移交给55级了，后来他们集体编写出版了"红色文学史"，干得很出色。不过，学生写书这件事还是我们开始干起来的。55级是我们的接班人。这一点现在恐怕很少有人知道了吧！

1958年提倡"又红又专"，在"红专辩论"运动中，大家劳动锻炼，把南校门进来的那条碎石路建成了"红专路"。这是用红砖砌成的，就叫"红专路"。胡同的围墙和天桥都拆了。于是南北校园连成了一片。

当时文学专业的语言课确实很多。我们听过王力先生的"汉语史""现代汉语二""汉语诗律学",周祖谟先生的"现代汉语",袁家骅先生的"汉语方言学",魏建功先生的"古代汉语""要籍题解""工具书使用法",郑奠先生的"古汉语修辞""文心雕龙",高名凯先生的"语言学引论",岑麒祥先生的"普通语言学",甘世福先生的"语音学",等等。

而文学课其实也不少,可以说是旗鼓相当。我们有四段文学史的课,一年级上杨晦先生的"文艺学引论"、游国恩先生的"中国文学史(一)"每周6学时,二年级上林庚先生的第二段文学史,三年级上浦江清、吴组缃、吴小如(同宝)先生的第三段宋元明清文学史,四年级上王瑶、乐黛云、裴家麟先生的"现代文学史",都是4学时,还有杨晦先生的"文艺理论"。此外,文学课程还有曹靖华先生的"苏联文学",彭克巽、张秋华、岳凤麟先生的"俄国文学史",赵荣襄先生的"西洋文学",季羡林等许多东语系老师合开的"东方文学"等课程,都是4学时的基础课,还有选修的专题课,如林庚先生的"楚辞""唐诗"、吴组缃先生的"红楼梦""聊斋"、季镇淮先生的"司马迁""近代文学"、蔡仪先生的"美学"、陈涌先生的"鲁迅"、何其芳先生的"红楼梦",等等。

我以为多学点语言课还是有用的,我后来研究民间诗律就很需要国际音标记音。如果我不会国际音标,后来就不可能编成《民间诗律》(1987)、《中外民间诗律》(1991)、《古今民间诗律》(1999)等三本大书,把中国56个民族和世界二三十个国家的民间诗律,都做了"很好的研究"(王力先生语)。文学是语言的艺术,学好语言对文学研究至关重要,这也是我们后来在实践中体会到的。不过当时发扬民主,学生给中文系领导提意见,过头一点也在所难免。

给老师贴的大字报贴在文史楼,给同学贴的大字报就贴在筒子楼宿舍的走廊里。有些大字报是火烧自己的,有些是帮助别人的。当时就有人给我贴大字报,说我"反右"时"右倾",只顾自己埋头写学年论文,"对右派进攻麻木不仁""学年论文的观点反对苏联文艺理论,是对苏联的态度问题,是否有反苏情绪?"等等。幸亏杨晦先生、钱学熙先生等老教授看过我的论文,同时1958年我还在《北大学报》上发表过文章,在毕业时我竟被留在中文系文艺理论教研室当助教了。这是我的第三志愿,第一志愿是新疆、内蒙古、黑龙江,第二志愿是科学院文学研究所,第三志愿才是北大中文系。在宣布分配名单时,我的排名是最后一名。可能有所争论,在最后关头才决定的吧!

19斋与迷糊协会

毕业后我在19斋、30斋、21斋教师集体宿舍都住过。

16—21斋是简易的三层楼,也是1952年盖的,做教师的单身宿舍。有些家在城里的老先生也住在这里。这是长长的筒子楼。

1958年我毕业后,就住19楼328,和严家炎、曹先擢等人为邻。此屋原来是吕德申先生所居,设备较好,有一个漂亮的五斗橱,一个大书架,三楼还比较安静。

可惜不久就搬到了一楼122室,整天听到楼道里打电话的噪音。那时全楼只有一个公用电话,谁都可以打,常有一位女士,用广东话大声喊,广东话入声字多,讲起话来,就像打机关枪一样,真是吵人。

19斋的迷糊事

一住四五年,在这19斋122室,也经历了许多有趣的事情。

我原来与张钟合住此屋,我有许多迷糊事,都是他用小说家的嘴,传出去的。最后,竟使我坐上了北大迷糊学会主席的宝座。

张钟、段宝林在 19 斋前。

我喜欢买书,有一次到王府井新华书店,买了几本书,把钱花光了。等上了 32 路汽车(后来改为 332 路),才发现没钱买票了。售票员说:

"没关系,下次补票好了。"

"不!我这儿有邮票,可以买票。"我说。

"不行,我们不收邮票。你下次再补票吧,没关系的。"

"我这是纪念邮票呀!"

"呀!是北京乒乓球世界锦标赛纪念邮票。"一个青年人高叫起来。

"我要,我要。"邮票很快卖掉了。

我这就用邮票买了车票。我回去把这样一件奇遇向张钟一说,他向大家一渲染,这《用邮票买车票》就成了北大中文系迷糊协会最早的经典笑话。

我们吃饭都在教工食堂，有一次买菜时，我竟拿一块牛舌饼当饭票用了。窗口那边的炊事员瞪大了眼睛，感到莫名其妙。此事被当成新闻传开。这是我的又一个迷糊故事。

不过，也有些迷糊笑话并不是我的，却被说成是我的了。

例如有一次，我正要到食堂去吃饭，忽然发现隔壁120室有人大敲房门，原来是张少康去吃饭把门给锁上了。同屋的刘先生要吃饭却出不来，在里边着急而敲打房门。我们赶紧到食堂叫张少康回来开门。

这件张少康的迷糊事，后来竟成了我的故事。

当时，我们都已经结婚。张钟在城里有一间房子，每到周末他就进城，我爱人在国防科委五院（后来集体转业为七机部——航天部）12所工作，星期六晚上回北大。流传的笑话竟说我把我爱人锁在屋里去打饭，而把她给忘了，自己吃完饭就去下棋，害得我爱人出不来，饿了一顿。其实，我从来不下棋。这些情节纯属艺术虚构。

这可能与另外一件事有关。

有一天我回来晚了，门锁着，她进不了房间，就把她部队的挎包挂在门把手上，跑到未名湖散心去了。这是我把她锁在了外边，而不是把她锁在里面。

这个笑话张冠李戴，把张少康的事当成我的事，有的情节则又搞反了。

还有一件事，也是这样的。不过，说得更热闹了。

1960年，我在系里抽签买到一辆哈尔滨江北机器厂出的海燕牌自行车，弯弯的车把闪闪发光，挺漂亮。有一天，我骑车去食堂吃晚饭，吃完了就和熟人边聊天边走回了19斋。第二天早餐时，我发现食堂门口有一辆新自行车闪闪发光，被夜间的雨淋得水汪汪的，就说："你看，不知是哪位马大哈的自行车忘在这儿，夜间淋雨了。"

再一看原来是自己新买的自行车。我昨天吃完饭就回家，把它给忘了。

谁知这件事到了张钟他们嘴里，竟然又加了许多新的情节。

他们说，我怕人家那辆淋雨的新自行车丢失，就把它扛到校卫队去了。等到星期天要用车时，才发现自己的新车丢了。赶紧到校卫队去找，一找就找到了这部新自行车。很高兴，说："看一下登记本，看看是谁捡到的，应该感谢感谢人家。"

打开登记本一看，是谁捡到的呢？原来写的是"段宝林"。自己的车，自己扛着送到校卫队又自己去认领，真是天大的笑话。

这个笑话美化我了。我没有那么高的觉悟，把人家丢失的自行车扛到校卫队去。这后面的情节完全是他们虚构的。

在我们19楼的住户中，迷糊还真不少。比方，杨必胜同志就是我们迷糊协会的副主席。当然，这不是我任命的，而是大家封的。主要因为他也有不少迷糊的业绩，有的还很有艺术性。

曹先擢在19斋生了儿子，段宝林很高兴。

有一次，他用热水瓶煮挂面，挂面吃了，汤还在里面。他洗头时要掺热水，竟把面汤倒进去了，洗头时感到怎么又黏又滑呢，仔细一瞧，原来是面汤当开水了。

还有一次，他骑自行车带着他爱人，被警察抓住了，要罚款五元。他说：

"别罚了吧……她下班我经常带她的。"

"啊？！你经常带人啊？！五块不行，罚款十块！"

这类笑话很多。

吴竟存同志也是我们的副主席，不过他究竟有什么迷糊业绩，我就不知道了。需要去问古典文献专业的同志。

迷糊协会还有个办公室主任兼组织部长马振方同志，据说是负责日常工作和发展会员的。

我以为，我们迷糊协会会员至少要符合两个条件：

一是忠诚老实，能坦白迷糊事儿，我曾亲眼看见张钟在倒开水时把茶杯盖子往热水瓶上盖，但是，他自己不说，别人不知道，他就进不了迷糊协会。

二是迷糊事儿要有艺术性，如果只是一般的事，成不了笑话，也入不了会。

马振方之所以被大伙儿封为迷糊协会的实权人物，大概就是由于他比较精明，而且他的迷糊业绩颇有艺术性。比如：

有一次，他进城到西单商场买点心。当时是困难时期，买点心都用点心票，每人每月半斤，他舍不得吃，把点心票攒起来，一起买了寄回东北，去孝敬他父母老人家。在买点心时，他挑选非常认真，把点心一个个都拿起来用鼻子闻闻。售货员说：

"你别闻啊！你闻了别人还怎么吃啊？"

"没关系的，我只是闻，闻时这气是往鼻子里边去的，不会影响点心卫生嘛。"

这解释还"很科学"，售货员没话说了。

买好了点心，打好包裹，留一个口子，就拿到邮局去寄。但是他匆匆忙忙跑错了地方，竟跑到银行去了。在银行的窗口，他把包裹递了进去，说：

"请你检查检查！"

银行职员拿着包裹，感到莫名其妙，忽然又恍然大悟，说：

"请你看看，这里是什么地方？"

他一看，错了，这是银行。赶紧往邮局跑。

寄走了点心，又回西单商场去买收音机。经过仔细挑选，买了一台大收音机。他很高兴，但收音机太重，不好拿，就准备扛着回家，谁知用力过大，收音机从背后滑到了地下，"啪"的一下，摔坏了，只好送到修理部去修。

从柜台买出来，马上就进了修理部，真是个大笑话。

中文系的这类故事很多，往往是在开会或劳动的间隙讲述的。大都带有开玩笑的性质。

有一次，去故宫午门城楼看华北"四清"展览，快上车了，我还在水房洗手，锁好门，才发现肥皂还拿在手里。为了赶时间，就顺手把肥皂放进了口袋。到中午大家吃午饭时，我掏出肥皂，开玩笑地说：

"你们看，我吃这个！"

引起哄堂大笑。于是《段宝林吃肥皂当午饭》又成了一个流行笑话，在中文系流传不衰。

我们迷糊协会还有个名誉主席，是大家公认的，这就是德高望重的老教授——王力先生。

王力先生的迷糊业绩很多，有的还有很高的艺术性。这是王理嘉听王师母说的。比如：

王先生进城开会，常常戴错了帽子，把罗常培或吕叔湘先生的帽子戴回来了。这些还是些简单小情节。还有许多很精彩的故事。

有一回，王力先生全家进城到菜市口北京工人俱乐部去看京剧。进场时却被拦住了，检票员请他看看戏票上的时间。一看，愣住了，原来是昨天星期六的，今天已经是星期天了。于是，全家老小只好全体向后转，没看成京剧，回家了。

还有一次，早晨起床时，王力先生正在考虑一个什么学术问题，心不在焉地把两只袜子穿在一只脚上了，随即又找了一只袜子穿上。等女儿起床时，发现少了一只袜子，仔细一看，原来她的花袜子穿在她爸爸的脚上呢。

……

这些都是筒子楼里流传的口传作品。虽然其范围有的已经越出了筒子楼，但是，如果没有筒子楼集体宿舍的居住环境，怕是难以形成的吧！

19楼是文科教师的集体宿舍，除中文系的，还有历史系、法律系、经济系、哲学系的青年教师和单身老师，这些迷糊笑话也流传到了外系。我记得副校长何芳川（历史系教授）就曾在招待加拿大何万成教授的宴会上，津津有味地讲过一个据说是我的笑话。他说，有一天我爱人让我去买粮食，要我买米不买面。我一路上口中念念有词：

"买米不买面，买米不买面……"

谁知途中碰到什么事分了心，就念反了：

"买面不买米，买面不买米……"

于是到粮店买了面回家。这似乎是一个中外普遍流传的笑话，阿凡提笑话中也有的。这是把我当成阿凡提了。

为什么把我当成阿凡提呢？可能因为我在文史楼二楼走廊上由潘兆明主编的中文系工会墙报上发表过《阿凡提打油》的笑话。而且，我在民间文学课堂上还讲过更多得多的阿凡提笑话呢。陈熙中是听过我的民间文学课的，他也很会说笑话，可能他也参加了迷糊笑话的集体创作。看来阿凡提倒应该是我们迷糊协会的祖师爷了。

其实，教授的迷糊事儿和迷糊笑话是全世界都有的。我记得美国民俗学会前主席邓迪斯90年代在北京作报告时就说过，他正在搜集教授的健忘故事。他当时还讲了一个数学教授健忘的笑话：

有位教授整天迷于数学演算，却记不住自己新家的住址，他夫人把住址给他写在一张纸上，可是这位数学教授却在这张纸上演算起来，和草稿纸一起扔掉找不到了。他夫人见他这么晚还没回家，就让女儿去接他回来。等回家之后，他对女儿说：

"太谢谢您了，孩子，您的家在哪里，我送你回去。"

"我就是你女儿，你不认识我啦，爸爸！"

邓迪斯教授说，教授的健忘故事很多，很值得研究。我想，我们的迷糊笑话，作为国际教授健忘故事的一部分，当然也是值得研究的。可惜邓迪斯教授已经仙逝，而当时却未能给他提供这些资料。不过，这类研究肯定会继续下去的。我相信。我的这些材料也许有用。

我以为迷糊和糊涂不同，糊涂是大事不清楚，而迷糊则是小事出问题，是"大事清楚小事迷糊"，这就是迷糊的定义。严家炎等人甚至认为我是"大智若愚"或故意装傻。他是文学教员党支部书记，后来竟让我当了他的接班人。我连着干了两三届，这是42个党员、5个教研室的全校最大的党支部，改选时我的得票总是最多。说明大家还是相信我的。迷糊不是糊涂。

还有一件事，曾使我大吃一惊。那是80年代，有一天，在系办公室，郭锡良为一件什么事说我迷糊，正好吴组缃先生也在系办公室，已经快要走出办公室了，听了郭锡良的话，又回过头来，非常认真地对他说："段宝林不迷糊，他党性最纯！"吴先生是我的老师，他对学生要求严格是出了名的。他对我如此评价，使我感到意外。这件事我曾在纪念吴先生的文集中写的一篇回忆中谈过，这里就不多说了。

困难时期的困难

19楼一楼的住户，还有金开诚（当时他还叫金申熊）住过123，刘烜住126，陈熙中住127，何九盈住128。

当时正是困难时期，粮食定量不够吃，营养不良。食堂想了些办法，增加营养，减少饥饿。如双蒸窝头、瓜菜代、叶绿素窝头等。有的很好，双蒸窝头因为蒸了两次，更大更软也更容易消化吸收了。有些瓜菜也很好。但那叶绿素窝头却很可怕。这是用树叶子打烂之后做成的，吃了之后，在肚肠里结成一团大疙瘩，几乎有小拳头那么大。大便非常困难，蹲在厕所拉好半天也拉不下来，只好动手把这硬疙瘩分解，结果造成了我严重的痔疮——环状混合痔。大便时常流血，非常痛苦，折腾了好多年，直到1969年才在二龙路医院用中医挂线疗法治好。

1961年，金申熊得了夜盲症，我们都在文学史教研室，我还是教研室秘书兼工会小组长，正好我有一小瓶鱼肝油丸，送给他很对

在19斋前。立者左起：刘烈茂、张钟、侯忠义、周强，蹲者：闵开德、刘烜。（段宝林摄）

症,而他却没有要。后来我送给了校医院。金原来是王瑶先生的助教,1957年成了"右派",1961年要求调回老家无锡去,我们没有让他走,而分配他给游国恩先生做助手,搞《楚辞》长编。

为了增加营养,当时流行红茶菌,张钟的爱人陈根茹从广播事业局弄来一些菌母,放在玻璃罐头瓶里用红茶水养着,每天喝一点它的水,据说蛋白质很丰富,不过非常酸,使我胃酸过多的毛病加重了。我每天早晨到未名湖跑一圈步,早饭常到海淀长征食堂去吃两个油饼一碗豆腐脑,油饼六分钱一个,豆腐脑儿八分一碗,总共才两毛钱,而在当时却被郭锡良等人认为是"高薪阶层的特权行为"。倪其心同志"文革"后开玩笑时还说我是"活命哲学"。当时我的体重有130斤,肌肉比较发达,但脸很瘦,直到80年代,吴组缃先生才说我"脸上有点儿肉了"。有一次,在食堂吃饭,坐在我旁边的一个小女孩,胖胖的很可爱,瞪着两个大眼睛盯着我看。我很奇怪,问她看什么?她说:

"你怎么那么像猴子啊?"

说我"高薪阶层",是和一般大学生比较而言的。因为我是调干,每月工资69元,而一般大学生毕业后为23级只46元,一年后为22级56元,比我少13元。其实,我在上大学前在上海华东作家协会当机要秘书时,工资为21级,已有67.5元,毕业后变成了62元,因为北京地区是六级,而上海是八级,同是21级,上海就比北京高5.5元。我在上海时,原来在中共中央华东局工作,党政机关拿供给制,后来改为包干制,21级每月只35元。我调到华东作家协会后,人事科长是峻青的爱人于康同志,她要我改为薪金制,每月可增加30多元,但我认为旧人员才拿薪金制,我是干革命的,坚决不改!到北大反而成了"高薪阶层",你说可笑不可笑?要说高薪,在青年教师中,严家炎是最高的,他当过科长,是17级,每月98元。东北来的张钟也比我高一级。奇怪的是不说他们而说我,可能就是由于我早点吃得太豪华,每天两个油饼一碗豆腐脑儿,花两毛钱呢。

段宝林在双杠上。

五六十年代19楼二楼中间是电视室，大家带凳子在一起看电视，开演之前可以聊天。有一次我还听到陈松岑的女儿朝雁很生动地配合手势讲了一个《阿凡提打官司》的故事。我感到这个故事特别有意思，80年代曾给《中国检察报》投稿，他们却不敢登。

我们还常去颐和园游泳、划船，只要五分钱门票，就可以在昆明湖里痛痛快快地游好半天，对身体和情绪都很有好处。有一次，晚饭后我和我爱人去颐和园划船，碰见周扬一家在湖边散步，周扬女儿周密和我爱人是在一起工作的同事，她把我介绍给周扬，说我是北大中文系的，但他很冷淡，只点点头没讲话就走了。我零距离感受到这位权威的风采，并不感到突然。因为1960年8月，第三次文代会在人民大会堂开舞会，我向周扬走过去准备向他打招呼，谁知他竟昂首阔步而去，根本不屑看我这小青年一眼。60年代，全国只有我一个人在王瑶先生指导下坚持讲民间文学课，当时系里要求发讲义，我的民间文学讲义新建了一个自己的体系，并且已油印了两次，王瑶先生认为已经可以出版，让我给出版社看看。我给周扬写信，建议集体编民间文学教材。当时文学史、文艺理论都在编教材,我认为民间文学也应该编教材。然而信发出后却泥牛入海,渺无消息。

19楼有时也会有教授来访的。当时我是文学史教研室秘书,一般在教研室主任林庚先生家开核心组会。四段文学史的领导人游国恩、林庚、吴组缃、王瑶和我参加,我是民间文学的,兼做秘书,给他们跑腿。有一次因为制定研究生培养规划的事,林庚先生到19斋舍下来找我,我不在家,见到我爱人。后来林先生对我说:

"你爱人的普通话说得比你好。"

困难时期暖气不好,我的手上长了冻疮,林师母见了很心痛,送给我一副半指的毛线手套,写字时就不冻手了。当时人与人之间的关系

在30斋的窗户前。(段宝林摄)

还是很温暖的。我是个孤儿，受到这样的温暖，常常感动得热泪满眶。

1961年，我曾在30斋住过一段，好像是四个人一屋，两张双人床，我和赵齐平住下铺，55级的曹鼎、孙绍振住上铺。后来曹鼎调到福建华侨大学去了，孙绍振调到福建师范大学去了。临行前我送了曹鼎同志一部阿英的《反美华工禁约文学集》，他一直保存着，前两年还给我来信提到此事，念念不忘我们的同屋之谊。赵齐平是写毛笔字的，有一次我打扫卫生时不小心把他砚台上的雕龙摔坏了。只好到琉璃厂去买了一个砚台赔他，没有雕龙了，非常抱歉。

那时北大按北京市规定，分房以女方为主，男方不分房；而部队则以男方为主，女方不分房。所以，我结婚五六年了，却一直住在集体宿舍。

直到1966年春，才因偶然机遇，搬出了19斋。当时很巧，我在食堂吃饭时碰见了高校党委的车孤萍同志，我和他很熟，1958年我借调到市委去办教育革命展览，我和他在一起工作了大半年，他们曾想调我到市委工作，我没有同意。这次他是来了解教师生活情况的。我对他说了我的困难，特别强调在19斋几年来两个人挤在一张小床上的无奈。他虽打趣说"两个人睡一张小床更亲密嘛"，但还是帮我在清华园四公寓搞到一间家属房。这样，我就暂时告别了19斋筒子楼，告别了燕园长屋。不过后来又在21楼320和327室住过十几年，说来话长，以后再说吧。

世事沧桑话住房

周先慎

　　世事的变迁真是未可预料。如今的年轻人，到了谈婚论嫁的时候，一般的情况都是先要准备好住房，然后才谈得上结婚；且看电视上征婚的女孩子，差不多都把要有独立住房（就是不跟父母住在一起）摆在条件的首位。这就意味着，如果没有住房，不要说结婚，就连交个女朋友都难。可是，倒回去半个世纪，也就是我们这辈人谈婚论嫁的那个年代，情况是恰恰相反，就是：你要是想要有"独立"的住房（这里的意思稍有一点不同，是指除了自家人以外，不跟别的外人住在一起），那就必须先得结婚。如果当年有谁想要准备好房子才结婚，那就意味着一辈子都甭想结婚。那时候没有商品房，再说工资也很低，除了特例，谁能买得起？又能向哪里去买？要结婚，只能靠国家租给你一间房子。可是你所在的单位有没有房，有房又给不给你，都是很大的问题。通常的情况是，要结婚申请房子，那是非常难的；除非两个人是同一个单位的所谓双职工，在单位有房的条件下，才比较有希望解决。因此很多人都是先结婚再等房，打他几年游击，经过或长或短几番折腾，才终于会在某一天熬到有一个属于自己的小窝。现今与当年，换一个位置想想，自然是各有各的难处。

我主要想说的，是我们那年头结婚要房之难。不过，结婚之前呢，也就是刚参加工作的时候，从某个角度来看，日子却是比现在的年轻人要好过一些。现在的大学毕业生找工作就很不容易，找到了工作，多数还得自己想办法租房子。我们那阵，大学毕业是分配工作，好歹每个人都会有一个"单位"，而有了"单位"（当然都是国有的），就一定会给你安排一个住处，最起码可以分配给你一张床位，使你一工作就有一个栖身之所。

我是1959年秋天从四川大学毕业分配到北京大学中文系工作的。按常规是从住筒子楼开始。最早分给我的住房，是靠北大南大门的24斋（"文革"中"斋"都一律改称"楼"了，以示不读书就等于革命）。大约12平方米，摆两张双层床，住三个人，有一张的上铺可以放箱子和杂物。当时北大的筒子楼有两种，一种是家属宿舍，有公用的厨房，或者至少可以在自家门口的楼道里放一个炉子做饭。一种就是我住的这种，叫集体宿舍，是专供单身教职工住的。我在北大工作生活长达半个世纪，前后也只住过集体宿舍的筒子楼，而未经历过住家属宿舍筒子楼的那个阶段。

我在24斋住的时间并不长。1960年初，经申请被批准成为北大的第三批下放干部，就到门头沟区斋堂公社的皇城峪猪场养猪去了。所以在这里没有留下什么值得记述的故事。模糊印象中，有三点尚可一提：一是活动空间太小，三个人互相影响，读书、备课都极其不便；二是那时年轻，睡得晚，常常在夜里10点以后，几个年轻朋友相约到老虎洞或海淀大街上找个小馆夜宵；三是住房正好在南面，临大马路。但那时的汽车很少，并未感受到像今天临街住户常经受的那种噪音干扰之苦。当年从这条路上开过的公共汽车（公交车是今天的叫法，那时都叫公共汽车）印象中只有从西直门到颐和园的32路（就是今天

332 路的前身），还记得偶然从屋里的书案上抬起头来，常能见到红色车身（那年头的公共汽车几乎是清一色的红）从窗外疾驰而过。

一年后从斋堂下放回来就改住 19 斋了。中文系全体单身教师都住在那里。19 斋的条件略有改善，两个人一间，一人一张小书桌，或两人共用一张两边都有抽屉的大书桌，还一人配一个四层的小书架。系工会准备了可折叠的乒乓球台子，夏天下午 5 点以后就可以搬到楼外去打球锻练身体。教师之间相处得非常亲近融洽，常在晚上或休息时串门聊天。互相间的关照也是很多的。有的老师的爱人从城里（那时北大属郊区，不像现在海淀已经算是城八区了）或从外地过来，同屋的总是主动另找地方，让出床位来使夫妻团聚。那时我失眠厉害，段宝林老师也因身体不好（记不清了，好像是胃病），我们同在西苑中医研究院附属医院向气功大夫焦国瑞学习气功，回到 19 斋练气功时需要很安静，就在门口贴一张字条："正练气功，请勿打扰。"大家见了就都降低声音、放轻动作，非常体贴照顾。那时同住在这栋楼的，还有经济系和历史系的年轻教师。虽然不同系，天天见面，还是比较熟悉的，至今这两个系的有些老师，见到了也还能叫得出名字。这也算是住大杂烩筒子楼集体宿舍的好处吧，接触面宽，可以广交朋友。

不过这种平静祥和的气氛未能一直保持。到了 60 年代的中后期，阶级斗争的风浪涌起来，这里也曾经充满过令人窒息的硝烟味。先是北大党内开展所谓的整风运动，名义上好像很温和，实际的目标是要"揭开北大阶级斗争的盖子"，火药味非常浓。中文系的党员先后开了二十几段会，我作为共青团员列席了一部分会议。会上就曾有人提出所谓"金宝斋"的问题，这是指当时金申熊（金开诚先生的本名）和胡双宝先生同住的 19 斋某室。胡先生是共产党员，金先生当时的身份却是不能再摘帽子的"摘帽右派"，以他们二人为主，常有人到他们宿舍去聊天，内容据我所知无非是京剧欣赏和金石书法一类问题。可在当时，在有的人眼里，好像政治身份不同的人聚在一起聊这聊那，就有了反党的"裴多菲俱乐部"的嫌疑了,因此而被指为"阶级斗争的新动向"。随后的"文化大革命",到了"清理阶级队伍"的阶段,中文系的全体教职员都集中住在这里办学习班,交代问题,不能回家。工宣队和军宣队(毛主席派到学校来领导运动的特殊班子)一开会就给大家念"坦白从宽,抗拒从严",要你老实交代问题,好像中文系的教师里隐藏了多少反革命分子似的,弄得人人自危,气氛十分紧张。在那时的政治环境和气氛下,要是有谁不小心讲了犯忌的话(其实在今天看来都是很普通也很正常的话),或者是出现了政治性质的口误,就有可能立即被当作现行反革命分子揪出来批斗。王福堂和周强两位老师就曾经历过这样的不幸遭遇。

  我在19斋一直住到1966年的年底。其间,关于结婚和住房,经历了许多的波折和烦难。1961年的上半年,即从斋堂归来不久,我就同大学期间相恋几年的女朋友准备结婚了。首要的准备当然是向单位要房子。那时候有一个不成文的规定,要结婚,由男方的单位给房子。女朋友与我同期分到北京,单位是新成立的北京广播学院(就是今天中国传媒大学的前身,直属当时的中央广播事业局)。于是从1961年下半年开始,我就跑北大的房产科,要房子。那时似乎也没有什么规章,要按什么样的程序来进行申请,就是跑,厚着脸皮向管房子的人口头申说。那时北大的房产科规模很小,就在一教西边的几间小平房里。要说我当年把房产科的门槛都快踏破了,一点也不夸张。记得那时接待我的,常是一位体态微胖的女同志,她是真有涵养,任凭你好说歹说,把嘴皮子磨破,就是毫无表情的一句话:"我手里没有房子,拿什么给你呀!"这话当然使我无话可说,也无法可想。

  没有房子,还是走许多人走过的老路:先结婚再说。我们在1961年的年底登记结婚,但因为房子问题,是拖了将近两个月以后,在1962年初才实际成婚的。那时,广播学院的领导给予照顾,答应在集体宿舍里临时借给我们一个房间,我们这才住到了一起。借期一个月,到时还房，以后打过短时期的游击。但不久，还是蒙广播学院领导的关心，在西城区离厂桥不远的麻花胡同里，分给了我们一间小平房。那个院子里住的都是广播系统的人家，院子不大，只能称得上是一个小杂院。没有厨房，只能在住房门口的屋檐下摆一个蜂窝煤小炉子。院子里有一个共用的水管，一个公共厕所。那时候在我们系的年轻教师里，住在可以做饭的家属宿舍里的人不多，记得赵齐平等几位相熟的同事，就曾将他们每月一人半斤的肉票领出来，到我们家来包饺子。虽然刚搬去不久，但邻居之间的关系却非常和谐友善。当时尽管整个国家经济十分困难，但社会安定，治安情况良好，民风也比现在淳厚得多。人与人之间相处，讲情谊，更讲道理。赵齐平来包饺子的那一次，出了一个意外的小事故：他大概是到共用的水管去洗菜刀，刚走到旁边，突然邻居的一个小女孩跑过来，正好额头碰到了刀口上，当时就出了血。我们立即叫来一辆人力三轮车（那时出租车非常少）送到医院去诊治包扎。所幸只是一个小口子，不碍事，在我们向小孩的父母表示歉意之后，事情就算了结。这事要搁在今天，那麻烦可就大了，说不定闹到法院提出要你赔偿多少万都有可能。

住麻花胡同期间，我们添置了一件新家什：牡丹牌收音机。那年代物资匮乏，商品紧缺，很多生活用品都要凭票或是通过单位来分配。当时系里分来两台牡丹牌收音机（那是当年叫得响的名牌），几十个人抓阄，我竟然很幸运地抓到了一台。虽然只是一百多元，却相当于我们两个人一个月的工资了（当时的月工资是56元，这个标准一直维持到打倒"四人帮"以后的1979年，大家戏称这是"部长级<不涨级>"的工资），这对我们新建立的这个小家来说，算得上是一件奢侈品。按工资比例所花掉的钱和当时把收音机搬回家时的欣喜之情，比今天买一个大屏幕的液晶电视不在以下。跟邻居打招呼的时候居然这样说："我们家买了一台收音机，有什么好听的音乐节目的时候过来坐坐啊。"印象很深的是，这台收音机在这里并没有能很好地发挥作用。因为住房旁边就是北京广播电台的一个发射台,当时大家就称我们住的这个地方叫麻花电台。收音机就摆在发射台下,受到强大电波的干扰和控制,不论你转到什么频道,收到的都是北京广播电台的节目,欣喜中又让人感到一种无奈。

当时台湾海峡的局势比较紧张,爱人被临时调到中央广播电台的台播部(对台湾工作部的简称)去工作。不久就听说北京广播学院要下马,许多人都要调出。台播部希望将我爱人正式调到那边去,可她比较喜欢文学和教学工作,那时北京宣武区的"红旗夜大"正要人,领导征求意见时,她就选择了去"红旗夜大"。这样,离开了北京广播学院,也就离开了麻花胡同的小院,离开了我们好不容易才拥有的那个小家。

宣武区"红旗夜大"是北京市业余大学的一面红旗,北京市委很重视,当时从好几所大学包括北大和北师大调了一些教师去支援。但夜大没有自己独立的校舍。开始是借用牛街回民学院一栋楼里的两层楼房,学校的办公室、教研室和教师的宿舍都在那里。"红旗夜大"的领导也很照顾,在集体宿舍里给我爱人单独分了一个房间,备课、办公、住宿三者兼用。这样,虽然还不算真正解决了结婚住房的问题,但我们毕竟有了一个独立的空间,能够延续在麻花胡同时的那种已经有家的感觉。

我平时住在北大19斋,逢星期六就到远在宣武区牛街的回民学院去跟妻子团聚。那时候没有条件自己做饭,一般都是吃食堂,偶尔也自己做一点。说起来真是可怜,那时候没有方便面,要临时解决一下填肚子的问题,就只好用暖壶泡挂面吃。先将挂面放到暖壶里,再倒入开水,塞上塞子泡上半个多小时,倒出来加上一点简单的调料就可以吃了。那味道如何可想而知。稍后要求高一点,就去买了一个煤油炉,煮一点蔬菜来吃,照样是淡乎寡味。就是用煤油炉做饭,在集体宿舍里也是不许可的,只能偷偷地在屋子里做。其间有两件事情印象深刻。有一次，几个在北京工作的老同学把肉票拿过来，要一起用我们的煤油炉改善生活。但在回民学院是不可以煮猪肉的，那可是违反民族政策的大事啊。为了不让猪肉的味道飘出去，引起人的注意和反感，就精心地先用报纸将窗户和门缝严严实实地堵起来。就这样，几个朋友偷偷摸摸地享受了一次实际上是没盐没味的口福。还有一次，在社科院文学所工作的我的一位老同学，不知道从哪儿弄到了一包生的羊眼睛，拿到我这里来煮了吃。我过去是从不吃羊肉的，怕那膻味。但那年头供应非常困难，可吃的东西实在太少，馋得要命，我们两个人竟然吃得香喷喷的，一个不剩。如今想起来，那些羊眼睛好像还一个个死死地瞪着我们，感到恶心之外，还有点毛骨悚然。

不久宣武"红旗夜大"就搬到了广安门内的南线阁中学。仍然是借用别人的几层楼房，格局还是那样，我们继续保留了一个小小的个人空间。这样，一直到1966年的"文化大革命"，都是一到周末我就从北大到广安门内来回跑。开始是坐公交车，单程大约三毛钱，这在今天当然只是一个非常小的数目，可要是按当时的工资比例来算，就相当不少了。坐公交车坐得真的有点心疼。到了1964年，咬咬牙凑钱买了一辆自行车。记得很清楚，是28型的凤凰车（在当时，是与永久、飞鸽齐名的自行车中的名牌），花了166元，相当于我三个月的工资了。这是我们婚后小家添置的又一件奢侈品。欣喜之情不亚于今天的年轻人买了一辆宝来甚至是帕萨特轿车。这种心情竟然保持了好长一段时间，表现在行动上，就是几乎每天都要擦车，而且擦得非常精细。

既然在北大要房碰了钉子，没有了希望，这几年又总算有了一个安身之所，就再没有去找过北大的房产科了。可是系里却还记得我的困难，记得我的申请。在"文化大革命"开始不久的几个月之后，大概是1966年的年底吧，系里的领导突然告诉我，说可以分配给我一间家属住房，只是房间不大，只有14平方米，而且不能做饭。我大喜过望，想都没有想立即就说："很好，不能做饭没关系，我们就两个人，可以吃食堂。"这样,我们就有了第一间在北大的家属住房。

没有想到,分配给我的竟然是当时属于学校顶级住宅区的燕南园58号中的一间。后来才知道,这次分房,同"文化大革命"的风暴对现存社会秩序的破坏密切相关。

燕南园是北京大学的园中园。原本是上个世纪20年代燕京大学特地为外籍教师修建的,解放后经过院系调整,这里成为北大领导干部和著名老教授集中居住之地,如马寅初、陆平、周培源、冯定、冯友兰、朱光潜、侯仁之、陈岱孙、江泽涵,以及中文系的魏建功、王

燕南园58号,2010年3月补拍。40多年过去了,容颜未改,只是没有了当年"文革"的喧嚣,一切又复归于平静。

力、林庚等先生，都曾是园里的主人。虽地处学校中心地带的热闹区域（东南毗邻后来非常著名的三角地），但园内树木参天，绿荫遮地，一道围墙把周围隔离开来，却又可以独享一份幽静。园中或是小洋楼，或是中式平房，一家一个独院，格局十分别致。听说当年燕京大学修建这个园子的时候，每个院落和建筑的布局与风格，都是按照教授们各自的意见和喜爱来设计的。以前曾多次到过王力先生家，也曾在园里散步过，却从来也没有想到过自己有一天也会住到这个园子里来。

我居住的58号原来是著名哲学家、北大副校长汤用彤教授一家居住的。汤先生去世后，就由他的家属居住。但"文化大革命"一开始，学问渊博的老教授就变成了"反动学术权威"，成为首要的冲击对象。政治上受到批判，生活上也随着降低待遇，其中就包括压缩住房。据我所知，中文系的许多教授如王力、林庚、周祖谟、朱德熙等先生也都在那个时期先后腾出房子来让给了别的教师。汤一介先生（汤用彤先生的长子）和乐黛云先生夫妇，运动开始不久就受到冲击，抄了家，被赶到中关园的平房去了。这样，58号相继搬进了同属中文系的四家人，林焘先生住南面的两间，叶蜚声先生和赵齐平先生住北面的两间，另各加上后院的一小间（大概是原来的储藏室和保姆房），我住东南角的一个小间。连同汤一介先生的弟弟和母亲一家，58号这时就一共住了五家人。分割地住在这样的高级住宅里，其实是非常不方便的。我和林焘先生住的三间是一片，共用一个正规的带浴缸的卫生间，但是没有厨房，只能在非常狭窄的过道里做饭。叶蜚声先生和赵齐平先生两家是一片，有一个相当大的厨房，但却没有一个正规的厕所。就过日子来说，条件都很不完备。但对于我们，在经历了几年很不安定的婚后生活之后，在北大有了这样一间真正属于家属宿舍的住房，已经感到非常满足，非常奢侈了。

我们在燕南园前后共住了13年。我们一儿一女两个孩子，都是在这期间出生的。在我所住过的北大的住宅中，这里的时间不算最长，但保留下来的记忆却是最多,有的很温馨,有的很有趣,但也有许多烙下了社会动荡与严酷的时代印记。

住房的南窗外是一个相当大的阳台,阳台外面是一片很开阔的园子,有许多树,可以种植花草和蔬菜。我们在阳台边插上竹竿,种了一排茑萝。夏季开花,小红花衬上纤细的绿叶,透出一种柔美的风致。我们还在空地上种过丝瓜和蓖麻,竟然也小有收获。那时候每到初冬,每家都要购买储存大白菜,但家里非常狭小,根本没有地方码放白菜。有人介绍经验,说只要有空地,也不用挖菜窖,只要刨出一个比较深的大坑来,将白菜码放到里边去,再用土覆盖起来,过冬没有问题,不仅可以防冻、保鲜,而且白菜还会生长变大。我在室外的园子里如法炮制,果然那年储存的大白菜竟由二级菜长成了一级菜,真是欣喜不已。

刚搬到燕南园不久,我爱人就怀孕了。岳母答应来北京替我们带孩子,为此要做许多必要的准备。首先是要加一张单人床。买床是不可能的(没有钱,有钱也买不到),向学校借床板又借不来。听说西直门外有一家木材厂有木板卖,可以买回来自己钉;但每天出售的数量有限,必须一大早赶到工厂门口去排队。我一早就骑自行车赶过去,还真买到了。可是要把这些木板运回家,却是经历了极大的困难和惊险。我说不出来那木板是什么材质,虽然价钱不贵,却非常沉重,四大块,每块比后来做好的床板还要长出一尺多。我请好心人帮我的忙,费了很大的劲才将木板结结实实地捆在了自行车的后架上。但后面太沉,根本把不稳车把,无法骑上去。还是在好心人的帮助下,替我扶着车,让我骑上后又推了一段,这才战战兢兢地上路了。但是骑上去难,下来就更难了,只好硬着头皮一口气骑到北大。那时 32 路公交车行驶的那条路比现在的白颐路要窄得多,而且有一半还在翻修,骑在车上真是十分惊险。幸好那时的汽车很少,不然出事的可能性是非常大的。好不容易骑到了北大的南大门,请身边的两个同学帮助我,下了车,并帮扶着慢慢推到了燕南园的家里。用这四块木板钉成的一张宽大的单人床板,一直跟我同甘共苦,用了将近二十年,直到1994年搬到燕北园的时候才弃置不用。

孩子出生后,除了凭出生证供应两斤小米外,其他产妇必要的营养品在海淀这边完全买不到。于是隔些时候就从北大骑车到西单菜市场去买一次冻鸡。也是一大早就得赶到,大家都在市场门口等着,一开门就像赛跑一样一窝蜂拥进去,手慢了连一只也抢不着。现在大家吃鸡都要选瘦的,那时想挑一只带点黄色也就是稍微肥一点的都不可能。即使这样的骨瘦如柴,能抢购到一只就算是很幸运了。现今的年轻人养孩子,金贵得不得了,这营养那营养,这讲究那讲究。我们当年养的两个孩子,也没什么营养和特别的讲究,但都很皮实,长得也不错。人真是一种很奇妙的动物,什么样的环境都能适应,即便是最低的生存要求,只要紧迫的愿望得到了满足,也会产生一种幸福感。当我买到那块沉重的床板料并艰难地将它运回家,当抢购到一只没有脂肪的瘦鸡的时候,心中竟也油然而生一种如获至宝的喜悦。

孩子出生不久,北大的两派群众组织"新北大公社"和"井冈山兵团"矛盾激化,发生了武斗。那时清华武斗竟用上了热武器,北大还算好,只用冷武器,即自制的长矛和强力弹弓。我们家的南面墙外是28楼,当时是"井冈山兵团"的据点之一,聂元梓支持的"新北大公社"向28楼进攻,28楼就向下用强力弹弓还击。一天中午,有一颗比鸡蛋还要大的石头,竟从28楼上穿过我家的纱窗,飞进屋里,幸好没有伤着人。在家里不能住了,于是爱人和岳母带着孩子到城里她的学校去暂时避难,我就住到了当时在二院的中文系办公室里。我一个人住在二院倒还清静,但住了一段时间以后,常闻到一股不好闻的酸味。后来打开柜子一看,竟发现有一个骨灰盒放在那里,正好在我睡觉时的头顶上方。那时北大的政治斗争十分激烈,充满一种恐怖气氛,天天开批斗会,经常听到有人自杀的消息。这骨灰盒就是中文系一个女学生叫沈达力的。她被当作反动学生三番五次揪斗，可能是实在受不了了，也看不到有任何出路，就了结了自己年轻的生命。因为背负着"反动学生"的恶名，家里不敢或是不愿来要骨灰，于是就放到了中文系的办公室里。我知道后就再不敢住到那里去了。

1974年春天，我们的又一个孩子出生了。岳父母一起又从四川来京帮助我们。家里住不下，我就又到中文系办公室去睡觉了。这时中文系办公室已不在二院，搬到了学生宿舍区的32楼，同中文系的学生宿舍在一起。男女学生分楼层居住。1976年7月28日唐山大地震的时候，我就住在32楼的中文系办公室里。记得楼摇晃得很厉害，我从睡梦中惊醒，朦胧中意识到是发生地震了，就赶快起来。因为楼下住的是女同学，不敢只穿着内裤就往下跑，但楼还在不断地摇晃，长裤怎么也穿不进去。当我折腾半天穿好裤子跑到外面去的时候，看见已有许多同学早就跑到楼下了。不少女同学都只穿着内裤、戴着胸罩、披着一张浴巾，顾不得穿好衣服就跑了出来。我当时就想起了蒲松龄在《聊斋志异》中有《地震》一篇，写他亲历的康熙年间山东地区的一次大地震，说是大家慌忙跑到室外，男男女女都是赤身裸体，惊魂稍定后，互相告语，竟未发现自己并没有穿衣服。那种情景，我经过了唐山大地震时的亲身体验，才知道蒲松龄完全是写实，而且写得真是非常的逼真生动。

地震期间在燕南园里也发生过一些值得记述的事情。冯友兰先生住57号，与58号相连，据说住房的结构与58号完全相同，一剖两半，由庭院中的一道特设圆门的矮墙隔成两家。林庚先生住相邻的62号，在我们58和57号的西南面，住宅的窗外有一丛翠竹掩映。我们这相邻的三套住宅，南窗和东窗外的空地连成一片，可以说是同在一个大院子里。地震以后余震不断，大家都到院子里搭抗震棚，住到外面了，就连平时深居简出的冯友兰先生也不例外。唯独林庚先生是安闲镇静如常，任凭余震不断中房屋怎么晃动，就是不肯出来。这不是简单地用"不怕死"就能解释得了的,应该是林先生平日恬淡潇洒的性格与人生态度,在特定情境之下的一种表现吧。

我们家的地震棚改建过几次,先是在东边家门口的阳台下,后来因为老下雨,低洼的地方常积水,就搬到了西边靠近林庚先生家的一块地势较高的地方,与冯友兰先生家的抗震棚紧紧相连。有一天晚上,江青突然带着一批人来看望冯友兰先生了。北大军宣队的负责人得知,不敢怠慢,赶快过来,跟着又一下子拥来了许多身份不明的人和许多学生,把我们家的抗震棚挤压得嘎嘎作响。我家的棚子里住着老人和孩子,我爱人急了,脱口嚷道:"有什么好看的!别挤了!别挤了!棚子快塌了!"这话让我一下子惊出了一身冷汗。要知道,当时到处都可以看到这样的大标语:"谁反对敬爱的江青同志,就砸烂谁的狗头!"她这话要是被人揪住,立即就可以成为"现行反革命"的。所幸当时大家的注意力都集中在江青的身上了,好像没有人理会这话;更加幸运的是,没有过几个月,"四人帮"就倒台了,江青从此就失去了当时的威风。

住燕南园期间,最有趣的事要算是跟耗子作斗争了。因为是老房子,又都是木地板,就有许多耗子出没。那时又没有冰箱,保护食物不被耗子偷食是一件很伤脑筋的事。后来终于想出了一个很妙的办法,就是将脸盆倒扣在地板上,盆沿用一个乒乓球支起来,乒乓球下面朝盆里压一小块油条,耗子钻进去叼油条就把它扣在里面了。用这种办法我们捉到过好多只耗子,多少煞住了它们一度相当猖獗的威风。孩子们稍大一点的时候,这事就变成了一种他们饶有兴趣的游戏,每当逮住耗子的时候,他们就欣喜无比。读小学的女儿,还拿这事写过作文呢。

随着"文革"的结束,住房和相关的生活情况都跟着发生了很大的变化。先是"落实政策"(这是当时的一种专用的说法,特指按照新的政策改正过去的错误做法),林焘先生搬到了燕南园52号,腾出来的一间大房间分给了王力先生作书房。这样，我和王力先生就有一年多的时间，在他工作的时候同他相邻而居，有过比较多的接触。老一辈学者在打倒"四人帮"以后，为了抢回来"文革"中失去的时间，争分夺秒地从事学术研究的精神，令我十分感动。常常和王力先生一起在系里开会（那时候各种会议是非常多的），在上午11点过或是下午5点过散会回来，业务方面的事我就什么都不干了，而王先生却是无一例外地先不回自己的家，而是到58号的书房来抓紧工作一段时间。与此相似的是同样住在燕南园里的朱光潜先生，他每天在楼上孜孜不倦地写作，让他的夫人搬一把椅子坐在楼下的大门口，阻拦来访者不要去惊扰和耽误他的工作。

1979年，我也离开燕南园，搬到了北大西门对面的蔚秀园27公寓213号。这是我第一次住进了家属宿舍的单元房。高兴的是，有了独立的厨房和卫生间。但是整个住房非常小，只有五十多建筑平方米。

蔚秀园，这间屋子兼具四种功能：卧室，兼书房，兼客厅，有客人来吃饭时，用几张凳子拼成一个小餐桌，又成了餐厅。

过厅里除了摆一张长条形的小饭桌,就什么也放不下了。但毕竟有了两间房,小房间给孩子们住,第一次跟大人分开。大房间是卧室兼书房兼客厅,有朋友来吃饭时还兼餐厅。这期间,从北大的木工厂定制了四个书柜,不算多的藏书也第一次可以摆出来使用了。我在这里住的时间最长,直到1994年搬到北大西北面骚子营的燕北园为止,一共住了15年。

这期间可记述的琐事当然也不少,我只说其中的一件。我是住在顶层,同系的裘锡圭先生住三层,袁行霈先生住二层。裘锡圭常有挂号信,邮递员在楼下大叫很长时间,没有人应,以为没人在家,走了。其实他是在的,只是专心做学问,听不见。两耳不闻窗外事,一心钻研古文字,他真做到了。这事我们同单元的住户都知道,而且还传到外边去了,有人当作佳话来传,有人当作笑话来听。

1994年,我搬进了燕北园305楼207号。离开蔚秀园的时候,我非常感慨。我们还没有搬出,就有新住户来看房子了。我不知道他的身份是教员还是职员,见他头发斑白,显然已是年近半百了。我们没有多说话,没有交流,但看他抑制不住的欣喜的神情,我知道他得到这套房子一定十分不易。我当时感到在这里是一天也住不下去了,可他来看了还那么高兴。想到这里,我不禁心里一酸,想哭。

燕北园号称三室一厅,其实建筑面积也只有81平方米,现在人们把这种房子称作"小三间"。但对我来说,毕竟又是一次提高,一次改善。大房间虽然还是书房兼客厅,但可以不再兼卧室了。于是又增添了四个与原有的四个颜色规格相同的书柜。在墙角的位置,可以放得下一个稍大一点的电视机了。不过,令人不满之处依然很多:住进去以后好几年都没有修路,一下雨就只能蹚着满是泥泞的路进进出出;配套设施基本上没有,买菜和日常用品都极不方便;来了客人要请人吃个饭,附近连个像样的餐馆也找不到。尽管如此,我还是高高兴兴地在这里住了整整十年。

燕北园。大房间是客厅兼书房,但电脑还必须摆在卧室里,写作的时候,一堆参考书就只好堆在旁边的床上。

    2003 年,我们用多年的积蓄在远郊昌平的回龙观买了一套房子。三室,两厅,两卫。2004 年的春天搬过去。比起燕北园来,这里的汽车少,很安静,空气也比较清新,住着感到很舒适。离开燕北园的时候,我也非常感慨,这次不是对别人的,而是对我自己的:我教书、搞研究几十年,在工作最需要的时候没有,到了退休以后,才有了一个属于自己的独立的书房。唉,这是可喜呢,还是可悲呢?

    但毕竟,我已经是居得其所,可以安享晚年了。这比起许多至今还没有住房的人来,已经是幸福得不得了了,我很满足,很满足。至于那间书房呢,"老九"就是本性难改,既然是个读书人,只要还干得动,总会在那里继续耕耘的。

2009 年 8 月 28 日,时年七十有四

湖畔的雪泥鸿爪

谢 冕

我把人生的大部分时间,都留在了未名湖畔的这一方土地。半个多世纪的光阴,有的人天南地北地往返奔波,而我基本是在原地踏步。北大是一个奇特的、一旦住下便不想离开的地方。它是圣洁的和光荣的,然而,它又是充满遗憾的,甚至在某些时期是蒙羞的,但不论它有多大的缺失,有的人甚至在此受到伤害和剥夺,但是,几乎所有的人却都是一厢情愿地不改初衷,一样含着泪爱它、恋它!

距今五十多年前,那时的我年少轻狂,浪漫情怀,孤行千里,负笈北上。落定在湖边这一片土,就再也没有、也不想离开。长长的半个多世纪,我先后住过燕园的不少地方,临时住过的有入学之初的第一体育馆和小饭厅,"定居"的宿舍则有13斋、29斋和32斋。13斋现在已面目全非,29和32斋还在,但也早已改名为"楼"了。

毕业之后我留校任教,住的职工宿舍也有几处。这些住过的和没有住过、却也有过干系的居所和屋宇,留下了我的人生踪迹,也留下了我的生命感触。世事沧桑,悲欢离合,一切都非常可贵,我来不及叙说，我只能借这几片纸，星星点点地勾画那散落在湖畔的、尚可依稀辨认的雪泥鸿爪。

16斋

16斋在三角地西隅，是一座坐南朝北的筒子楼。这原应是一般的宿舍楼，因为学校发展很快，单身职工结婚后没有住所，就临时成了双职工的宿舍。楼有三层，房间南北相对，一个房间住一家。60年代初，一下子搬进了几十对年轻夫妇，呼啦啦地把整座楼都占满了。我也是这时搬进16斋的，住三楼316号。

房间不大，大约十二米，除了安放一张双人床，余下的地面就很可怜了。好在那个年代奉行艰苦奋斗，人们对生活的要求很低，有一间安身立命的小房子，就已满足。楼里没有厨房，每层倒是有一个厕所，是公共的，男的在三层，女的在二层。初搬进16斋，因为没有厨房，各家都把炉子放在各自的门口，加上置放一些必要的厨具，加上堆放煤饼（那时烧的是煤饼）的地方，那楼道就黑压压地成了"巷道"了。

后来学校给每层匀出两间空房，给各家做饭用——我们终于有"厨房"了，不过仍然是公共的。大家动手把楼道里的家伙，搬进了新的"厨房"，顷刻间，整个房间密密麻麻地摆放了炉子和煤饼，还有厨房的必备用具，油盐酱醋等，仍然是挤得不留一个空隙。好在房客都是学校的职工，有的先前还认识，大家都彬彬有礼，也都能互相体谅，几年下来，倒也相安无事。有时还能互相照看，哪家缺了葱啊蒜的，还能互通有无。

住进16斋时，大家都是青年，事业学问都看不出端倪，但是那种邻里互助的精神，却是愈久愈显得香醇。住在16斋的那些房客们，后来有的在"文革"中遭难，有的则是飞黄腾达成了各界的要人。

朗润园

朗润园在校园北部，是一座岛，四面环水，水中荷叶田田，水岸杨柳婆娑，是北大后湖风景佳丽的地方。岛中央有许多古建筑，多是清代王公贵族留下的府第，到了50年代，经历了时代的风雨剥蚀，已经显得苍老了，但那种不同凡响的恢弘气象还在。园中小山逶迤多姿，山巅有亭，亭隐约于树荫中。朗润园最美的是临水的那些建筑。北大许多名人都是朗润园的居民。50年代初期孙楷第先生的住处是一座岛中岛，四面荷花环绕，古槐杨柳掩映其中，真是神仙洞府。从孙府沿溪向东，路旁竹林中数间矮房，就是温德先生的家了。温先生是美国人，终身独处，90高龄还游泳骑车，也是一位活神仙。湖边盖起公寓之后，园中的居民就更多了，季羡林先生、金克木先生、陈占元先生、吴组缃先生、季镇淮先生先后都在这里安了家。

说起临水而居，最有韵味的要数罗列先生的家。记得当年罗列先生住的，是一座水流婉转经过的旧式平房。房前是一条幽雅林荫小径，入了院子，后门即是小河，河边的美人靠被夕阳的余晖照着，更是引人遐想。这些临水的充满情趣的房舍，今已荡然无存，倒是那亭子还屹立着，见证着往昔的繁华。

朗润园的外圈盖起一批公寓，那是60年代初的事。学校发展得快，见缝插针地利用"空地"盖起了大批的公寓，用以解决日益增多的双职工的住房困难，朗润园周边的公寓就是这时盖的。在这些楼群间，还建了一座招待所——那是北大当年唯一的"宾馆"，因为位置在校园的北边，我们简称为"北招"。"北招"后来成了著名的"梁效"大批判组的住处。这些新的建筑破坏了这座古典园林的传统风格，这种破坏在革命高涨的年代，几乎是不可避免的。

我就是在这时从16斋的筒子楼迁居到朗润园的。当时住12公寓三楼单元房中的一间。那套单元房面积总共约70余平方米,有一个套间最大,30多平方米住了化学系的三代人,其余两间,一家是地质系的,一家就是我住,总共算来,这小小的单元一下住进了三家、三代、十几号人口。厨房和卫生间是三家共用,做饭还好,用卫生间就要"排队"了。那时正值"文革"期间,外边口号声和爆炸声不绝于耳。我们能有这样的一座"避风港",也是万幸了。

蔚秀园

蔚秀园在北大西校门对过,前临通衢,由此向北,可达圆明园和颐和园。蔚秀园和北大西门之间的道路,是旧时从故宫通往颐和园的御道,现在也还是从内城通向西山的大路,去香山的,去颐和园和圆明园的,再加上北大、清华和101中学这些学校都要通过这里,道路拥挤而繁忙,几乎时时都在塞车。

蔚秀园在海淀。海淀过去是万泉涌流的地方。这里的地名如万泉庄、万泉河、泉宗庙等都与泉水有关。蔚秀园置身于海淀的水网之中,这园林素以富于水乡特色名扬京师。园并不大,水面占了大部,河中水草芰荷丛生。旧式房舍,乌瓦粉墙掩映于潋潋波光之中,简朴而古雅。初进燕园,我们结伴步行去颐和园,常取道蔚秀园。当日的蔚秀园与四围西苑乡的稻田融为一体,令人恍若置身江南。

蔚秀园盖楼是70年代的事。楼高五层,约十余座,硬是把沿河那些小山脉全给铲平了。我刚搬进园子时,河道里水草依然丰茂,偶尔还能发现二三只野鸭从水泥涵洞中游出觅食。而如今,所有的水面都已干涸,昔日那种水乡风情是一去不复返了!

70年代末,我在蔚秀园分得了两小间住房,总共约30多平方米。这对于长期与人合住、没有独立住房的人来说,总算是有了一个家的感觉，还能奢望些什么呢！当日在蔚秀园21公寓住的，各种人都有，有化学系的资深教授，也有食堂里的炊事员、校医院的护士，在特殊的年代，人们没有级别身份的差异，都相处得很融洽。

蔚秀园五层楼上居住的那些日子，是我学术经历中最值得怀念的日子。我在那里进行了对于中国当代文学的回顾，并开始了新的思考。我在那里完成的文字比任何时候都要多。那是长久积蕴的喷发。这说明，一个值得纪念的时代对于一个人的事业有着多么重要的意义。

我在蔚秀园居住的时候，南面的畅春园还是一片稻田和荷塘。从我的凉台南望，是一望无边的青翠！夏天的夜晚，蛙鸣惊天动地，使人终夜难眠。十里稻香，十里荷香，更是"扰"人清梦。那时望不到边的那些河网水面，如今已变成了同样望不到边的幢幢高楼：芙蓉里小区、稻香园小区（这些命名，还留有旧日的残迹），加上北大的畅春园和承泽园小区，当日都是"未曾开发"的良田——这里原是供宫廷食用的上好的京西稻的产地，如今都在历史的风烟里消失了。

消失的不仅是蔚秀园周边的这一片，北京西直门外从往昔的蓟门烟树到如今的中关村开发区，那些直冲云天的由马赛克和玻璃墙堆积起来的楼群，都是以无边的稻田和荷塘的消失、以美丽的西郊的消失为代价换来的。人们，包括我自己在内，我们每个人的"家"的获得，是以我们祖先留下的家园的丧失为代价换来的。

畅春园

畅春园的历史比圆明园要早，比颐和园更早。《日下尊闻考》说：此园"本前明戚畹武清侯李伟别墅，圣祖仁皇帝改建，锡名畅春园。"据说，康熙皇帝曾经延请外国传教士在畅春园向他讲习西洋天文、地理和数学等现代知识。这里曾经是康熙、乾隆、雍正几代帝王留下足迹的地方，也是他们听政和休憩、避喧的场所。

畅春园的繁华在许多典籍中都有记载。清代的吴长元在《宸垣识略》中说："畅春园在南海淀大河庄之北，缭垣一千六百丈有余。本前明戚畹武清侯李伟别墅，圣祖因故址改建，爰锡嘉名。皇上祗奉慈帏于此。园在圆明园之南，亦名前园。"此书对当时的畅春园有很多细致的记述，宫内四围有小河环绕，河水数道环流苑中，东西有堤，东曰丁香，西曰兰芝，西堤外别筑一堤，曰桃花。古人有诗云："西岭千重水，流成裂帛湖。分支归御园，随景结蓬壶。"可见当日园中水势之盛。

这些在今天当然是见不到了，那些新建的巍峨楼群吞噬了美妙的田园，连同旧日的山脉水系。倒是意外地留下了恩佑寺和恩慕寺的两座山门，作为"幸存者"在这里守护着死去的宫苑，供后人凭吊那往昔的繁华。这两座山门现在仍然屹立在北大的西门外，终日寂寞地面对着奔流不息的汽车的洪流。

从 80 年代末搬进此园，我再也没有离开这里。我住进畅春园后，手植了四棵石榴，园内两棵，园外两棵，现在还是年年开花结果。我家的对面，是北大二附中的操场，学生们矫健的身影给了我青春的感受。我在畅春园一住就是 20 年光景，在这里经历了社会的巨大变革，在这里接待过来自各地的朋友，这里凝聚了我对于人生和学术的诸多感悟。我现在的户口本上，依然写着畅春园这个居住地的地址。

勺 园

勺园不是我曾经的住处，但却给我留下诸多记忆。当年的勺园是一个废园。这里原先河网遍布，地势低湿，适于植物种植。燕京大学把它辟为农学院的实验地，外建一个气象站。到了北大，菜圃依然保留，还成了后勤的养猪基地（即猪场）了。我上大学时，常到那里参加劳动，摘蔬菜、种树、翻土什么的。后来这里就盖起了宾馆和公寓。现在的勺园，一派灯红酒绿，是看不到那些田园景色了。

勺园的历史也相当久远。史书记载说："北淀有园一区，水曹郎米仲诏（万钟）新筑也。取海淀一勺水之意，署之曰勺，又署之曰风烟里。"（明蒋一葵：《长安客话》）清代孙承泽在《天府广记》中对此有传神的描画："海淀米太仆勺园，园仅百亩，一望尽水。长堤大桥，幽亭曲榭。路穷则舟，舟穷则廊，高柳掩之，一弥无际。"现在的勺园宾馆就建在这座秀丽的园林上面。楼边的荷池年年新荷灿烂，柳岸摇曳多姿。宾馆落成后，修了一道长廊，形制如颐和园，但长度不及颐和园，宣统的弟弟溥杰先生题写匾额"勺海"二字。

现在的勺园当然是看不到上述这些景象了，现在也是毫无例外地矗立着连片的楼群，这里是北大现今接待宾客的宾馆区，楼房里住的是造访的内外宾客。勺园的多功能厅很有名，许多会议都在那里召开。我们在那里举行新年团拜，举行学术研讨，也举行过季羡林先生、林庚先生的庆祝会。特别要提及的是，我所属的北京大学中文系1955级入学40周年、毕业35周年的庆祝会——"难忘的岁月，世纪的约会"，也是在勺园举行的。那时正值林庚先生90华诞，我们向先生献了鲜花。

勺园，永远的记忆！

2007年12月24日平安之夜，于北京昌平北七家村

半间"小屋"旧事琐忆

孙玉石

毕业留校后,分配给我的第一个"窝",是学校南门内19楼的半间"小屋"。

那是1965年春天了。1月里,研究生论文答辩结束,外校来的同窗,陆续离校,返回原单位。为等候其他同学分配,到1965年4月,宣布方案后,我才从29楼研究生宿舍,搬进19楼那间小屋里。这算是我结婚后暂住的第一个不是"家"的"家"了。

严格地说,19楼并不是"筒子楼"。在这里谁也不能个人"独享"一间住房。每个老师无独立的家庭户口,每家门口无烧火做饭的蜂窝煤炉,楼道里头无涮米洗菜的公用厨房,走廊内外无嗷嗷待哺或乱叫乱跑的小孩,每个房间里更无家庭必备的双人床,可以说,这是一个地地道道的"五无"世界。充其量只能称之为男性青年教师的单身宿舍,说得好听一点,可谓之"准筒子楼"或"类筒子楼"也。

中文系毕业留校,工作近十余年的,比我们年长一些的年轻老师,或因尚未结婚,或因结婚而两地分居,或结婚非两地分居而女方于单位也未分到房子者,都一直住在这里面。

我住的一层楼这间小房,紧靠楼门口走道东侧,在应属传达室位置房间对面。与我合住的,是古文献专业的助教左言东。他爱人住城里婆婆家。每当星期六下班后,他便进城回那里。我爱人在城里学校任教,住集体宿舍,周末下班,才回到这个不算家的"家"里来。

就这样,进城离城,你来我走,周而复始,一直到1968年5月,我小孩两岁半了,因抚养她的老人患眼疾失明,在把她从外地接到北京前夕,我才告别这间小屋。如此轮流合用的半间"小屋"的"家",在19楼这个小楼里,远不止我一户。今天看起来,这种荒诞的"家庭"住宿模式,也应算是社会主义后勤管理中一个充满智慧的发明吧。

因所有住户,均无法自己开火做饭,有时也会逼着人们的头脑里,冒出一些"智慧的火花"来。譬如,突然来了熟悉朋友,或中学老同学,临时做不了饭,又来不及到外面去吃了,怎么办呢?我就拿出读研究生住集体宿舍时的发明——"暖瓶煮挂面":到外面锅炉房供水处,打来一暖瓶滚烫开水,将抽屉里备用的一札挂面,一缕缕放进暖瓶里,迅速盖上瓶塞,闷上它五六分钟,然后用筷子,挑到碗里,加点酱油,香油,味精之类,一碗自制的清汤寡水"友谊牌"面,就可给友人聊以充腹了。一位自鞍山一中毕业的同窗好友,偶然自清华大学来看我,过了食堂吃饭时间,就是第一次品尝我"炮制"的这"美餐"的。45年过去了,那番难以言说的"滋味",仿佛都是"如今可待成追忆,只是当时已惘然"了。

这样"轮换"居住式似有若无的"家庭"生活,时间过得长了,与之相关联的自娱自乐式的"故事新编",也就由之而产生出来了。

既然"准筒子楼"里不能生炉子,不能烧火做饭,也不准使用"土电炉",住在这里的老师们,"牙口"便都很好:"吃食堂"。一位与我一样拥有这样"轮换"式"家庭"的年轻教师,爱人在城外很远的地方工作,周末常加班,到周日早晨,才从老远地方,乘公共汽车,赶回这个"家"来。到"家"了，还没吃早饭。于是，这位老师便勤劳热情，去教工食堂打饭。临走前，对爱人还说了句："你等着啊，我去买饭。"平日一向喜欢沉思默想的他，手上捏双筷子，边敲饭碗，边唱小曲，一路走一路想事，到了食堂后，竟全然忘了"打饭"这项"任务"了。他自己买了饭后，习惯地坐在那里吃上了，等饭吃完了，才空着手，又是捏着筷子，边敲着碗，唱着小曲，回到房间来。推开门，一见爱人在屋里，便发问道："你什么时候回来的？"将其编入"新编故事"的老师，研究过新疆阿凡提故事，这故事当时特别流行，人们也都非常喜欢那里的机智幽默，大家就对这段"口头文学"，权当"阿凡提"故事之类，传之不已，听说者快乐一番，被编者脾气特好，不加计较，也不"勘误"，传来传去，也没有人再去花费心思，辨认是真史加工，还是向壁虚构了。

　　这类被通称为"迷糊的故事"的故事，在我们这个"准筒子楼"里，颇为盛行。因之，19楼中文系青年教师族里，就添了一个若有若无的开玩笑的"地下组织"："迷糊协会"。记得那时的"会长"，似为晚我两年入学早我于1962年留校的老师马振方。当时，好像还有个口口相传，而非文字可稽的"规章"：凡创造"迷糊事件"二三条者，或创造超级"迷糊事件"一条者，即可被认定此"迷协"正式"会员"。"会长"以及其他一些"迷协"会员老师们，诸多精彩的"迷糊"故事，究竟还有哪些，如今已全然记不起来了。至于我自己，倒是确曾因为"创造"了一个"迷糊"事件，至今还记忆犹新。每每重提，仍不免为之一笑，自己也觉"惭煞人也"。

　　我喜欢游泳。一年夏天，我独自从"准筒子楼"步行经蔚秀园，出小西门，穿挂甲屯、西苑冰窖，过稻田，穿小巷，往颐和园去游泳。那时，昆明湖东岸的宽阔湖面，开了一个天然游泳区。岸旁路边的园墙里，临时用几领席子，搭了个露天围篷，供游泳者更衣时使用。我到了后，气喘吁吁，汗流浃背，换好衣服，挂上围席，就匆匆忙忙，下水去游泳了。玩了两三个小时后，满身轻松，爬上岸来，冲洗一番，想去取衣服鞋子的时候，才恍然发现，自己脱下的衣服，随手挂在围席上，竟忘记去存放了。过了这么长时间，没有逢到好心的"雷锋"式人物，衣服早被别人"顺手牵羊"，不翼而飞了。去失物招领处，我问："有送来捡到的衣服吗？"答曰："没有。"怎么办呢？没有别的方法可想，只好身着游泳裤，赤裸着上身，光着双脚，硬着头皮，匆忙登上32路公共汽车，向售票员嗫嚅道："对不起，游泳时，衣服丢了！到北大。"之后，便低着头，躲在最后排座的角落里，不敢抬头，好像自己倒是个拿了别人衣服的"小偷"一样，狼狈不堪，满心怅然，紧怕见到熟人。到西校门，下车后，便低着头溜着墙边儿走，悄悄回到了19楼那间"小屋"里。这件"迷糊"故事，我后来跟"会长"还有一些楼友大略讲述过后，我的"迷协"会员资格，也便无须申请，而自然认定了。

1965年9月至11月，我当了三个月65级2班的班主任，担任每周一节的吴组缃先生讲授《水浒传》课的临时助教，讲了两堂毛主席诗词的课，在"准筒子楼"里，还没有住上多久，就被抽出来，去延庆半山腰上一个小小的营盘村，参加"四清"运动。七个月里，没有回过19楼。直到1966年6月5日，"第一张马列主义大字报"在全国广播后几天，学校一声令下，我便匆匆告别待了七个月的小山村，奉命撤回学校，参加"革命"运动。那时候，学校里已经到处是一片"革命"高潮的景象。校园的楼墙上，树上，贴满了红红绿绿的大字报、大标语。大饭厅东面路上，正浩浩荡荡游行的文二三班的学生，抬着巨大的标语牌，高喊着"打倒陆平彭珮云"的口号，在十分拥挤的人流中向前涌动。

外面已是喧嚣如海，走进"准筒子楼"，同样充满了不安恐惧。一年级的革命学生，入大学刚10个月，所知学校系里情况甚少，最直接的"革命"对象，便是自己的班级主任老师们。我因与学生离开早些，

中关园王瑶先生家外，送越南进修生归国。

相处时间甚短，又没上过几堂课，几乎没有学生给我贴什么大字报。接替我做班主任的黄修己老师，级主任安平秋老师，其他班的班主任谢冠洲老师，却尝到的"苦头"更多一些。有的大字报，竟贴到了谢冠洲所住19楼一层靠西面的一个房间门口边、屋内的床头上。听别的老师说，他面对门外、床头"琳琅满目"的大字报，不敢动手撕掉，不敢去与学生辩论，独自一人，仰卧床上，以书掩面，有时还暗自饮泣。昔日里活跃于"准筒子楼"里的"八仙过海、各显神通"的才子们，也多放弃过去喜爱的京剧昆腔、胡琴笛箫、金石书画、吟诗著文的清雅生活，被迫噤口哑言，陷入了面对喧闹的困惑无奈的默想观望和痛苦沉思。

在变幻多端的风向中，比起"准筒子楼"里那些富有阅历、头脑冷静的一些人的清醒思考，我与几个缺乏经验的"小字辈"，更多露出自己的幼稚胆怯，迷蒙和莽撞来。

洪水一般横扫"四旧"的狂潮，正在席卷学校，席卷北京城。偶然到城里，我亲眼看到了这样一番"信史"之外的实况：一次进城，自动物园换乘2路电车，经西四路口站，似因群众游行，暂时停车。我透过车窗看见，路北熟悉的新华书店隔壁的那个中医小店前，一位年迈的医生，正从门口走出来，双脚颤颤巍巍，两手瑟瑟发抖，被边拉边推，站到凳子上，亲手把门楣上那块老旧牌匾摘了下来，再换上一块新改名的牌匾。刚挂上的匾额，写的是革命色彩很浓的名字："向党整骨医疗所"。老医生怎么也没有料到，如此一番"赤心"，带来的却是更大的灾难。瞬间里，站在下面围观的一群红卫兵，气势汹汹，一哄而上，呼喊口号，有的按头推腰，硬将他拉了下来，边打边吼，将他狠狠批斗了一番。看见这番景象，车上有乘客说："这医生可真是老糊涂了，怎么能'向党整骨'呢？"汽车开了。后来情形如何，已不得而知了。

这种横扫"四旧"的风暴，在校园里，吹刮得越来越猛了。我是个胆小怕事的人，住在"准筒子楼"里，与系里学生红卫兵所住宿舍，仅一路之隔，便更加胆怯起来。总是窃窃担心，这种"狂风暴雨"，早晚会扫到自己头上来。不久，便开始见诸"隐秘"行动了：我开始胡乱整理自己可怜的一点图书、物品，看有没有属于"封资修"嫌疑的东西。为了提前躲避被"扫"之险，增加安全系数，一天傍晚，我把研究生学友王怀通离校前送我的一册石印残本《金瓶梅》，一盆养得茂盛翠绿的吊兰，悄悄地送给了前来聊天、不在"准筒子楼"里而住在承泽园的辽宁同乡侯忠义老师了。

"大串联"风潮开始之后，我不想打派仗，便带领着65级2班的杨木水、吴在庆、吴用耕、陈少耕四名学生，离开"准筒子楼"小屋，往西安、成都、重庆、昆明、桂林、贵阳等地，一边游山水，一边闹"革命"。四名学生外，唯我因出身不好，不是红卫兵，一路便格外小心翼翼。旅途中发生一个"事件"：在成都往重庆的路上，快要到达前夜，天降大雨，我们乘坐的"红卫兵专列"，刚给一列货车让路放过去,这列货车过去没多久,我们的火车突然停了下来。很快被告知:"刚刚过去的那列货车,因为大雨塌方,全部掉在江里面了。"我们一列车的人,便停在离重庆不远的江津车站,下车后受到当地领导和群众的热情款待:他们送来热馒头,鲜菜,热汤,夜里还放映了电影《雷锋》,招待这些红卫兵"客人"。在那里,一直等了一天一夜,列车才于大雾蒙蒙中,极缓慢地过了刚刚修复的路段,我们也"死里逃生",到了重庆。听说后面列车掉落江里,先一日抵达重庆的谢冕、唐沅、黄修己等几位老师,与我们见面后,紧张的心才放下。

自昆明返归贵阳时,闻到了停止串联的通知。因无车票,整整在那座山城里等候了半月余,我们没有去黄果树瀑布游览,整日住在一个中学校里,刻蜡版,印传单,站在街口百货大楼高处,从窗子里,向外面撒放传单,参加造反派揪斗走资派的大批判会……得到车票后,我们便按时匆匆返回北京了。记得离开前,袁良骏等学友,觉得每天吃的早点——贵阳的甜酒水、大油条,太好吃了,在站前广场等火车时,还不忘跑回去,再美美吃上一顿。我本想稍微弯一下路,自贵阳,经南京,停留两天,去看一眼从生下来就没见过爸爸的已经一岁多了的女儿。当时曾反复思忖,因为害怕被说成"假公济私",最终还是没有胆量,去圆一下这个父女相会的梦。

1967年3月,在那场所谓反"二月逆流"斗争的日子里,"准筒子楼"内外的一些老师,有社会经验,头脑还能保持一些清醒,他们思考怀疑,或私下议论"中央文革"及江青等事,被打成"反动"小集团,在系里各班轮流批斗。我当时分在一个班上,也昏昏然参与了这些批斗的人群。我还与19楼里几个"小字辈"的老师,糊里糊涂用"伏虎战斗队"的名义,依据红卫兵小报流传的资料,编了一份"二月逆流大事记",抄成很长的大字报,贴满了19楼东面的墙,还将其印成传单,在校内络绎不绝串联的人群中散发。很多前来串联的红卫兵,争看那份大字报,到19楼房间来索要传单。中午休息了,有人还前来敲门,弄得无法午睡。传单已经发光，有人进楼道里来敲门，住里面的老师，不敢开门接待，只好从北面窗户悄悄跳出来，"逃之夭夭"了。

因为不愿意参与打"派仗"，我便与"准筒子楼"内外的几位系里同人，在燕南园66号楼，参与编辑出版名为《文艺批判》的杂志，实际上充当了江青批"文艺黑线"阴谋的工具。记得我与另一位系里老师，曾负责编辑一期"批判赵树理专号"。这期刊物上，全文转载了当时一份小报上刊登的赵树理在苏州反省院写的几篇"忏悔"作品，我们两人，凭校"革委会"的介绍信，到文联大楼里，"外调"了著名作家刘白羽，请他"交代"赵树理"大连会议"上如何炮制"中间人物论"的过程，我还动手编写了长长一篇赵树理"修正主义文艺活动"《大事记》。刊物编就，我又被委派，独自带着这期杂志的稿子，平生第一次"出差"，前往内蒙古昭乌达盟通辽市，在通辽印刷厂，等了近半个月，等一堆稿子变成刊物后，再托运回来。后来学校清算"四人帮"罪行时，当时的这些"劣迹"，算是没有人过问的"小事"，没有清查，后来也已经渐渐被忘记得干干净净了。但在我内心里，却一直抹不掉这一份不应忘却的黑色记忆。特别是后来，我零星获知这样一些惨相：赵树理被打成"叛徒"，在家乡批斗时，横遭践踏摧残，一个活活的大好人，一个知名的作家，生生在被批斗时，从椅子上摔下来，凄惨寂寞地死去了。我怎么都不能忘记，自己住"准筒子楼"那个年代里，所做的这些事。我当然也想，虽然生活中，不能说清楚一些事情之间，一定有什么必然的联系。但即使赵树理的死去，与我的所为没有任何联系，也不能抹去或减轻一个人良心自谴的理由。

"准筒子楼"里的同胞，属于系里的年轻人族群。这里的居民，有不少或大或小集体活动，其中也会有些最为开心，而且至今记忆犹新的事。夏天到附近公社去收麦子，大约就算是记忆中的一件乐事。为少受中午太阳的暴晒，常常是早上天没大亮，就吹哨起床，集合后匆匆出发。去的地方，稍远点的，是西北旺公社的乡野村庄，近处，则为海淀公社的圆明园大队。干的主要就是拔麦子、捡麦穗等活儿,并不是很紧张、劳累。最开心的,是干活休息的短暂时候。大家略感腰酸背痛之际,哨子一吹响,便三人一堆五人一伙,躺在稻埂田边的树荫下、土坡上、已堆起的稻垛边,话匣子便打开了:或讲鬼故事,或说古今笑话,或谈往年旧事,海阔天空,瞎聊一气,大家常谓之"麦田神仙会"。此段短暂时间内,往往又会扯起许多如真似假的"迷糊"故事来,有时被编入"故事"的当事者在场,有的好信者,便仰面朝天,认真进行核实:"真有这个事吗?""哪里,哪里,这些都是瞎编的。"有时或"勘误"一些不实细节,或是默而不答,许多"迷糊"故事,也就因此只能"传而待考"了。大家听后,往往开心地大笑一番了事,轻松一下,再继续干活。

"麦田神仙会"中,另一个常常开聊的话题,则是"精神会餐"。老师们各自给大家讲述家乡最好吃的东西,具体描绘它怎样怎样的美味可口,大家听了,直往喉咙里咽口水。有家可住的人,也偶然与大家交流一点做饭吃喝的经验。胡双宝老师,就曾讲过他的如此亲身体验:如果这一天里,多吃了一点肉,写起文章来,便会感觉脑子更通畅一些。自己动手烙饼的时候,怎样先将饼的一面,烙的时间不要太短就去翻个儿,应该稍长一点再翻烙另一面,这样,饼会熟得更快些。困难时期,饥肠辘辘的体验,更有说不完的故事。这往往是聊得最多,也最容易刺激记忆神经的话题。我自己就给大家不止一次讲过这类的故事:我从食堂刚出来,觉得未吃饱,见路上走在前面的人,手里拿个玉米面窝窝头,我会肚子发饿,馋得忍不住下咽口水。心里想:"我这时有个窝窝头多好啊!"东城的哥哥家,住在海运仓附近的中国青年报社宿舍,他有两个小孩,一个四岁,一个刚两岁。我每次去哥哥那儿,都要带点点心糖果什么的。一次星期天,我刚领到每个月一份的半斤点心票,就在海淀街上,买了最便宜的北京酥皮月饼"自来红",照例乘车前往,去看侄子。没想到了平安里站换电车时,就觉得自己肚子饿得发慌,全身虚软,实在无法忍耐,便将手里的一包点心吃了。空着手再去吧,不好意思。于是便换乘车,原路返回学校了。然后给哥哥打个电话说:"因为临时有事,今天不能去了。"

我住的半间"小屋"窗外,绿地草木边,是楼前的宽阔走道。下班后,假日里,19楼的几个伙伴,常在门前拉起网来,打几场羽毛球。轮流等候的人,常在那里助威,呐喊,谈笑。我打得不好,也常会参与其中,享受点紧张日子里身心放松的快乐。自1965年4月,至1968年4月,去掉七个月的延庆"四清"日子,那仅有两年零四个月的"准筒子楼"生活中,像这样愉快轻松的时光,留在我记忆里的,不是很多的。

更多留在记忆里的,倒是那个被严重扭曲的年代,"准筒子楼"里曾上演的许多荒诞而痛心的悲剧与闹剧。有时候,头一天晚上,大家还很平静地过日子,推心置腹,谈笑风生。没料到了第二天早上,集

带外国高级进修生尾崎文昭、安部误、寇志明在杭州葛岭访问黄源先生。

合起来，进行集体学习的时候，住系军宣队的"排长"，突然在三楼走廊里，召集大家紧急开会，宣布："把现行反革命分子×××揪出来！"又一天，也是早晨集合学习，也是突然宣布："把现行反革命分子×××揪出来！"于是被揪出来的那位老师，便弯腰站在那里，挨一番批斗；吼叫，口号，低头，弯腰，其他老师，必须跟着一起呼喊："打倒×××！"他们究竟犯了什么错误呢？如蒙在鼓里的老师们，一时谁也说不清楚。后来稍加打听才知道，一个老师，住在外面的家里，有个九英寸的小黑白电视，早上来19楼，参加"学习"时，有人问他："昨晚上电视里，都有什么节目？"他默然无语，没讲什么节目内容，仅仅一上一下斜伸双手，双腿微弯，做个"万寿无疆"的忠字舞状，然后轻轻说一声："就这个。"此事，被有的人举报了，便被扣上了"恶毒攻击伟大领袖"的罪名，惹出如此一番突如其来的横祸。另一位老师，被批斗的原因，也是"攻击伟大领袖"，但具体言论，因"不宜扩散"，只能"言论缺席"的批斗，大家都跟着喊一番"打倒"的口号，却不知道要打倒的言论是什么。直至今日，几十年里我还不清楚那次遭批斗者所说的是什么内容。就这样，很长一段时间里，"准筒子楼"的居民们心里，几乎都深深蒙上了一层恐怖的阴影。

我们的"准筒子楼"，离学校中心区，离系里学生住地，都很近。北大"文革"那些最恐怖的日子，留在我记忆里的许多痛苦景象，是永远也无法抹去的。

1966年6月18日，是个星期六。我目睹了北大历史上"最黑暗的一天"的太多惨相。早上，我从19楼出来，往32楼去参加学生的什么活动。忽然发现，路上的人们，正纷纷拥向西面的38楼。这是哲学系学生住的宿舍楼。我稍走近，看见人群已聚满在东侧门口周围，外面的楼梯台阶上，站着几个哲学系或学校的"黑帮分子"，低着头，挂着牌子，在呼吼声中，正在挨批斗。他们是哪些人，在远处看不很清，如今更记不起来了。

实在不忍在那里当"戏剧的看客",我返回中文系的32楼北面,没料竟又看到鄙系的人群,正在那里集聚。不一会儿,层层人群包围中,被拉出来站在桌子上批斗的,是团委书记刘文兰、系党总支书记程贤策、系副主任向景洁等几位。就在那个"6·18"北大最黑暗的日子里,我亲眼目睹了一些撕裂人心的痛苦情景:女团委书记刘文兰,被揪上32楼门前的桌子上批斗时,脸上被涂上许多墨汁,头发揪得散乱不堪,竟还有系里的"红卫兵",用楼道厕所里打扫卫生的拖布木棍,向她身上乱打乱捅。中文系副主任向景洁,在这里被揪斗一番还不够,又被拉到二院系办公处的门前,一个"红卫兵"学生,突然从院内跑出来,将从厕所里拿来的装满手纸的纸篓,一下子扣在他的头上,肮脏的纸篓,盖满了他的脸。程贤策就在这次被非人性的侮辱批斗之后,不堪忍受,带着极端的痛苦与绝望,走向香山公园,饮"敌敌畏"自杀而去了。

目睹批斗"黑帮"热潮之后,我陷于极端痛苦不解的困惑之中。我独自走到刚入大学初期,为陪读蒙古留学生所住的五院门前,徘徊沉思。就在这时候,我又看到了这样一幕情景:在五院门前绿色的大草坪上,几棵青翠的松树底下,走过来一个高个子的成年人,他脸上还流着血,两只脚都只穿着袜子,手里仅提着一只鞋,低着头,缓慢地,从草坪中间细碎的石路上,向办公楼方向走去。我认识这个人,他是校长办公室主任严仁赓,有时学校大会,他会出来张罗具体事宜。他是一位我在学校大会上多次见到过的永远文质彬彬的人。我的印象里他像基督教徒一样的和蔼仁慈。我这时候想,刚才他遭遇了怎样的苦痛?他这时候心里想的是什么?他是怎样看待批斗他的那些人呢?如今人们怎么会变得这样疯狂了呢?我无法回答自己。

我作为"准筒子楼"的住民,国家配给供应的粮食、食油、布票等一些生活物品,使用指标,都按集体户口,拨到食堂里,虽然已经结婚,领了结婚证却没有独立户口。1965年年底,爱人往南京家里生

在燕东园。

小孩，孩子出生时，我正在山上参加"四清"运动。爱人自南京写信来，要我给孩子起个名字。因为太忙，也没时间去多寻思，即写信随便寄去了一个名字："孙清"，并告诉其中的意思是：人活一世，要像朱自清先生说的那样，"清清白白的作事，清清白白的作人"。那时候，孩子户口，只能落在北京城里爱人一个同事的家里。除粮票、布票外，别的副食等，都给那个同事了。到了孩子两岁半了，她外公双目失明，才要将孩子送回北京来。为此，经过一番颇费周折的申请，我终于获得了进入新的另类"筒子楼"的机会：在燕东园23号楼上，分得与另外两家同住一层的一间单独住房，虽然共用一个厨房、厕所、浴室，但总算可以过上有"家"的生活了。

近三年里"准筒子楼"生活的诸多旧事，于微茫中温暖我的心的，是许多朋友之间的理解、友情和帮助。我永远记得，最后辞别19楼这个"半间小屋"，往燕东园搬家的时候，于默默中给我以热诚相助，让我不能忘怀的，是1957年曾被错划为"右派"、当时尚未摘帽子的友人倪其心。

我不想为搬家事惊动别人。那天只请他一个人帮忙。他从学校后勤，借来一辆平板车。我在后面用力推车，他在前面将绳子扛在肩上，拼命往前拉。车上装的是我的全部"家当"：几床旧被子，爱人十年前从南京带来盛衣服的一只柳条箱，两三纸箱的旧衣服，几箱书籍，学校借用的一个小书架，两张桌椅，以及过日子用的零碎杂物等。从"三教"前面的东门出去，经过往槐树街、蒋家胡同的一条土路，爬上从吉永庄进燕东园的大上坡，再过一个弓形小桥，就到了桥东的新居。他帮我将全部东西搬上二楼房间里，仅喝了几口水，连一顿饭都没吃，就独自拉车返回，将借来的板车，按时还给学校去了。

从"准筒子楼"的半间"小屋"，搬至燕东园23号楼上的那间小家，没有多长时间就完成了。而这位平时并无太多交谈却默契于心的学长与友人，当时他一路上低头屈背，拉车向前的那副背影，他纯朴善良和外貌和多年忍辱负重的内心伤痛，时至今日，乃至明天，是我心中永远都不会忘却的一份最沉重的纪念！

2009年11月17日凌晨

我与筒子楼

马振方

我至今还记得首次搬进筒子楼时的愉悦心情。1954年，我由社会青年考入锦州高中，报名入学，被分在靠近山脚的平房宿舍。当时，高中在教学大楼西侧，盖有二层筒子楼的学生宿舍，但只能容纳二、三两个年级，一年级只好住在离教学楼较远的平房。这里的居住条件差，对面大通铺，每屋二十来个人。冬天下大雪，一夜之间，积雪屯门，必得用铁锹把雪铲开才能出门；早晨梳洗，也只能在寒风凛冽的露天地上。当时特别羡慕二三年级的大哥哥大姐姐们，觉得他们住在楼里一定很舒适。一年以后，终于搬进那二层小红楼。男生住在一层，每屋四张双人床，住八个人，洗漱都在楼内，生活质量大为改善，我和同学们都很满意。说实在的，对自幼生活在农村的孩子来说，进城市住楼房几近于做梦。我是十一二岁时背着家人偶然随与我同岁的近邻伙伴偷偷跑去城里他大伯家住了两天，才第一次见到那里的高楼大厦；以往在家乡的山顶上，经常眺望数十里外的锦州城，看到的是迷蒙的烟霭和孤拔其上的古塔，楼房一座也看不见。后来完小毕业，考入锦州师范学校，一读两年半，上课在楼里，住宿则在远离校址的平房，住大通铺。如今第一次住进楼房，每人一床，满足、愉悦之情可以想见。前年，锦州高中1954级同学毕业50周年集会，大家特意来到位于锦州北山的高中旧址——那里已是锦州师专——筒子楼宿舍还在，已粉刷一新，我们进去徜徉一番，回想、谈论着那段温馨的高中生活，心里暖烘烘的。

北大五年，住的还是筒子楼，先住29楼（那时叫"斋"），后住32楼，每间6人，除了床凳，还有一张四屉桌和两张二屉小桌，上面墙上备有两个固定书架。课余如果不去图书馆可在宿舍自修。这与我后来听说的解放前的大学生自赁各式住房似乎不能同日语。而新中国筚路蓝缕，几年时间在燕园内盖起数十座宿舍大楼，为每个大学生免费提供一个同样的居住条件和学习环境，实在是大学性质巨大变化的一个侧面。惟其有了这样的变化，万千贫困家庭的子弟才得以踏进大学的门槛。不过，当时倒没有细想这些，只是高高兴兴住进筒子楼，修满五年大学课业。

我于1962年9月大学本科毕业，留在中文系当见习助教，随即搬进教师单身宿舍——19楼。这里虽仍是筒子楼，居住条件却大不一样，房间比学生宿舍小些，每间一般只住两人，床、桌、椅、凳、书架等家具每人一套。大概是房间不够用，我被安排在已住满两人的204室。其中一位是教过我古文论课的张少康先生，另一位是我刚认识的闵开德先生。由于房中放不下三张床，只好换了个双层床。我从高中二年级就习惯睡床的上层，但在204室我和老闵是谁睡在上层，却无论如何也想不起来了。只记得时间不长，老闵就因燕尔新婚"乔迁"去了别的筒子楼，剩下我与少康兄两人。我们办公背对背，各自面壁；锻炼面对面——打乒乓球。当时，中文系工会在19楼门前常年摆放一张球桌，为此楼住民文体活动大为添彩，下午四点半至晚饭后，常有许多人聚在这里，打球或看球。其时有自行车的人并不太多，少康有辆永久牌自行车，多位住民都借用过，我更借骑多次。他早我两个年级毕业，是我的学长和老师，却小我两岁。常年的同屋生活，使我们在不知不觉中打破畛域，尔我相呼。少康很刻苦，每夜过12点才睡，我却改不了学生时养成的10点半熄灯就寝的习惯，至晚也挨不过11点半。为了照顾我，他后来特地与睡眠较早、当时住在19楼一层的吴竞存先生调换了宿舍。我因此便和中文系有名的老实人住在一起。

吴先生比我和少康大几岁，大约因与夫人异地而居，也住在这单身宿舍的筒子楼中。他很勤奋，不怎么打球，把时间和精力都用在教学与读书上；说话不多，声调也不高，而偶幽一默，令人解颐；看来身体不很强壮，但健康、无病，眼疾是很久以后才得的。后来夫人与女儿来到北京，他就搬到新分的家属住宅去了。

此后，我又与严绍璗先生合住过一段时间。绍璗兄比我晚两个年级，毕业于古文献专业，开朗而健谈。当时已是"文革"时期，不能搞业务了，古文献的几位同学就组织一个注释《毛主席诗词》的"傲霜雪"小组，绍璗兄好像也参加了，我还跟着他们拜访过李淑一老人。有一次绍璗兄不在，他的妹妹从上海带两位女同学来找他（其中一位似乎就是后来的严夫人），我当时找不到三张床位，只好请她们住在204室的两张床上——我的床有一米宽，她们挤着睡两个人。第二天我问她们睡得怎样，她们说"很好！"我想一定是客气，两人挤在一张床上，怎么能睡好呢？单身教师住筒子楼，缺陷之一就是待客难，当时学校还没有供教师待客的招待所。所幸大家都不太讲究，能多多体谅。

我在204室的最后一位同屋是刘烜先生，刘兄也是我的学长，厚道而随便，又与我同在现代汉语教研室的写作组工作有年，住到一起，无话不谈，至今犹然。他乒乓球打得好，我总是他的手下败将。

我们对面的203室住着郭锡良先生，他与夫人在城里另有住处，所以不常住在这里。这给我提供了很大的方便。我来了需要住宿的客人，就求借他的房间。他总是笑呵呵的有求必应，门钥匙在我手里一放就是好几天。

不知从什么时候起，我得了慢性胃炎，多方治疗不见好转。后来去看中医，开了几大包中药。没处熬药，便来到当时专供新婚配偶居住的筒子楼——16楼，找到新婚不久的周强先生，他即刻为我捅开门口已封好的蜂窝煤炉子。我举目向走廊一望，两边相对数十家，各家门口都是一样的摆设：一个小炉子、一堆煤饼和一张二屉小桌，桌上摆满装油盐酱醋的瓶瓶罐罐。虽显拥挤，却很整齐。如果是在做饭时间，几十个炉子全旺起来，冬天肯定不会冷，暑天可就难得不让人流汗；加上几十家的锅碗瓢盆一齐奏响，肉香、菜香、油香、饭香飘满走廊，该是怎样的气氛和景象？那才是地道的筒子楼气象。为了熬药，我晚上多次跑16楼，除了周强兄夫妇，还曾造访陆俭明、马真两位学长的新居，给他们添了不少麻烦。

我在19楼204室办的最后一件事，是1968年1月6日用两包海河香烟和几斤糖果招待左邻右舍和来客，举行了那个年代最常见的婚礼。

我的生命的驿站
——20年北大筒子楼生活拾碎

严绍璗

引　言

　　1964年8月14日我向北大人事处报到,从此加入了中文系教师的行列。学校分配我住在文科单身的集体宿舍19楼204室,与师兄马振芳先生同居。到了1967年2月,如火如荼的"文化大革命"虽然在上海"一月风暴"的煽动下弄得整个社会躁动疯狂,但在北大围墙内"狂热"的幕照下,我们这些既不是"革命的对象"也不是"革命的动力"的人变得无所事事起来。居而无聊,静而思动,就想"不如结婚"吧。邓岳芬问我:"现在大革命时期,还可以结婚吗?"那一天,我在二院二楼的厕所里碰到了当时中文系"革委会"负责人之一的邵岳老师①,斗胆地询问了一个愚蠢至极的问题:"现在这个时候,还能不能结

---

① 熟悉邵岳先生的诸位,对他的评价各不一样。但站在"人情"与"人性"的角度平心而论,在那样的一种大环境中,中文系基本上能够维持一个相对平安的局面,出身于"黑五类"家庭的

婚?"邵岳满怀人情味地说:"要结婚啦?没有什么不可以的吧!放你一个月假吧!"

3月初从上海回到北京,第一件事就是住在哪里。临走时,我到系里出具一个证明未婚的"结婚同意书",办公室的老崔(崔庚昌先生)很友好,他边写"证明"边问我"你们住哪里呀?"我说:"待回来再说吧!"现在回来了,不知道应该住在哪里,于是,我们便在车站分手了。邓岳芬就去了她当时工作的"北京市抓革命促生产指挥部朝阳区分部",在那里她有一间"集体宿舍",我在北大也有同样的居室。

大约过了十天半月,老崔对我说:"严绍璗,我跟华秀珠商量了一下,要么你就先住到二院办公室来。二楼北边有两间房,堆着从老先生家里抄家抄来的书,你把它们整一整,先住下。里边没有床,我帮你搬个单人床,你到后面去捡两块木板来,拼凑一下,凑合着住得了。"直到现在,只要一提起当年的"成家",我心里对中文系老崔他们这样的老教务,心里总是感激得很,他帮我在彻底的"一穷二白"和"一筹莫展"中为自己一生中建立起了第一个具有"私密"意义的"生命的据点"。

二院不能称为"陋室",它作为燕京大学的遗产,建造质量一流。窗户大,光线好,视野宽阔,我只放了一张"拼凑的床",不算拥挤。院门前今天称为"静园"的草坪,当年散布着爬满了紫藤的树架,架下有些石凳、石桌,清晨与傍晚,一个人在其间走走坐坐,在晨光夕阳中,总会有些思虑和惆怅,有时大饭厅一带会传来隐隐的"打倒反革命修正主义"或"毛主席万岁"的口号声,不知道又在讨伐哪一位的"罪恶",便想到爸爸妈妈受冲击的状态,不知道将会是个什么结局。

各位教职员工基本上都有一个相对安稳的生存环境,这与邵岳、华秀珠他们几位人品不错,至少没有"害人"的心思,是有很大关系的。在中文系百周年之时,回忆他们与杨晦、程贤策、向景洁等诸位先生,他们影响中文系的大局有30年之久,对他们的评价,是不能离开当时总体的复杂的"文化语境"的。

大约春末的时候,老崔告诉我,他终于帮我弄到了"家属宿舍"了,就在北大称名于世的三角地的东侧,紧挨着大饭厅南端的16楼。我真是感激莫名。这16楼与我们单身教师的"集体宿舍"只有咫尺之遥,可是从来也没有进去过。现在系里帮了我大忙,终于要有一个"家"了!我由此跨入了北大为我们教职员工配备的"家属宿舍"——由此而开始了20年的"筒子楼生活",它构成我生命进程中的驿站。

三角地的黑屋——校内16楼207室

搬入新房16楼,一走入楼道,油烟味扑面而来,走廊两侧每一个门口是一个煤球炉,炉子与炉子之间有的是用破旧的二屉桌,有的是用码放半人高的煤饼连接。一室一家,12平方米,火柴盒品位,走廊的光线永远是昏黄灰暗,人与人对面相遇则彼此相视一笑,便侧身而过。我心里也不知道从哪里冒出一丝念头,忽然想到教科书上讲过的日本的"长屋","我现在也住进了这样的贫民窟了吧!"[①] 顿时又觉得自己太不对头了,"怎么能这么想呢?真是资产阶级的劣根性呀!"当时朋友开玩笑说,你住进"黑屋"了,一则它的走廊真的白天如黑日,二则它在当时突然迁徙进了一批所谓的"黑帮分子",三是我的207室朝北,永远没有阳光,故以此名之。

207室最大的优点是从窗户可以看见大饭厅的所有动静。我搬入的时候,"文革"已经进行了10个月,我西侧的邻居205室居住的王先生竟然是北大工会主席(现在北大的工会主席具有校党委副书记、副校长的资格),东侧的邻居209室居住的又是北大基建处处长王希祜先生和他的夫人陈翠华老师。不用问便知道他们都是被"革命群众"从

---

① 后来有了日本的生活经验,明白了日本生活中标准的"长屋"与我们的"筒子楼"是不同的。

原来的住处赶出来而"移民"于此的。我是个萝卜头助教,过去他们在大会上讲话我只是充当听众,现在与他们隔门而居,并炉为炊,欢笑谈话,倒是十分的融洽,丝毫也感觉不到他们竟然是北大"走资本主义道路的当权派"。

这间居室面对北大的政治中心大饭厅,北大的两大"革命派别"——"新北大公社"与"井冈山兵团"在那里举行各种各样的"革命活动",我从窗户外望,如同亲身参与,不必劳步。目睹了北大的一些领导与一些我敬爱的先生,在这里被牵来牵去地"斗争",听到震耳的"革命口号",有时确实感到很"震慑",也偶有"恐惧"袭上心头,大概总是"自己的资产积极劣根性未除"吧!

住了一小段时间,在窗外嘈杂的各种呼声中,我有了一种奇特的感觉。二楼的水房和厕所在楼梯上来的右侧(即西北边),外间是"用水"的,里间是"放水"的。我多次发觉一位老师(后来认识了他,是地质系的李老师)无论在哪一间操作,他都喜欢唱歌,声音不是很响,但由于两间工作室连接在一起,空间较大,而且湿乎乎的有水气,造成一些"回声",与他的"本音"汇合成的"混声"却很优美,有时可以盖过楼外的"革命呼声"。

太太她们因为忙于在"革命的名义"下"抓生产",很少回家。我吃饭就在大饭厅,方便已极。有一次得知她回来,好不容易在黄庄菜场买到一只鸡,依照我印象中妈妈炖鸡的办法,把鸡洗干净后放在沙锅中闷着。有一会儿时间,209室的陈老师敲我的门问道:"老严,你锅里煮的什么?怎么有股子异味呀?"我赶紧掀开锅盖,陈老师说:"哎哟,这么臭呀!"是呀,这鸡怎么会发臭呢?陈老师用筷子翻了翻,她就"哎哟"地笑起来了。她问我:"你这鸡怎么没有开膛呀?"我望着她,没听懂,问道:"鸡也要开膛?买来的鸡不是已经杀好的吗?我洗得很干净的。"陈老师说:"那是褪了毛,肚里的东西还在的,你要在这儿用刀划开。"她边说边用筷子指着翻过来的鸡的胸口,继续说:

"你得把心肝肺肠子什么的都掏出来,洗干净了。现在全装在里面,加热不就臭了吗!你这鸡不能吃了。"这鸡不能吃了!直到现在想起来,觉得真亏得是"筒子楼"里家家煮饭户户闻味,陈老师像大姐一样,闻味而起,阻止了一场"家庭事故",否则难免会被痛骂的。陈老师由此知道她的这个邻居肯定是个"傻瓜",她便常常教我如何做饭。有一次她见我在沙锅里放切面,抢上来就问:"你锅里是什么呀?"我说:"这是昨天我们吃剩的鱼呀!"她指指已经放下的切面,说:"你看,这汤已经成浑浆了,这面还好吃?"我想"'鱼汤面'不就是把面放在鱼汤里煮吗?还要怎么样?"她说:"这切面上有不少干粉,下到汤里不就成糨糊了吗?你要么先煮面,捞出来浇上汤;要么就是把面煮好后,再热一热汤,这时候把面放进去就可以了。"就这样,在楼外轰轰烈烈的"大革命"中,我在楼内逐渐接受师兄师姐和老首长们的"煮饭再教育",现在不少人竟然誉我为"美食家",其起源盖在于北京大学 16 楼的走廊。

我过去参加过"摄影社",受过些微的照相技术教育。有了 16 楼这间独立的"鸽子窝",我就把小舅子的一套洗印设备搬了过来,为朋友义务服务提供黑白照片,兴趣极高。有些"秘密照片"曾蒙信任,由我这里洗印而成。像我的同级同学黄书雄(后来担任过系党委书记)当年正与刘锦云恋爱中,他经常把一些"私人密照"送到我这儿,彻夜劳作,大家很是喜欢。洗印操作时,我使用的是最高不超过 40 瓦的红灯,学校保卫部门后来发现 16 楼 207 室经常深夜有红灯显现,大概是怀疑有"敌特"活动。中文系党的负责人华秀珠同志找我谈话,询问我"你住的 16 楼 207 室深更半夜常常有红灯,有时亮,有时灭,有时要弄到快天亮。你在做些什么呀?"很是有趣。

这是 1967 年的夏天,马振芳、洪子诚、黄书雄、蒋绍愚和我几个"真假单身",每天上午在二院接受"大革命教育"后,下午实在"穷极无聊",就相约到颐和园游泳去。那时的自行车是金贵的交通工具,我们总是骑车的人带一个人,当时根本没有什么"交通规则"的概念,可能已经属于"犯规"行为,每次经过101中学向西转弯,那里有一个警察岗位,那些值班的警察,总会大声地但友好地警告:"你们都是北大的老师,还这样!"他们已经认识我们了,我们就挥挥手,表示敬意,顺利通过。当时这条通向颐和园的马路,偶尔只有32路公交车或几辆马车,于生命无碍。游泳中子诚的泳技最好,诸位次之,蒋公(绍愚)和我可能位居尾声,但蒋公聪颖,未几即从"狗刨"晋级到"蛙泳",我只能仰泳,无所长进,众人誉我"水上漂"。世上万事一入水中,即被洗清漂净,这里没有"大革命"中的嘈杂,甚为清净幽静。"泳友"回来,有几位会聚首在我这间小屋中,惯用的晚餐是把挂面放在空暖壶中,到17楼水房装满开水,三五分钟后把水控干,就是很好的面食了,有点咸菜和酱油,可以"干吃"也可以吃"汤面"。偶尔在游泳中有那该死的小鱼,会自己跳到我们身边,随手一把就能拿捏住,回到房里,用白开水一过(肚里的心肝肺是被拿走了的),现在金贵的"白灼虾"应该就是从这样原始的状态中起源的。苦涩的生活中,人们也可以寻找到自己的乐趣的。

这一年的8月份,顾国瑞先生找我,很腼腆地对我说,他要结婚了,但实在是没有住的地方。他听说邓岳芬不怎么回来,问能不能"借居结婚"。我与太太一说,她立马就同意了:"他们不是你的熟人吗?我反正个把星期回来一次。我就住单位,你还去二院吧!"就这样,我的207室又变成了顾国瑞夫妇的新房,居住了大约5个星期。这是我最得意之处,这么破旧的房间,也能成就我的同事的"好事"。别看我住在这里房间呈凋敝之态,经他们化装打扮之后,结婚之日,我前去祝贺,竟然感到这间房间充满着特有的温馨,那些我弄来的破旧的家具,怎么变得特有"人气"!真是能力手法不一,后果竟然大相径庭。

这一年的秋天,北大的"革命形势"急剧升温恶化。我们这批人混迹在"革命浪潮"中都是"君子动口不动手"的。但各有很深背景的"新北大公社"与"井冈山兵团"终于脱下了"斯文"的外套，开始卷入全国的大"武斗"中了。那天中午就听说，南门外的交通已经中断，32路公交停车了，两派的高音喇叭互相指摘对方在公路上撒满了黄豆、绿豆什么的，使人寸步难行，真是稀奇诡谲之极。傍晚时分，我在楼内读一本日文的事典，只听得"轰然"一声巨响，窗外闪过蓝光、红光，电灯全灭，昏然不知所以。楼道里有懂行的老师喊起来了："炸了变压器！""变压器炸开了！"这才知道，控制学生区电路的变压器枢纽就在三角地，即在16楼的西侧，怪不得爆炸声音如此可怕震撼，大家在走道里议论起来，也不知道眼下有没有"救世主"。大约晚上8点来钟，物理系教师周赫田匆匆地进楼找我，他是我中学同学。当时，他住在未名湖北岸的才斋，远离战区，风水较好。按"革命阵营"排队，他在"井冈山"，我在"新北大"，两军对垒。他对我说："严绍璗，快走。你16楼西边是我们'兵团总部'，听说双方要决一死战了。你把行李简单收拾收拾，搬到我那里去！东边的路被'井冈山'封了，但我有袖标，可以通过的！"这一夜我就简装逃出了16楼，经水塔到了才斋。北京大学的教师们，在生命攸关的时候，实现了真正的两派"大联合"。这个校园里在最基层的生命中，跃动着的脉搏，仍然是"人性"和"人道"高于一切的！

此后我就住到朝阳区我太太那里的"抓革命促生产指挥部"的宿舍区了，一直到1969年秋天开赴我国最严重的血吸虫区江西鄱阳湖鲤鱼洲北大五七干校前，这里就成为我的"暂居地"和"储存库"了。

三家挤在一起的过道筑屋——2公寓202室

1971年7月,我随江西鲤鱼洲五七干校首批返校队伍回到北京,在上海转车时,军代表出人意料地宣布"北大五七干校决定改迁至北京郊区"。这就是说,原先迟群他们在鄱阳湖边渺无人迹的滩涂上向我们下达的"决心一辈子走五七道路、在金色的草棚中创建社会主义新大学"的"乌托邦"收敛了。但军代表还叮嘱大家:"此事暂时秘密,特别不要告诉干校的同志们,以免涣散军心。"这个没有"人道"的"五七大本营"都要撤销了,还要"军心"做什么!这样的保密也有点奇怪。干校里有大批的"夫妻档",第一批撤回的300人中几乎没有夫妻成双的,这样安排的用心,看来是当事者可能受到了另一股外在力量的冲击而用足了心计的。但人世间要在夫妻间保持这种"秘密",军代表真是过高地估计了"自己的力量",此是后话。

我回到学校,系里告诉我,我去干校时,16楼207室已经由他人居住。领导告诉我,我在16楼的家具财产(假如那些破衣烂衫也算是"财产"的话)已经由系里留校的人"帮忙"搬到2公寓202室去了。我一听这个变迁,心里隐隐有点感激,自己虽然到江西五七干校去了,系里却把我的住处"升格"到"公寓"了。但这事当时也觉得有点奇怪,我们夫妇俩都在江西,没有人手里还有16楼207室房门钥匙,他人又如何能提供"搬家帮忙"呢?我当时没有如同现在"物权法"的任何些微的知识,心里一美也就没有了思想。我在北大12年,学生时代参加过在朗润园建设8—13公寓的劳动,为诸如"张百发突击队""李瑞环突击队"等打过小工,但从未走进过建成的公寓一步。只见外观比南面一些学生区称之为"斋"的楼要雅观不少,据说里面住的全是北大的"大领导"和"大教授",仰望至极。现在,我怀着忐忑的心情,就匆匆地去找"2公寓"了。

2公寓位于北大南校门外,在原中关村丁字路口东部的内侧,与3公寓相对而立为两栋四层的灰楼,隐没在杂树林中,东北角与中关园毗邻,很像是一块插入中科院的飞地。奇怪的是它与位于蓝旗营南口(即现在的"清华南路"的南端起点)的1公寓却相距了十万八千里。我没有钥匙,在2公寓202室门口主动敲门,一位中年女教师开了门,后来我才知道她就是留学苏联的我国著名的数学家张芷芬先生。她问我"你找哪位?"我主动介绍:"我是中文系教师,系里说房产处已经把我分配住在这里了。"她端详我片刻,好像想起什么,问我:"你有没有通知书什么的?"我说:"没有。系里告诉我,我的家具早已经搬进来了。"她立即醒悟过来,说:"啊,知道了,你看,这个过道里放着房产处运来的中文系一位姓严的老师的家具,就是你吗?"我很欣喜,说:"是的,是的。我姓严。"张老师很客气,随手推开了大门右侧(即202室南端)的门,问我:"你就住在这里?"我有些莫名其妙,说:"系里告诉我,住在202室。"她浅浅地一笑:"202室已经住了两家,你放东西的地方是一个到外面晒东西的走道呀!这里怎么能住人呢?他们来放东西的时候只是说,中文系这个教师去鲤鱼洲了,什么时候回来还不知道,东西先存在你们这儿。没有说过你要住在这里的呀!"我们两个经过简单的协商,张老师给我介绍了202室的居民分布。原来这是一套三间小屋的居室。其中一间独立的房间,大约10平方米,为中科院数学所刘老师住着,他原来也是北大数学系的人,他的太太是北大技术物理系的老师,正在北大"汉中基地"工作,偶然回来探亲,在"夫妻团聚"时又会增加一位大人。对着大门直进去,是一个套间,大的12平方米左右,内连一个8平方米左右的小间,为张老师一家4口人居住,余下的就是一间3平方米的厨房和同等规模的只有一个"抽水马桶"的"卫生间"。张老师的爱人章老师,在清华大学,他们有儿女一双。这里合住的两家三位老师全都是苏联留学回来,是新中国最早的"海归"。学校为我寄存"财产"的这个走道,大约当初设计时犹如今日一般套间中的一个小小的客厅，6平方米左右，这个看似小屋实际是个过道的通间，南端开了一扇门，优雅的说法是一扇落地窗，推开这门窗就是杂乱的小小草树林，与3公寓共用的诸家晒衣服被子杂物的场所。张老师很同情地说："严老师，你住这地方，要受累的。这个过道白天大家要用，这个房门历来是不关的，怎么好呢？"这时候，我才恍然大悟，原来我们去江西干校的教师，至少像我这等人士，其实，在内部的名册上已经被扫地出门了，所以才有不向房主人打招呼，就能清算了他的"财产"的。当时中文系领导班子的骨干华秀珠、向景洁，原办公室负责人崔庚昌、人事主干蔡明辉等诸位自己也已经被发配到了鲤鱼洲，可能与我命运等同。当年留在北京的中文系教师除了老先生外就是最可靠的十来位"党最信赖的骨干"了，是由我中国人民解放军驻北京大学军事代表认定的"未来北大的基础与核心"，目的就是要重组一个高度意识形态化的北京大学中文系①。

我在无奈何中住进了2公寓202室的通道，原来的两家住户也无奈地接受了"组织"的这个决定。有人教导我说，外出住房要住最好饭店的最便宜的房间，吃饭要吃最好餐馆的最便宜的菜。现在我住进了北大名声最好听的家属宿舍的最狭小的过道，也算是人生一乐吧！

---

① 依据后来在"斗批改"中获得的信息，明白了原来占领北京大学的军代表奉高层的意思，为"彻底改造"北京大学的"资产阶级性质"，决定以江西鲤鱼洲为基础，以"在金色的草棚中创建社会主义新大学"为旗号，以"五七干校"教师为基础建立"北京大学江西分校"，即把原北大的主要教师几乎全部扫地出门。所以当时中央高层负责人亲自选定的"江西鲤鱼洲"是一个连"劳改犯人"都不能去的地方，放逐了近2000名北大教职员工（清华同等），让他们在荒无人烟之地，自生自灭。而在北京以他们甄别而留在学校的极少量的"工农兵可以信赖的知识分子"为骨干，重新建立"真正的无产阶级大学"。周恩来总理在1970年关于"北大清华招生"的指示中，要求立即把在江西鲤鱼洲的两校教师全部召回。这一指示，挽救了4000余名北大清华教职员工的肉体生命和学术生命，对我国在70年代后期和80年代大学的恢复、建设和发展具有不可磨灭的功勋。我以为，我们在论述1977年大学恢复"考试招生"时，是不能不认识这一基本事实的。上述引号中的几句话，是当时中文系"首都工人阶级驻北京大学毛泽东思想宣传队"的代表谢师傅表述关于确定前往江西鲤鱼洲人员名单的核心概念。

这样的"公寓住处",其实就是现在的奸商们惯用的在虚假包装中的劣质产品——它不是"筒子楼",其实它具备真正"筒子楼"的一切性质——一个"微缩筒子楼"的景观。

由于早已经有了在二院、16楼这样的生活经验,在这个6平方米的通道中架起一张单人床拼凑一块木板,这个技术比较过硬。此外,有一个二屉桌放置生活必需品,夫妻二人各有箱子一个,叠起来在上面铺上报纸,放上自己的书,还算有模有样,室内有方凳一个,基本上又成就了一个"新家"的形态了。9月初,太太从鲤鱼洲撤回,又买了一个小凳子,便各有座位。洗印照片的活是不能干了,就咬咬牙用30来元钱(月工资56元,不交税)买了个"红旗牌"收音机,成为唯一的电子产品,可以增加点热闹。白天我们基本上不蜗居在这个通道中,毕竟校内还是很宽阔的,主要是晚上有个归宿而已。

三户住家七口合宿,最要害的是厨房和厕所,这一进一出之地,当时的设计者只规划了6平方米,真是害人之极。在一个3平方米的厨房内,放置3个煤球炉已经要命了,它远不如16楼大走廊内每家每户在门口烧饭自由,还要搁置3套油盐酱醋和洗刷锅碗的用具,怎么了得!还有那3平方米的"卫生间"内,大盆小盆叠了个不亦乐乎,谁家洗的衣服多点,占领卫生间的时间长点,谁人来了"内急"就得死憋,不像大筒子楼中还有个迂回的余地。现在是"养生的时代",知道了"憋尿"对人体危害极大,甚至会造成"膀胱破裂"而丧失性命,即使不死,也对男性前列腺安全影响极大,幸亏当时没有这种知识,否则终日里就会在恐怖之中了。我从小在上海的住家,卫生间和厨房好像都在10平方米以上,有朝南的通亮的窗户①。现在面对的是"北京大

---

① 上海的这个"家"在"大革命"中被抄多次,一切"钱物"被革掉倒也不要紧,就是全套《新青年》杂志、殿版《二十四史》、慈禧太后真人画像等也被"充公"掉,至今下落不明,于公于私,都很可惜。奇怪的是,在掠夺了一切物资后,却没有充公这栋房子,所以"文革"中虽然"家无长物",但住房依旧,厕所和厨房也仍然享受大自然恩赐的光明。

学的公寓"，竟然是如此这般模样，难免有点沮丧，寄放在上海外婆家的孩子将来何时能团聚呢？但自己也不断反思"什么时候了，还是不忘那种资产阶级的条件！""这里总比鲤鱼洲的草棚要好吧！""一辈子在鲤鱼洲，你也得活呀！"为了"互相安慰"，我常常与太太讲述1966年6月"文化大革命"在北大疯狂展开时我亲见的一个事实：我在19楼二层我们系单身教师宿舍的厕所里，见到四位到北大来"参加革命"的"非北大人"，正在我们厕所的墙壁上用黑墨水涂写"你们这帮资产阶级老爷，你们拉屎的地方竟然比我们住的还要好，打倒资产阶级大黑窝北京大学！毛主席万岁！"这条来自心底的呐喊一直刺在我的心里，我真的没有什么关于"文明标志"的概念，把人体"新陈代谢"与"除旧布新"的场所的必要条件看成了"资产阶级"的奢侈，以不断的自我谴责，坚持着心平气静地在这个"螺蛳壳里做道场"，在这个"鸽子笼里讨生活"。

前述北大基建处老处长王希祜先生和我是16楼的邻居，鲤鱼洲回来后他已经"复出"。有一次在校园碰面，他问我"你现在住在哪里呀？"，我就请教他"这2公寓这样的设计，怎么能住三户人家呢？"他笑笑说："这1、2、3公寓和北招待所是同时盖的，依照的是苏联莫斯科大学的宿舍，一家一户的，现在没有办法了，变成这样了。"我这才真正知道了什么叫做"画虎不成反类猫"。

人们为了生存的需要，在忍受到达极限时，就难免"物极必反"，我们这两栋公寓内，就有居户为了这分寸之地翻脸，闹得个不亦乐乎。我们202室可说是君子合居，我们于张、章、刘三先生而言，实属小辈，时刻告诫自己室内任何事情上绝对不能为先。他们也看出了我们的自警，更像大哥大姐一样待之。张老师多次说，你们年轻，容易肚子饿，就先做饭吧！有时看我中午一人在家，就邀我："今天我蒸的馒头多了，你就这儿吃吧！""我们今天玉米粥多了，你要不就喝这个吧！"在"粮票"时代，能有这样的发自肺腑的邀请，真的令人感动，直到后来我们在蓝旗营又在同楼会师，经常攀谈。慢慢地他们告诉我们不少留苏的生活经验，包括欧洲人不用"酱油"等，增加了我不少的知识。后来陈景润出名了，我早就在202室知道了这位陈先生的许多逸事和怪事，深化了我对于"偶然"与"必然"的理解。

1973年初，我接受了中华书局的合约，为"历史小丛书"写一本《李自成》。有些人奇怪："你在'文革'中怎么还能写书？"这是把"文革"的极为复杂的社会状态（即"文化语境"）极为简单地与机械地"二元对立"化了[①]，而且对北京大学所具有的"自我人文性质"的深厚性也缺乏深切的感受。这当然是另外一个专题了。只说我在"中国史"的学习中，在"农民起义史"的识别中，或许是深受鲁迅的劝告"多读些野史笔记为好"的缘故，对李自成的政治战略中可能的"现代性因素"数年来一直充满崇拜[②]。当时，姚雪垠先生已经写了《李自成》第一卷，但因为情节事件没有到达围攻北京城，未能表达总体精神。所以，我就兴冲冲地开始了自己的表述。偌小的鸽子笼，没有寸尺写字之处，想起在鲤鱼洲也是趴在床沿上写"思想汇报"，后来"草棚大学"开学后也这样写"讲课文稿"的。这点精神还得继承，于是就每天把床板翻作写字台，把弄来的各种野史笔记搁在木凳和地下，坐在小凳上进入思考，这是极有乐趣的时刻。中午太太回来，厨房里挨着排队或轮空就热上个馒头，做点玉米粥，常说"只能这样了，只能这样了！"好像如此简单的饭食是她的过错似的。我对她说过多遍，1966年上半年，我在延庆山区，主食就是上一年秋季储存的（真正的）"树叶"，入口

[①] 我从鲤鱼洲回北大后不仅做了"私活"《李自成》（中华书局1976年版，1980年重印，书号11018·1314），1975年起还与孙钦善、陈铁民二先生合作，做了《关汉卿戏剧集》（人民文学出版社1977年版）。

[②] 例如当1644年3月"大顺军"已经包围北京后，李自成在总攻之前，向崇祯皇帝朱由检提出在接受"三项条件"后可以撤围并与明政府合作，此即：一、承认"大顺军"的正当性；二、明朝政府为大顺军提供粮草；三、大顺军与明军联合抗击满族入侵南下。这是何等杰出的政治构思！

苦涩而且会使舌头僵硬，吃时若掺入点玉米粉，就是"上品"了。现在这样，我们既能果腹又很解味，上上品了！① 中华书局的朋友来看我，说："你这样怎么能行啊！要不，干脆你跟系里请两个来月的假，住到局里去，那里校点《二十四史》住不少人的；要不，上下班也行！"我说："这样挺好的，现在满屋子全是'李自成'，一动弹，灵魂一出壳，我就找不到他了，书就完了。"

我当然不能整天蜷伏在走道里与李自成对话，还得参加学校里的"斗批改"。顾国瑞把我拉入了"中文系大批判组"，记得还有周强、冯仲芸诸先生②。大家自己想课题，母题无非是"批判"，谁提出的题目，通过后，谁就是主笔，成文后再大家研讨"集思广益"。我因为对"李自成"的兴趣，就想到了他的对照物——明人小说《水浒传》（不是史书）的主角宋江，两相对照，天上地下。关于我对《水浒传》评价的疑义和异议，来自1962年听文学史课程，并且至今仍然这样认为③。我就

---

① 邓岳芬一直有丈夫儿子没有吃好是她的"过失"的觉悟。直到2001年儿子结婚，我读到她为儿子"题词"中写道："那个时候，你与妈妈一直分开，生活中没有现在的小朋友的各种玩乐，妈妈没有尽到自己的责任，但我更加感到，这是时代对不起你，对不起你和像你一样的许多从那样贫乏的环境中成长起来的孩子！"其中有"但我更加感到，这是时代对不起你"，我觉得她作为一个自然科学者对世界的认识大有进步了。

② 关于在所谓的"文革"中，不少人由各种领导机构组织指定参加各种"大批判组"，是时代的产物。凡是经历了这样漫长历史过程的人，参加者不必回避自己如同做了"杀人劫货"的"黑帮"那样，支吾躲闪；没有参加者（大多数）也不必现在标榜自己"是非分明""铮铮铁骨"。以我十年的"文革"经历，历史的本相要复杂得多。一个真诚的知识分子，只有在历史的潮流中认真认识自我，不断地反省自己的道德良知，不为自己一己私利而趋炎附势，才是正路。本来，参加中文系大批判组的人是不少的，而且是流动的。但我常常听到不少规避自己的话语，所以，我只例举了两位我很崇敬的先生，他们从不以此为耻，也不以此为荣，只认为"这就是历史"！

③ 我觉得"农民革命的局限性"概念在中国文学史和历史中用得太滥了。统观农民造反真的是要夺天下的，而且是能够夺天下的，但夺了天下后他们很快就堕落腐败了，变成与原来的主子一样了，这才是"中国农民革命的局限性"。这种"造反掌权变异"的局限性在"新的生产关系出现"之前，是不可能克服的。所以我觉得历来对《水浒传》的评价不确切。

想以此为主题,批判《水浒传》的"投降主义"。大批判组同意我的基本想法。于是,我在202室通道中同时又开始了与宋江的对话。房间里满地的文籍片纸。由于白天我的房门必须开着,同居的几位先生有时会关心地问问,其中清华的章先生对人文学科兴趣很高,喜欢在我房里转圈,还研讨"林彪与孔子究竟是什么关系"这样高难度的问题。我自己想到李自成,就写下对李自成的阐述;想到宋江,就写下对宋江的阐述。"李自成"是私活,"宋江"是公干,在这个"公寓"通道中,白天当作坊,晚上暂栖身,以玉米粥和蒸馒头、窝窝头为主食,熬到了秋末,小书与文章同时告成,我们也习惯了在北大最具美名的"公寓"中过着今天的大学年轻的老师们不能想象的"走道"生活。

  批判《水浒》"投降主义"的文章写成后,许多人都不赞成①,然后,到了1975年8月16日,我在大兴教书,学校党委突然叫我带着行李回北大总校。党委书记、中国人民解放军8341部队王副政委见我就说:"你的理论水平很高呀!谁让你去大兴的?像你这样很有理论水平的同志应该留在学校继续研究的。"使我莫名惊诧。"北大清华两校大批判组"(梁效)的负责人向我转达了8月14日毛泽东主席"关于《水浒传》的最高指示",也使我震惊至极。领导指示我立即为当年9月的《红旗》杂志以"评论员"的名义写一篇评论。这一年的8月28日,中共中央《红旗》杂志9月号提前3天出版,发表了由我主笔的"评论员文章"《重视对〈水浒〉的评论》。这篇评论所表达的观念与逻辑,确实是我自己对《水浒》的认知并尽量体会毛泽东先生的指示所获得的认识。从中可以看出一个学院派知识分子的精神形态被当时的主

---

① 当时《北京日报》理论组的陶一凡先生("文革"后曾出任中共北京市委常委、宣传部部长)为此文专门召开了研讨会。大家认为《水浒传》是农民英雄的群像,劝我"不要轻易地否定",等等,我也就算了。关于此事的经纬,有兴趣的读者可以阅读《中华读书报》"人物专访"主笔陈洁女士的文章《严绍璗:象牙塔里纯学人》(《中华读书报》2007年2月28日)。此文又收入陈洁著《山河判断笔尖头》,三联书店2009年版。

流意识形态所渗透的面貌，它在当时社会所产生的政治作用使我自己终身受到谴责。但是，谁也不知道，作为中共中央唯一理论刊物的这篇"评论员文章"的"雏形"是发源于北京大学一栋"公寓"里的一间6平方米的"过道"中，最初文稿的写作者是坐在儿童用的小凳子上，趴在翻起被褥的一张单人床的一块拼凑的木板上写成的。

每忆及此，我又为中国知识分子在特定的时空中所具有的生命力，感到自慰和些许的骄傲！

产生了"国际影响"的居室——中关村19楼101室和302室

就在我于2公寓202室的"过道"中开始"讨生活"时，中文系旧部主力分几批从鲤鱼洲撤回了总校。崔庚昌主管办公室事务，他对我说："把你迁出16楼，这事做得不地道！"我笑着说："大扫除吧，一用力就把我们十几户给扫出来了。"他说："系里与学校商量商量，总要解决你们几家特困难户的。"几个月后，老崔问我"去不去中关村21楼，格局与2公寓一样，大一些，10平方米的正室"。我们想想，既然格局与202室一样，只扩大4平方米却进入了"闷罐子"，意义不大。住惯了"过道"，通气很好，外面还有杂草小树。有一次邓岳芬把"肉票"换来的一点肉①，挂在树林中的小树上，捡拾了一些松枝，慢慢地做成"松香熏肉"，现在堪称"时尚私家菜"。当时住着住着又觉得这边风景尚好，人的惰性真是不可救药！于是，便谢绝了老崔他们想

---

① 有朋友先期读到本稿，坚持要求我在这里为"肉票"加上注释，要使年轻的读者明白，严绍璗一家手里的"肉票"，是国家下发的为买到定量"猪肉"的凭证，来源绝对是国家，不要想入非非。否则将来引用一句，说"严绍璗自己说过，他与他的老婆，曾经用'肉票'做过'松香熏肉'。此事若不澄清，鉴于后辈对历史必定的无知，你死后子孙万代背上这个黑锅，是永远也不可能洗清的了"。此话当真，故于此特申明如上。

把我们从"侧室"扶持到"正室"的努力。

大约在 1974 年到 1975 年间,学校在蔚秀园我们当学生时候劳动的"养猪场"上盖起了号称由序列 14 公寓开始的几栋公寓,给在极端难熬中的北大教职员工们对新生活带来了些微的希望。老崔对我说:"像你这样要分到像样的套间,你还得住一下集体楼(当时对'筒子楼'的体面说法)。现在中关村 19 楼的 101 室有人要搬走,13 平方米左右,我们争到了,你去不去?我想,你再住个两三年够了,等前面的搬到新楼去了,你就可以住进老楼的两间了。"这使我对将来可以得到的现在所称的"二手房"燃起了希望。

1976 年 5 月,我们搬迁到了 19 楼的 101 室,重新开始回到"大筒子楼"的集体中。这里有我在系里的师兄像陆俭明、马真、孙钦善诸位,后来卢永璘、王若江等也移民于此。我对面的邻居魏庆鼎先生后来成为我国杰出的物理学家。一走进 19 楼的长走廊,觉得 10 年前那种"诡谲有趣"的生活又开始了,真有一种"重返故居"的喜悦。中关村的这个 19 楼,使用的是中国科学院的房号序列①,它与当时称为"福利楼"的中科院可怜的"消费中心"(一个小餐馆、一个卖高价的面包房等)比邻。我的 101 室正好与它相隔一条 5—6 米宽的小道,窗户相望。住下不久,就感觉每天凌晨,常有烘烤面包的香气从窗户的缝隙中透入。这样的香气有时竟然可以催醒正在睡眠中的儿子。他在中关村二小上二年级,常常会在蒙眬中说:"妈妈,他们的面包又烤好了!"做母亲的常常会咬咬牙从 56 元工资中挤出一两元钱等他放学回来,能把清晨闻到的香味变成实在的美味,成为一道至今笑谈的风景。

这种大筒子楼住在楼道两端的住户如"01"和"02"的人家会占到一些便宜,因为是走廊的尽头,所以它只有一边与邻居"合用",而靠

---

① 顺便插一句,我在北大 50 年,至今也不明白,从上世纪 50 年代起,北大、清华、中科院三家大物,鼎足中关村,但清华的所有宿舍,都是校内统一序号,至今居住数万人的所有宿舍没有出自己的围墙,但北大怎么与中科院的宿舍犬牙交错,序号重叠混乱,有不知所云之感。

墙的一侧则归独家，尽管这块小领地的面积最多也就是0.5平方米而已，但对住户来说，平常堆煤饼，冬天存白菜，最为大家羡慕，这样的"好运"在系里的帮助下竟然降到我的头上，当然是很开心的，一种"知足感"由衷而起。居室13平方米确实要比2公寓的通道6平方米宽敞了许多，使我们的生活质量有了重大的提升，最大的便是我在北大当教师12年后，屋内有了能够放下三张二屉桌拼成的桌子了，一个小学生写字、两个大学老师备课写讲稿，3个人可以同时开工，心里因此而安定了许多。

迁入19楼不久即发生了"唐山大地震"，几乎举楼外逃，进进出出，我们把孩子送回了上海，自己与生物系的几位一起，在临湖轩东侧的杂树林中，搭起了"塑料棚"，如流浪者一般，"天人不合一"，一直闹到了11月。等到安定下来，"四人帮"已经倒台，民生总体上得到了松绑，但19楼最普通的生活中，一切好像一如既往。人们在走廊里最关心的一件事，就是谈论学校可能要造什么楼了，什么时候可以从这样的楼道烧饭中解放出来。说句小市民的话，"老百姓总是从自己身边最贴切的生活，从修好了门前的路，造出了自己想要的房子等这些鸡零狗碎来理解最伟大的思想的"。

这时候，我们古典文献专业接收了前几年合并进来的新闻系在学校20楼的"洗印室"。从20楼的北边门进去，东西两排各四间。起初因为"酸味"很重，没有人要，由我们充当了"活体吸酸器"后，8间房间中的"人气"逐渐充足，房产处于是就占据了西边四间做办公与接待之用。和我的工作室相对的就是房产处的"接待室"，我们门门相对，有时还开着门通气。我眼见生物系一位女性老教师在"接待室"诉苦："我在北大当教师也有20多年了，现在祖孙三代挤在一起，只有十几平方米，我的同学，在××大学，他们那里像我这样的……"我亲耳亲眼闻见听话的"房产同志"打断她的话说："你可以去那个大学呀，你们生物系很大的，走几个人，松动松动，对大家有好处的。"那位女老师坐在那里木然。这一幕对我心灵的刺激一直到今天①。于是我明白了，在北京大学，只要存在着这样的房屋管理同志，像我这样的萝卜头教师，就休想有从"大集体"中解放出来的机会。这样一想，倒也清醒了许多，就在这里遮风避雨、安居乐业吧。

19楼的住户相处得可亲可爱。有一次，我们隔壁的一个7岁男孩，玩疯了，把一大把泥沙，从我的101室开始，在每家每户门口的煮饭煮菜的锅里撒上一点，还喊着"胡椒面来了！胡椒面来了！"大概五家的锅里给这浑小子下了手。有一位先见到的老师便大叫："你发昏呀，臭小子！"大家走出来，孩子他妈一见此景，先"啪"地打了孩子一记耳光，倒是受害者诸位把她拉开了，七嘴八舌地说："孩子也是好玩，别打别打！就是过分了！""玩昏了，男孩么！你可害得我们没有晚饭了呀！"……孩子妈说："实在对不起大家了，我去买点给大家做晚饭吧！"大家说："算了，五户人家，十五六口人，你贴上半个月的粮票都不够，我们随便对付点什么不就过去了吗！"这种和谐，是19楼生活的基本品格。

1978年起，我参加了建立不久的中国社科院"国外中国学研究室"的活动，受命编撰《日本的中国学家》。这一作业开始的资本是我

---

① 不久，我又看到一位老先生来房产处。老先生说："学校的房子分配得不合理。有的人，家人不多，房子很大，有的人，家很拥挤……"还是那位工作同志打断说："你说谁家人少房大了？"老先生说："燕南园王力先生就是……"这句话拿王力先生说事，确实具有刺激性。工作同志没有问他"姓甚名谁"，就对他说："你也行啊！那你也当王力呀！你当了王力再来找我们吧！"我看那老先生愤愤站起，对他说："好的，我会有说话的地方的！"他的讲话可以认定他资格不浅，大概是理工科的什么名人吧，文科的权威我几乎都认识。说到文科权威，我们曾到燕东园去拜访周一良先生。提起健康状况，周先生说："'文革'一开始，房产处的造反派就把我的房子打了隔断，把我放在朝北的房间里，10年了，房间里不进一丝阳光，一到冬天，我的腿呀痛得走不了。我现在找他们了，他们说，当年谁打的隔断，就找谁来处理。岂有此理！今年再不来，我就自己用铁镐把墙砸了，再不行，我就用头撞破它！"周一良先生，我国人文学术的耆宿大老，文质彬彬君子也。现在竟然愤怒到准备用性命与房产处相搏。所有这些多余的表述，是为了记载在打倒"四人帮"后我亲历的北大行政部门关于提升民生的基本态度。

在1974年访问日本时得到的二百余张名片，国内所存资料极端困乏，我最先利用的当然是北京图书馆（现在的国图）。早上6点半左右出发骑车到北海，下午5点关门回来，中午不得吃饭。问题是白天做的全是卡片，晚上需要铺开整理，三个二屉桌的面积很有限，便与儿子商量，他总是先睡觉，于是，我就让他把身体躺平了，我在他盖的毛毯或被子上平铺卡片。可怜的儿子很听话，躺在那儿，一动不动，还问："这样可以吗？可以吗？"太太后来说："一听到别人说你是'什么什么研究家'，我就想流泪，儿子为你付出了多少代价！到现在40岁了，我看他睡觉的姿势还是笔挺的！"这么说来，这个现在称为"工程"的作业，还真有点"血泪"的痕迹了。有时候小家伙一动弹，两三排卡片"呼"地滑到了地下。孩子有点紧张，会轻轻地说："爸爸，爸爸，我不是有意的！"妈妈立即就说："不要紧，不要紧，你翻个身吧！"我就把卡片捡起来再重新排过。一年半左右，这个101室中，在桌子和儿子身上铺就的卡片终于完成了我国学术史上第一部"国际中国学"的工具书。此书收录在世"日本的中国学家"1100余人，64万字（中国社会科学出版社1980年版，1982年重印，书号171900·004）。

1980年秋，系办老崔又帮我把住处升格一等。原来这个101室是没有阳光的，我相信久居半辈子，就一定会"骨质疏松"。在老崔的协调下，我从101室搬到了三楼的302室，这是全楼最好的位置，有朝南和朝东的窗户，在朝阳的照射下，依然可以从"福利楼"闻味，显得温暖和煦。我用《日本的中国学家》得到的3000元稿费中的700元购买了一台小巧的6升"雪花牌"电冰箱，虽然房中放置冰箱后更加局促，但也成为19楼最早使用"冰箱"的居户。在此之前，邓岳芬从生物系获得了一张"9英寸黑白电视机认购证"，当把电视机放置在桌子上时，就犹如神灵般地供着，我曾对小学五年级的儿子"约法多章"，规定他至少在10年内不能碰它，哪知这个儿子后来自己也成了"电子工学博士"。每当有"好节目"时，常常从周边邻居家搬来凳子，大家挤在一起，全神贯注于这小小9英寸屏幕上各色人影的晃动，显现了"筒子楼"也正在朝向"现代化"进步的讯息。

1982年的大年初二，日本中国文学研究家中岛碧教授访问了我的这个居室。原本在春节前中岛碧教授提出春节期间希望访问我。北大外事处王葵同志事先对我说："你的家实在太小了，能否劝阻她呢？要不然，年三十你出面请她在友谊宾馆或什么地方吃顿年夜饭，意会她这就算过年了，估计她就不会再访问你了，这些费用都由外事处出了。"我很感谢王葵同志的好意和主意。年三十晚上我们在友谊宾馆度过。我也认为这样就妥帖了。大年初二上午，我在楼道里洗衣服，10点来钟，听到楼下一个外国女声在问："您知道北大中文系严先生住在哪里？"我一听就知道"坏事了"，中岛碧自己摸过来了。我赶紧把衣服盆匆匆端到洗手间，还来不及把门口的肥皂水擦干净，中岛教授已经来到302室门口，我一边寒暄一边延请入屋。她对中国很友好，是上世纪70年代日本研究郭沫若、丁玲的著名学者之一，我在1974年访问日本时就认识他们夫妇了。中岛碧这次"19楼之行"一定感触很深刻，后来她几次谈到这次访问，1985年7月她在有我参加的日本国立京都大学人文科学研究所的一个报告会上又特意讲到了这次访问。她说，在去严先生家之前，他一再告诉我，由于历史的原因，他在北大的居室是很狭窄的。我是做了很大的思想准备去的，当我走进他的住房的时候，我知道自己的想象力是远远不够的，像严先生这样的学者，在中国这么辽阔的土地上，却居住在这样的地方，我这才知道"四人帮"是如何迫害中国的知识分子的！同样的表述也见于她的《丁玲研究》的"后记"中。

我由衷地感谢中岛碧先生对中国的理解，感谢她把中国大学教师当时那样的生活困境坚定地阐述为"四人帮的迫害"！

在我的业务圈子中，一些日本先生因此明白了"中国虽然很大，但知识人居住得却很小"，明白了"'四人帮'对中国知识分子的加害是无处不在的"。有人告诉我,全国政协的一个工作小组,还曾经专门调研过这个问题。19楼302室因此而具有了"国际性的认知价值"。

上世纪80年代,社会上的"势利"之心已开始悄悄地滋生并发展,一些势利人士,开始以"房"取人、以"衣"取人、以"钱"取人、以"自己期待的种种欲望"取人,其蔓延成今日的社会价值风尚。徐州铁路工会有一黄姓先生,写了两篇关于"日本汉诗"的文章,致信予我,左一个拜读了先生……,右一个先生给我以极大启示,一定要到北京当面"聆听指教",言辞有些肉麻。这一天他果然来了,身穿毛哔叽中山装,裤子缝与地球垂直。我在302室接待了他,我看他两眼左右转动,心不在焉,好像这次来的目的就是观察我这间住房似的。本来我想在"福利楼"请吃饭的,既然这样,偏偏就在本室内用饭吧。饭后他就匆匆告辞,终未涉及什么"日本汉诗",造访者一走就杳无音信。后来,听徐州的熟人对我说,他对他们说,到北京去看严绍璗,真不可想象,走进他住的19楼,我就不相信我所崇拜的学者会住在这里。他们家吃饭的时候,身子都很局促,怎么可能做学问呢!我很可怜他的心态,对他的人文理解力,也只能呜呼哀哉了!

其实,我的19楼住处来访过不少的先生和朋友,其中有像戈宝权先生这样的大学者。戈先生在读到我的《日本的中国学家》后,从他们社科院情报所打听到我的住址,自己就来访问。开始他自报家门,我极为紧张,戈先生是我国著名的翻译家,俄苏文学研究的巨擘,他自己登门看望我,我一时惶恐,不知所以。他很诙谐地说:"我读你这书,开始以为是一位久居日本的老先生,内容这么丰富,名字又这么古雅。后来情报所说我很保守,人家是40岁不到的小伙子。我心里一直想与你攀谈攀谈。"我们就在小屋里攀谈起来。当时我正参加乐黛云先生主编的《国外鲁迅研究论集》的日文稿的汉译,并且由于乐先生去美国访学,我又正在做点后期的杂务,于是就"翻译"请教戈先生。戈老说:"翻译固然要讲究'信达雅',但这个标准其实应该辩证地运用。

比如我们讲要'雅',但首先作为翻译的对象自己要'雅',它不'雅'但内容很重要,我只能让他以原来的面目变成中文登场。我如果把它变'雅'了,这就'不信'和'不达'了。"我一直觉得这是戈老以自己切身的经验对"译介学"的具有原则意义的提示。后来,在几个场合,逢到他与我一起,他都要主动对人家说"这就是《日本的中国学家》那本书的作者"。1982年在昆明参加"全国高校外国文学教材编辑会议",有一次在"大浴室"洗澡,我后进去,戈老竟然在众人赤身露体的状态中,对他的熟人说,"来、来!我给你们介绍他是严……"戈宝权先生对我的关怀与兴趣的热情,丝毫没有发觉我居住在"筒子楼"而有些微的减退。我于是明白了,一个人对他人的态度,其实就是自己本人人品与修养的表露。怎样评价"筒子楼"和它的居民,或许还真是一片"照妖镜"呢!

1985年年底,我从日本国立京都大学人文科学研究所日本学部受聘"客座教授"归来,老崔对我说,你在蔚秀园排上队了,我选定了24公寓115室。两间一套,居住面积27平方米,一卫一厨,从此,一家人可以关起门来生活了。

这一刻,距我住进19楼筒子楼恰好整整10年,距我住进16楼筒子楼将近20年了。当年走进大黑屋走廊的初始,人世间还没有我的儿子,当我告别19楼的时候,这个全程在"筒子楼"中发育成长的生命已经是北大附中高中二年级的学生了,他终于有了在人世间表达自己独立意志的物化的生存空间了。以此为标志,我告别了我20年生命的驿站!

北大筒子楼——让我品味了人生的真谛,获得了难以言状的磨炼和愉悦,享用了世间的真情和苦难,成为生命的永恒!

2009年秋日中撰写于北大蓝旗营跬步斋

往事杂议

赵祖谟

我从1957年考入北大中文系到1982年搬进单元房,其间有25年住过四个筒子楼,它们是29楼、32楼、19楼、21楼("文化大革命"前这些楼全叫斋,"文化大革命"中改为楼)。这九千多个日日夜夜,它的酸甜苦辣、喜怒哀乐似乎随着岁月的流逝渐渐地淡忘了。如今只能搜索枯肠,寻找残留在记忆中的点点滴滴。

上

中文系57级的迎新大会好像是在办公楼礼堂召开的。我和我的同学们坐在台下,台上站满了中文系的教师。系主任杨晦先生对教师做一一介绍。许多著名学者的亮相让我们激动不已,我们的手全拍红了。介绍了教师,杨晦先生讲话,他当时讲了些什么,如今已记不清了,只是有两点至今不忘:一是北大是一所有着光荣传统的大学,中文系的教师和其他高等院校的中文系相比,最有实力,全国著名的语言学家,多数在北大中文系;二是中文系不培养作家。后来游国恩先生还和我们座谈过一次。他特别强调我们应趁年轻记性好多背一些古诗词。他的大意是,短诗如绝句、律诗,早晨起来念一念,晚上再重温几遍就记住了;倘若是较长的诗,可以两三天或一星期背一首。这样,一年能背二百首左右,五年下来就是近千首,即使忘了一半,也能记住五百首左右,这是终生有益的。从满眼黄土的太铁一中到如诗如画的燕园,听着老师的谆谆教诲,我心中充满了温暖,下决心好好学习,报效祖国。可是很快这种想法被打破了。

我所在的班,除了从中学考进来的以外,还有好几个从其他系转来的同学。入学不久,就听说在转来的同学中有三个人"有问题"。究竟问题有多大,我不甚了然。此时全校"反右"斗争高潮已经过去,虽然高年级同学给我们介绍了"右派分子"的罪行,但这三个同学既然没划为"右派"那就属人民内部矛盾,我和许多同学一样,和他们相处还较为融洽,常常开开玩笑,讨论一些学习上的疑难问题。但不久年级党支部宣布,对这三个人进行批判斗争,斗争会与这三个同学原属班级联合举行。其中二人很快承认自己是"右派分子",检讨自己的"罪行",表示悔过自新。唯独历史系转来的吴文辉,不但不承认自己是"右派分子",还和大家展开辩论,态度十分激烈。于是同学们给他贴了很多大字报,声讨他的"罪行"。一天中午午休刚过,正准备看书,只见一个同学满腔愤怒地跑到楼道中央大声说:"右派分子撕大字报了!"大家跟随他来到吴文辉的宿舍,只见大家给他贴的大字报被撕了一地。这还了得,同学们全火了,把他拉到楼下批斗,引来无数其他系的同学围观。在此之前,虽然有高年级同学给我们介绍了校内外"右派分子"怎样"穷凶极恶",但我没有看到"右派分子"怎样猖狂地向党"进攻",缺乏感性作基础,认识停留在口头上。吴文辉的行为成了"反面教材",我对"右派分子"真正地愤怒了,我和大家一起高喊

"打倒吴文辉！""右派分子不投降就叫他灭亡！"二十多年以后，我们57级同学聚会，我见到了吴文辉，说起当年的事。他对我说："你知道吗，就在宣布我为'右派分子'之前大约一个月，党支部书记代表组织找我谈话，宣布对我的审查结束，恢复我的组织生活。可是突然又说我是'右派分子'，要我承认'罪行'，我想得通吗？"听了这番话，我的第一个感觉是，我和我的同学们全被历史捉弄了。据说（不知是否确切），1957年北大"反右"在师生中划出"右派分子"四百多名，"上面"认为这场斗争"右"了，于是又进行补课，全校"补"出"右派分子"一百多名。这样一来，整个"反右"运动，北大共划"右派分子"六百多名，而我所在班的三位同学就这样给"补"成了"右派分子"，他们的命运可想而知。

"反右"运动之后，紧跟着是总路线、大跃进、人民公社运动，学校里则开展"红专辩论"，"批判资产阶级学术权威"。我们进校不到半年，要对我们的老师所谓"资产阶级学术权威"开火似乎缺乏能力，我们只能跟在师兄师姐们的后面摇旗呐喊，到文史楼（当时中文系所在地）看他们给老师们贴的大字报。我们班也选了一个批判对象，是王国维的《人间词话》。我读了两遍，似懂非懂，只记得什么"隔"与"不隔"，全班讨论也没什么结果，不了了之。可是班里的"红专辩论"倒是热闹非凡。我们班在楼道里办起了"瓜园"。所谓"瓜园"，就是贴大字报的地方。当时强调思想改造要"抱西瓜"不要只"捡芝麻"。可是不久，团支部书记在楼道里对全班同学说，我们班的大字报数量少，在全系各班中排在后面。团支书说完就哭了，检讨自己工作没做好。这时我们班的老大哥，一位叫周性珑的调干同学对团支书说：看问题不能看表面，大字报数量多少并不能说明问题；有人一天写三份大字报，一份只有一张纸，空空洞洞，这样的大字报再多也没什么价值。他拿自己做例子，他的大字报要一个礼拜才写好，一写就是十几张纸，统计起来也算一份，二者怎能相比呢？是的，这位老大哥对自己非常严格。他联系自己的家庭出身、社会经历,对思想状况、精神状态进行剖析,诚恳、认真、深刻。从他身上可以看到当时大学生改造思想的虔诚性。

"红专辩论"是和"反右"联系在一起的。这两个运动给人们提供了这样的认识:知识分子必须自觉地、坚持不懈地改造社会观,否则就会成为反党反社会主义的"右派分子"。从那以后,似乎学习书本知识远不如参加社会运动重要了。全国大型政治运动如总路线、大跃进、人民公社、反"右倾"、落实"六十条",我们都参加了。我们还参加了修建十三陵水库,到平谷深翻土地创高产,下城子煤矿半工半读,到200号修铁路……此外班里还组织各种劳动:到食堂卖饭,到学校工地挖土方,修建"红湖"游泳池,等等。

那确乎是一个"激情燃烧的岁月"。"大跃进"在全国掀起了狂热的旋风,"一天等于二十年""超英赶美""跑步进入共产主义"成了最时髦的口号。现在想起来,当时未必没有人在冷静地思考,但一是这种思考的结果无处表达,二是倘若表达,肯定遭严厉的批判。狂热使人觉得一切皆有可能。当时社会上经常流传一些"神话",如给猪吃一些洗衣粉,猪就长得肥,在玉米棵上扎几个眼就会多结几穗玉米,当然更大的"神话"是粮食亩产几千斤乃至上万斤。而我们这些大学生听了这些"神话",也想投入创造这种"神话"的活动中。记得在平谷深翻土地时,我们班所在的生产队要搞一块试验田:划出一亩地,深翻五尺,加上肥料125万斤,预计一季可产小麦5万斤。我们班的几十个小伙子就负责这项工作。大家日夜奋战,挖出了一个长宽各近八丈深五尺的大池子。我们从社员家起出圈肥,一层土加一层肥。当时好像有老农说这些肥浪费了,可是我们只想着按规定执行。加了不到三尺,肥就用完了,队长只好让我们用秋秸代替。后来我才知道,那些垫在下面的肥料根本不起作用,而阳土和阴土混在一起失去了效力,那一亩只能颗粒无收。但在当时,我不懂这些,也没等种上小麦我和同学们就离开了,看不到"神话"的破灭,依然狂热地投入其他运动。

现在想起来还有几件事记得比较清楚。一是写大跃进民歌。当时有一个说法,全国年产1070万吨钢就超过英国了,因此我所在的班就提出把写出1070首诗作为我们班的最低指标。那些日子里我们一个个像着了魔,从早到晚挖空心思想,想出一首赶紧记下来,结果自然大大超过了1070首,但质量怎么样就不好说了。我好像写了三十几首,如今能记起的只有两首。一首是"银锹挖黑土,深翻一尺五。来年秋收时,白面代白薯"。我们班长段柄仁把"秋收"的"秋"字改为"夏"。他一改,我明白了,冬小麦夏天收获,用"秋收"不妥。我的同窗张春生看了这首"诗"后对我说,这不叫诗,写得太实了,要空灵一些,浪漫一些,要大胆想象。于是我又诌了一首:"蓝天红日白云飘,人喊马嘶真热闹。担起三江四海水,万亩良田我来浇。"张春生笑了笑说:"有点进步了。"这两首实在说不上是诗的玩意儿还能记得,就因为有了上面讲的那些小故事。

二是"除四害讲卫生"。那时候不管搞什么都讲评比,搞卫生也评比。检查人员走进你的宿舍不光看是否窗明几净,他们会拉开抽屉用手摸一摸桌子的下边,摸一摸门框,甚至要摸桌子腿床腿,只要有灰就扣分。对这种吹毛求疵我们似乎也不反感,而是加倍努力去应对。我和我的室友除了做到窗明几净外,还用抹布把屋里的犄角旮旯都擦上几遍。一位姓施的同学还把两个二屉桌并成一个方桌,在上面铺一个床单,摆上一个插有野花的花瓶,全宿舍的人都对自己的努力感到满意。可是有一天我们下课回来,发现铺在桌上的床单和花瓶没有了,姓施的同学的一件毛衣和一件毛背心不翼而飞,看来小偷拿床单当包袱皮把偷的东西包走了。那时大家经济都不富裕,毛衣毛背心就是好东西,为此我们着实懊恼了好几天。懊恼归懊恼,我们依然认真搞卫生,只是不再用床单当台布了。起初的"四害"是老鼠、苍蝇、蚊子、麻雀。我们也行动起来,积极投入除"四害"。当时北大的学生每人都有一个搪瓷饭盆，一把铝的或不锈钢的勺子，用一个自制的布袋装着，上课，去图书馆，甚至到海淀逛街都会带着。要是哪位老师拖堂太久影响去食堂排队买饭，有些同学就会故意把袋子摇一摇，那位老师就会赶紧下课。从海淀回校，门卫只要看见装有饭盒的袋子就知道是北大的学生了，不必看戴没戴校徽（当时校门管得严）。饭盆和勺子在赶麻雀上有了用场。一见麻雀就用勺子敲饭盆，麻雀就吓得乱飞。麻雀疲于奔命，据说有人看见麻雀飞着飞着就累得从空中掉下来摔死了。我没见过，不过我见到过麻雀吓得胆战心惊的样子，它刚落到一个树枝上，你一咳嗽它就吓飞了。飞又飞不远，刚一落，你又咳，它就又飞，那实在是"惊弓之鸟"的形象写照。后来麻雀不再列入"四害"了，据说有科学家对它进行了解剖，发现它主要吃害虫，粮食吃得很少，它在"四害"中的位置由臭虫顶替。不过我们大战臭虫是在"除四害"运动之后了。不知从何时开始，每晚一上床熄灯，浑身上下就刺痒，赶紧跳起来开灯，就发现有臭虫飞快爬走了，有的被翻身压死，在床上留下一片血印。有位同学受不了了，就把几张桌子拼在一起睡在上面，可是一熄灯立刻感到刺痒，有人说是臭虫从桌子腿爬到他身上去咬他。他就在桌子四周洒上水，结果还是被咬。于是有人得出结论，臭虫会空降，一熄灯它就爬到天花板上，然后落到桌子上咬你。这个想象倒是很有意思，大家哈哈一笑。后来有些同学干脆睡到楼道里。开始还好，睡了几个安稳觉，过了几天就不行了，白天仔细查看发现楼道的墙缝里全是臭虫。这事汇报到学校里，不久学校安排灭臭虫的活动，原来并非只有我们一个楼有臭虫，全校各学生楼都是臭虫泛滥。这样一到星期天，我们就把双层床抬到楼下空地上，打来开水浇，用签子通床缝，然后把"666粉"调成糊状抹在床缝里，大约干了一个多月，臭虫灭迹了，我们才睡安稳了。

三是做超声波。记不得具体年月了，学校团委发出号召要大搞超声波。所谓超声波是把自来水管锯成十几公分长的一截，将其一头砸扁,将扁的一头凿成一个凹字形,插上一个剃须刀片。据说只要从没砸扁的一头通上自来水,强力的水流冲到刀片上,就出现了"超声波"。用这种东西洗衣服既省水又洗得干净;用在蒸锅里,馒头会蒸得又大又暄,还省火。我们自然不会怠慢,一连几天课余时间楼道内外就响起乒乒乓乓的声音。我们做了十几支,拿去一试,不是刀片被冲走了,就是水滋得到处都是。不久团委宣布停止这一活动。一年多以后,听北京市团委一位女书记做报告,才知道他们听说超声波是个好东西,心想家家户户都用上它,该节约多少人力物力财力,就决定全市共青团员都参加,造出100万支。她在做报告时反思说,这是头脑发热,好心办了坏事,算是交了学费,吸取了教训。听了她的话,我不仅没有埋怨情绪,反倒为她的自我批评精神所感动。如今写到这里,不禁哑然失笑,当年是何等天真烂漫啊。

下

1962年我毕业留校教写作,从32楼搬到了19楼。19楼里住的是中文系和历史系的男单身教员,其中多数是没结婚的,结过婚又两地分居的占少数。虽然这一年党中央召开了八届十中全会,提出阶级斗争要年年讲、月月讲、天天讲,但19楼的教员过的还是一杯清茶一支笔一摞稿纸的宁静的书斋生活。刚留校时对教员生活多少有点陌生感、神秘感,因此很注意观察周围的人。石安石、徐通锵、王福堂诸先生给我上过课或辅导过我,对他们我相对熟悉一些。石安石为人开朗,爱笑。他二胡拉得好,每天晚饭后从他的屋子里会传出《步步高》《二泉映月》等曲子的美妙声音。我有时会到他的屋子坐一坐,聊一聊。他80年代不幸得了癌症,依然坚持上课,曾休克在讲台上。1993年73级语言班同学聚会,石安石先生抱病参加,用二胡为大家拉了一曲，这是我最后一次听他演奏。徐通锵性格倔犟，办事认真。他曾带领我和我们班部分同学到河南洛阳作方言调查。不知为什么，大家管他叫"老头"，我那时刚刚毕业，也没大没小地跟着这样叫，他不但不生气，反而乐呵呵地答应。他心灵手巧，会木工，"文革"中，他给自己做了好多小箱子，里面放满书，从地上一直摞到房顶，成了一个厢式书橱。王福堂很少说笑，有洁癖，虽然穿的是和大家一样的衣服，但总是很干净、平整。1963年部分教员和学生到通县麦庄搞"四清"，王福堂在一个生产队做工作组员，我留在公社做工作团办公室的秘书。不久，和王福堂在同一个生产队搞"四清"的一位教员对我说，王福堂给一个贫农妇女写家史，写得很动人，其中写到那位妇女穷得走投无路时一度想自杀，她坐在井台上往下看，看到自己蓬乱的头发和憔悴的脸，那个细节很有感染力。还说王福堂酷爱《安娜·卡列琳娜》，过上一两年就要读一遍。真想不到，搞方言学书生气十足的王福堂竟有这般浪漫情怀。他爱听交响乐。"文化大革命"时期，中文系工会给19楼的教员买了一台黑白电视机，一到晚上许多人都到放电视机的屋子去看。遇到热门节目，还把电视机搬到楼道里。王福堂一般不去看，但电视台转播小泽征尔指挥波士顿交响乐团来华演奏时，他也来到电视室，静静地从头看到尾。过了几天，小泽征尔在首都体育馆指挥中央乐团和波士顿交响乐团合演时王福堂去了，我和我爱人张晓也去了。我对交响乐是个门外汉，但小泽征尔那富有节奏感的潇洒的指挥和乐队演奏的磅礴气势，让我十分钦佩。我问王福堂先生感受怎么样，他淡淡地说："还可以。""还可以"这三个字让我感到在交响乐的欣赏上我和他不属同一档次。

没教过我却给我印象较深的是吉常宏和赵齐平两位先生。吉常宏是教古代汉语的。他有一张团团的脸，留一个小平头，戴一副黑框近视镜。他茶喝得很酽，拿钢笔的样子有点像拿毛笔。上课时，他拿着讲稿和课本，迈着四方步，不慌不忙地往教室走去。我遇有古文上不懂的问题会去问他，他总是不厌其烦地给我讲解。和吉常宏老夫子样子相比，赵齐平就显得十分潇洒了。我一直记得他初冬时节上课的形象：穿一身笔挺的蓝呢子中山装，头发梳得很整齐，皮鞋擦得很亮，大步流星地向教室走去。他后来得了尿毒症，靠透析维持生命，我常常在系资料室看到他在查书，我劝他好好休息，他回答说："不要紧，闲着难受。"他和石安石先生用实际行动演绎着生命不息、奋斗不止的精神内涵。

60年代是一个热情高涨的年代。许多人都主动地、积极地承担社会工作。洪子诚先生毕业不久即向党总支申请当班主任以锻炼自己。团组织生活时他常常拿着一个写有自己对问题思考的小本子发言，准备得认真，思考也深刻。他和袁良骏、杨必胜两位先生负责编壁报，组稿，修改，抄写，然后贴到中文系所在的楼道里，很吸引人。1963年任系工会文体委员的武彦选先生因住在校外就委托我代他工作。我和倪其心、侯学超两先生组成一个文体小组，负责全系的文体工作。我们请石安石先生出马教大家唱歌，他欣然同意，用毛笔把歌抄在粉连纸上，每天晚饭后在楼道或216室教唱。后来，青年教师在他的带领下，参加全系师生的歌咏比赛，以高昂的热情和有气势的演唱，引来经久不息的掌声，还两次谢幕，获全系第二名。为了吸引更多的人参加体育活动，工会组织了乒乓球比赛。闵开德、陆俭明、刘烜几位先生水平高，参加甲级赛，不大会打的参加丙级赛，大多数参加乙级赛，场地在19楼前，连住在承泽园的崔庚昌先生都来参加。乒乓球比赛由倪其心负责。当时世界乒联主席是蒙塔古，于是倪其心得到了一个"倪塔古"的绰号。系工会还组织了一个篮球队，记得参加者有武彦选、倪其心、黄修己、陆俭明、侯学超、闵开德、傅振岳和我。我们和中文系学生赛，和附中赛，和仪器厂赛，和其他系赛，赢多输少，大家都很热衷。中文系有不少戏迷，住在19楼的当属金申熊、胡双宝、裘锡圭三位先生为最。金申熊、裘锡圭不但欣赏而且会唱。"文化大革命"中，金申熊决定搞一个京剧小合唱。他亲自写词，设计唱腔，还请吴同宝、林焘两位老先生和裘锡圭帮忙。只见四个人一边打拍子一边清唱，你说这个地方用"西皮"，他说那个地方用"二黄"，其认真不亚于他们做学问。一切就绪后，请石安石伴奏，找了十几个人排练，这个节目在校内外多次演出，总能赢来热烈的掌声，还有人找到金申熊要词要谱。我嗓门大，因此这个京剧小合唱前面的朗诵词由我朗诵。一次我因事不在，临时由袁行霈先生代劳，后来金申熊对我说："袁公朗诵得比你有气势。"我就请袁行霈取代我，他十分谦虚，坚持不受。

筒子楼里以单身为主，时不时地就有人结束单身生活结婚了。我留校不久就赶上王理嘉先生办喜事。当时经济困难时期刚过去不久，物质还很缺乏，为回笼货币，有许多高价的东西出售。一斤高价奶糖的价钱等于平价奶糖的十几倍。我们这些月薪46元和56元的人是不敢问津的。可是王理嘉先生从上海一下买来两大手提包各色高级糖果，委托陆俭明、侯学超和我代为布置结婚现场。我们在当时中文系所在地二院一楼的资料室里摆上桌椅，把糖果堆满了桌子。中文系大部分教师都来了，记得王力先生还讲了话。气氛热烈，也相当解馋。此后许多婚礼都在宿舍举行，结婚人买来糖果花生，冲上茶水，大家纷纷来祝贺，一拨一拨的，好不热闹。值得一提的是杨必胜先生的婚礼。杨必胜结婚时，64、65两级的学生尚未毕业。杨必胜委托我购买糖果并且帮助打圆场，以免被人闹得下不来台。我买了很多糖果，估计只多不少。不料64、65级的学生不仅吃还往兜里装，以至于糖果不够了，这让我这个操办者十分尴尬。

其实从1962年到"文化大革命"结束十几年间的政治生活是相当严峻的，时不时地就有浓烈的阶级斗争的火药味充斥于筒子楼内外。特别是"文化大革命"中的"清理阶级队伍"。一次全校大会被揪到台上遭批斗的竟有几十人之多。军宣队的一位领导在一个会上说，北大清理出一千多人，但这只是开始，高潮还在后面。针对北大自杀的人大大增多这一现象，一位姓魏的工宣队负责人说："这就对了，说明运动大大地深入了，真正触及到了灵魂。"那时中文系的男教职工都集中在19楼住，女教职工则住在21楼。家在校外的只有星期六下午才允许回家，我们这些本来就住集体宿舍的连星期天也不许外出。大家白天学习，揭发问题，到了晚上都集中在楼道里听军宣队训话。可能有人对"北大清理出一千多人而高潮还在后面"的说法提出质疑，因为毛主席说过"坏人最多不超过5%"。军宣队的一位排长就对大家说："5%是就全国的情况说的，至于到了具体单位，那就可能是10%、20%、30%。"在这种气氛下，稍不留意就可能被"揪"出来了。周强先生成了"现行反革命"，王福堂先生成了"现行反革命"，严家炎、谢冕、曹先擢、唐沅四位先生成了"现行反革命小集团"。王福堂的事我记得比较清楚。他在私下里感慨了一句，像刘少奇这样一位国家主席，忽然就成了阶下囚（大意如此）。工军宣队知道后就派人在教职工里做了布置，说王福堂有恶劣攻击"文化大革命"的言论，属"现行反革命"。这天晚上，大家都集中在楼道里，军宣队却没有训话，而是突然宣布："把现行反革命分子王福堂带上来！"当时王福堂还站在教职工中间，毫无思想准备地被拉到一张方凳上站着，在猛烈的质问下慌不择言地说了一句"宦海沉浮"。于是这就成了他是"现行反革命分子"的主要依据。那时定一个敌我矛盾不需要严格审查，用不着充分的证据，连审批手续都不需要，先定性再逼供信，人的命运在几十分钟里就改变了。

"文化大革命"在自行"归谬"，随着时间的推移，它的荒谬性逐渐地被人们所认识，特别是在"林彪事件"之后，教员中对"文革"和江青不满的言论在私下里不胫而走，但这些议论只在彼此信任的朋友间进行。张卫东不知怎么一不小心说漏了嘴被人告发了。他是中文系64级学生，是根红苗正的红卫兵，"文革"中由工军宣队选拔留校，他的议论自然引起工军宣队的高度重视。他被审查，工军宣队要他交代都和谁议论过，怎么议论的。张卫东只承认自己说了些什么，但拒绝揭发别人，他的行为让我钦佩。1976年周总理逝世，以此为契机，一场声势浩大的反"四人帮"运动在天安门广场自动展开。住北大的工军宣队紧张起来，从上到下采取严密的措施：注意校内的动向，派大批人员到天安门广场暗查。但19楼内的教员却表现出平静中的兴奋，无言中的热烈，用眼神传递着情绪。我爱人张晓多次要去天安门广场都被我劝阻了。我们俩的出身都不好，各自的家庭都受到冲击，我怕惹麻烦，但我知道有同事悄悄去了天安门。我的同窗蒋绍愚先生、住在我对门的张钟先生都去了。他们都不说，别人也不问。一次我、张晓和张钟聊天，说到周总理逝世，张钟说他坐公共汽车路经天安门广场，看到的场面"非常壮观"，这就够了，无须多说，彼此心照不宣。那些日子真是"高天滚滚寒流急，大地微微暖气吹"。因此，当"四人帮"垮台的时候，筒子楼里的欢乐再自然不过了。

筒子楼的25年占据了我生命中最宝贵的一个时段。有天真，有幼稚，有真诚，有狂热。伤害过别人，也被别人伤害过。生活就是这样，有些拖泥带水，"松间沙路净无泥"的境界大约很难遇到。

筒子楼的回忆

张 晓

我第一次进筒子楼是1967年春,那是19楼中文系男教员单身宿舍。房间10平方米大小,两人一间,单人床、二屉桌、五层木书架,每人一套相同的家具,人人埋头书本,楼道里非常安静,以至于我的出没会引人注意。周日我常骑自行车从定福庄广播学院到19楼会赵祖谟,那时他和陈绍鹏同屋。我们结婚在44楼招待所,还是筒子楼,一张四屉方书桌靠墙,三面围放三张食堂里用的条凳,从19楼借来两个暖壶和几只玻璃杯,桌上放着水果糖,上面悬着25瓦光秃秃的电灯泡,床上一新一旧两床被子,一对有芯无套的棉花枕头,各盖着一浅蓝一浅绿的枕巾,上面印着硕大的粉红牡丹花。我说,这枕巾不是一色的,赵祖谟才发现,我真希望他是色盲而不是粗心。傍晚,由林庚先生、王瑶先生等五六位不能参加"拉练"的留守人员,带着一套马恩选集前来祝贺,那是1970年12月底。

10年两地期间,我每年冬天从青海德令哈由公路而铁路大约用七天奔波而来,在19楼首先遇见的是郭锡良老师,他腋下夹着红绸面的小被窝卷，笑眯眯跟我相向而行，他在为我"腾地方"。后来我成了他的学生，郭老师教我们汉语史课。

　　住筒子楼时代，大家生活都很简朴，我们都没有户口本（集体户口），因而就没有北京市民能享受的鸡蛋、白糖等副食供应，基本上吃食堂。每月由一人领取全楼道人的粮票，然后按定量分发，大家轮流执行；因为没有私人摆设，大家都使用相同模样的公家家具——木床、书桌、书架；又因为"阶级斗争天天讲"，倒使得人人地位平等，原来的"老师辈""学生辈"浑然不分了，这给我们带来了相互间更多的了解和交流。这里像是一个大家庭。晚饭后几乎全楼道的人都集中到一间公共电视室，看新闻节目。每天两顿饭的时候，大家在楼道里边吃边随便闲聊。金申熊老师周日的常客是中华书局的沈玉成先生，他从城里来跟金老师吃开水烫蚶子。我家来了山西客人，我的对门邻居张钟老师就不声不响地把醋瓶放在我的门外小桌上；一天晚上我怪赵祖谟不给我借书看发生龃龉，第二天早上张钟老师就递给我两张他的借书卡，让我自己去借书。忽然有女同志帮商金林打扫房间，哦，原来他要结婚了。看了电影《甲午风云》，张宏翼在楼道里感叹："'文革'前还有这么好的作品？"我明白了为什么工农兵学员出身的人会"跟"得那么紧，他们生活在文化断层之中。王若江、李晓琪每天早上6点半就去"五四操场"念外语，也让我了解了他们海绵吸水般的对知识的渴求。但是"四五"天安门事件以后，楼道里异常压抑和沉闷。一天中午，张钟老师小声对我说："天安门那场面真壮观呐！"然后转身回屋了，他知道我一直想去天安门广场看看，那一刻我们的心是那么的相通！张卫东曾在房间里跟一些同事议论过天安门事件，包括我和老赵在内，不幸被人告发了，当时的系领导和工宣队负责人找他谈话，让他承认错误并且揭发别人，他只坦言自己说过反对当局做法之类的话，但拒绝揭发任何人。由此，当年还是"小字辈"的他，在大伙心中威信陡增，后被选入总支委员。80年代初，他和刘丽川选择了去深圳大学,临行时前去告别的人一拨接一拨。

金申熊老师1981年以前一直两地生活,夫人屈育德老师70年代后期曾被借调到位于沙滩的文物出版社工作。她每天早出晚归,回来时背着一网兜菜。初冬的一天,她去学生合作社(现在是新华书店北边的一片绿地)买橘子,回来时走在楼道里气哼哼地说:"售货员给我的净是烂的,我说,你们自己买就不是这样了。售货员却理直气壮地批评我:你不要说不利团结的话!哼,真是气死人了。我要是七仙女,我才不下凡呢!"权力在我们的生活中永远跟"真理"绑在一起。但身材瘦小、温柔敦厚、又属于"臭老九"的屈育德老师,那么智慧地发泄了她的怨恨,她的语言让我顿时感受到中国民间文学那永恒的生命力!金老师对她宽慰说:"我在哪都是孙子,上课是学生的孙子,上车是售票员的孙子,上商店是售货员的孙子。"其实那年头,我们中大多数人都是这么无奈。在19楼,金老师住我斜对面,到21楼他住我右隔壁,那时屈育德老师已经带着女儿调入北大了,他们三人挤在一张床上,那是两张27公分宽的学生床拼在一起的。唯一的书桌属于女儿舒年,她就要参加高考了,屈老师趴在床沿备课,金老师则坐在马扎上,两脚伸出门外,抱着案板做学问。他多次在言语之间表达了他在最受挫折的时候,游国恩先生给予他的恩情,他也用他恩师的行为方式对待我这样的后生。文学史课上,他嘱咐我们,要记住著名作家的室名谥号,他那"书名卡片要查司马温公集而不是司马光集"的声音至今还是那么清晰地留在我脑海里。他生动流畅的语言、潇洒飘逸的板书,是每个学生的享受。他逐字逐句地给我修改古汉语作业"报任安书"翻译,他鼓励我在一定时候要动手写文章,他告诫我要好好利用图书馆,日后我熟悉了图书馆北大、燕大、中德、中法等藏书,甚而"未编书",确实从北大图书馆受惠无穷。让我最后悔不及的是,金老师70年代中期就鼓励我练习书法,"将来要写草书,写狂草",他说。但我当时却很冬烘,没有利用那段宝贵时间,直到退休才开始上书法班，如今我遇到草书难题，想想金老师的话，心想不能一个错误犯两次，尽管我的水平还远远不够与书法家对话，但我鼓起勇气，在吴小如先生精神尚好的时候，冒昧地去请教了"书谱"，可惜先生只能"点拨"不能细讲了。

1976年7月28日唐山发生了空前的大地震。大约震后的第四天，张剑福的妻子张桂莲从唐山钢铁厂宿舍废墟中爬出来，幸运地搭上一辆厂里的大汽车，艰难地回了北京。一到19楼就直接上三楼奔我们家。张剑福当时在大兴干校劳动，一周回来一次。桂莲衣衫不整，脸色惨白，表情呆滞，语言迟缓，一见到我们，泪水奔然而下。骤然间我们家挤了好多人，听桂莲讲述那可怕的经历，有的要支援饭票，有的要支援钱，有的为她打饭，那一晚张剑福没能赶回来，幸亏有这么温暖的筒子楼。

筒子楼里除了埋头于书本之外还有乐声，每天晚饭后"晚自习"前，石安石老师悠扬的二胡声总会在楼道里回旋，裘锡圭老师在盥洗室一边洗衣一边旁若无人、字正腔圆地放声高唱样板戏，不满意的句子会反复重唱，这种"艺术"只有筒子楼的居民才能享受得到，也让人难以忘怀。

赵祖谟告诉我，在那不能读专业书的年代，裘锡圭老师把64开本的《新华字典》背下来了，连蹲坑都《新华字典》不离手。朱德熙先生曾对老赵这些中年人说：在你们同辈人中，裘锡圭是书读得最多的。文字学课上，裘老师写古文字的板书跟写简化字的速度一样快，我上他的课，笔记总也跟不上趟。70年代后期恢复职称评定，裘老师被第一批由助教擢升为副教授，据说他的业务水平受到郭沫若先生的嘉许。

石安石老师出身不好。赵祖谟告诉我，"文革"中，系总支副书记找他谈话，警告他不许外出串联，他第二天就背着书包串联去了。晚年他得了癌症，仍然坚持上课，他跟学生的关系特别好。在凛冽的寒冬，那么多学生前去肿瘤医院为他送别，那场面对一般教员来说是少有的。他的超乎一般的自尊和顽强，让我深深地佩服。

倪其心老师由于对先秦两汉文学史的精熟及其那了得的注疏功夫而成为么书仪的"备问"。一次我考试后回到楼里，倪老师在楼道碰到我，问：考的什么题？"朱门酒肉臭，路有冻死骨，给这首诗标韵脚"，我答。他立即告我：仄声韵。他不仅指点我学问，还蹬三轮车到海淀西大街家具店帮我拉回来小衣柜。倪其心老师的婚事，是大家都关注的大事。听说他跟石家庄的一位上海姑娘谈恋爱，大伙纷纷为他出主意，有的让他搞好个人卫生，有的让他千万别端架子。他风趣地回答：我百分百投降还不行吗。他终于娶回了姚诚，后来又添了倪猴（申年出生的，我们都这样叫他），大家都深深地祝福他。

上回炉班的时候我读的是语言专业，我对自己的国际音标没把握，在赵祖谟建议下我去请教徐通锵老师。在筒子楼徐老师一直跟王福堂老师住同屋，当我找上门的时候，徐老师欣然接受了我这个学生。后来我对近代西学东渐史发生兴趣，遇到来华传教士早期使用的汉语记音符号，我从未见过，就去畅春园请教徐老师，他耐心地给我讲解。一次，徐老师为我解惑以后嘱咐我："文章写好以后，起码放半年再修改。"回家后我反复琢磨徐老师的话，豁然明白为什么以前写完文章反复修改，颠来倒去，自己总也不满意，放上半年，有新的积累，思维才能跳出原有的框框。不急于出手，沉下心来，才会有更成熟的思考。这是徐老师给予我的莫大财富！

今天，当我坐下来回忆往昔筒子楼的时候，我无比珍惜那谈笑有鸿儒的集体生活，中文系的学术传统蕴藏于斯。

家住未名湖

么书仪

  我们在北大的宿舍，第三处就是未名湖边的健斋。

  从1972年起始，结婚之后最初的日子是在19楼304度过的。当时，19楼是中文系教员的集体宿舍，两地生活的时候，探亲、女儿出生，都是发生在19楼。

  19楼是筒子楼，从刚刚留校的年轻教师，直到两地问题尚未解决的单身教员，都住在一起。资格最老的比如：古代汉语教研室的吉常宏，家在山东，大家已经习惯了他一年一度的探亲生涯，他是年龄最大的"牛郎"。已到中年的如：研究楚辞的金申熊（金开诚）和教写作课的胡双宝同住一室，他们有共同的爱好——京剧，偶尔到他们的屋子里去，还看到过胡双宝先生收藏的戏票和节目单。金申熊先生的妻女都在江南，也是长期的分居两地。同样有京剧爱好的还有裘锡圭先生。休息的时候，常常从他的屋子里传出字正腔圆的老生唱腔。裘锡圭先生的母亲是上海人，老太太一副名门闺秀的模样，在楼道里遇到我，说的悄悄话经常是："小么，给我们锡圭介绍一个女朋友吧，我真发愁，唉……"看到我们家的饭菜简陋，有时候还会送过来一小碟精美可口的小菜。

当时，盛年而尚未婚配的男子，还不叫做"单身贵族"，那好像是一种人生的欠缺，大家都觉得要给他们帮帮忙。同样盛年而且未婚、或者结婚了却分居两地住在19楼的，还有倪其心、赵祖谟、侯学超、刘烜、王福堂、徐通锵……

听说，倪其心先生的女朋友在上海，婚嫁的事情尚在两可。倪其心1957年被划为"右派"，那时候许多"右派"虽然已经"摘帽"，但是"改正"却是若干年以后才有的事情——他是北大当时有名的同人刊物《当代英雄》的同人之一，乐黛云、褚斌杰、傅璇琮、石新春、金申熊、沈玉成、左言东是同一批，都属于中文系的"文学史教研室"。戴上"右派"的帽子之后，女友离他而去。经过了很多年，在伤疤逐渐愈合之后，他才开始新的恋爱。他抽烟、熬夜、拉二胡，《江河水》的幽咽声，有时会从他的门缝里挤出来，在19楼的楼道里飘荡着没有着落……大家都习惯了他的二胡兴起而始兴尽而终，曲子几乎没有一支拉得完整。常见他在海淀镇上老虎洞的小酒馆里独自一人喝酒，二两老白干，一碟花生豆，消磨大半天。我读中文系时学生们人手一册的《先秦文学史参考资料》《两汉文学史参考资料》《魏晋南北朝文学史参考资料》主要的资料收集和注释，大部分都是他划为"右派"时候的"笨工夫"，这三部书贻泽后学至今无可代替，今后大概也不会再有人做这样的"傻事"了。

侯学超先生教现代汉语，擅长语法研究。他生性开朗，一米八的个子，50年代他做学生的时候，曾经是校田径队的骨干，创造了男子400米的学校新纪录，他的纪录保持了20多年，直到80年代初才被打破。

那时候，教古典文学的周强先生结婚的故事还很具有传奇的味道。据说：某一天晚上，大家正各自在房间里看书备课，周强先生忽然在楼道里大声宣布："我今天结婚，大家快来吃西瓜！"19楼安静的楼道，马上乱作一团，大家纷纷从自己的屋子里跑出来，拥进302周强先生的屋子，看到"新娘子"白舒荣先生笑眯眯地站在满是切开西瓜的屋子里……

大概是1974年，我已经调到北大附中教语文。记得那个星期六是一个美术展览的最后一天，我上完两节课骑上自行车出发，想要进城去美术馆看美展。那时候，从中关村到白石桥这条路分为两段，北边一段叫海淀路，人民大学南边一段叫白石桥路；而且，快行道在西边，走汽车，慢行道在东边，走自行车和行人，土路上自行车和人都很少。骑到魏公村附近，后边追上来一个小伙子，先是在我的左边与我并排前进，车把挨得很近，后来看看四下无人，忽然右手搂住了我的脖子，只用左手扶着车把继续骑车前行。受到了突然的袭击、没有任何杂技技巧训练的我，一下子车把失控，连车带人一起跌进了路边的沟里……爬起来之后，头上起了一个血包，自行车前辘辘变型，那个小子已经自如地骑出了一百多米，还在回头看。周围一个人也没有……我定定神爬起来，把自行车半推半扛送到了马路对面魏公村的一个修车铺，然后，坐汽车回到了19楼。走到家门口才发现，我的一串钥匙，包括门钥匙，全都留在了魏公村的修车铺。当时便一屁股坐在楼梯上大哭起来……似乎当时出来好多人，似乎当时我断断续续说了事情的始末，似乎我说是我进不去家、因为钥匙还在魏公村修车铺。记得清楚的是：后来我坐在倪其心先生屋子里喝水，王春茂先生去魏公村修车铺去取我的门钥匙，忘记了当时洪子诚去了哪里。

在19楼的日子，多半是吃食堂，也买了一个烧蜂窝煤的炉子放在门口，那是一个直径也就25厘米左右，身高顶多40厘米的秀气的小炉子，热饭、炒菜，乃至于我坐月子的时候煮汤、烤尿布都是靠着它。记得每天晚上封火的时候，洪子诚都是蹲在炉子跟前，低下头把眼睛凑近炉子下面的炉门，插上那个做炉门的小铁片，让进风口只有半公分宽的一条小缝，这样可以让一块蜂窝煤正好烧一夜……他后来细心而且经验老到，竟然达到每天用三块蜂窝煤就可以支撑着这个炉子经久不"熄"。

记忆中19楼的生活安宁而平静，平时楼道里几乎听不到什么声响，没有事情也很少互相串门、闲话，如果发生了什么事情，大家都会出力帮忙。唯独到了有运动会或者球赛的时候，放着一台14英寸（？）黑白电视机的公用房间就会热闹起来，总有十几乃至二十个左右的教师聚集一室，兴奋地看球、热烈地议论、大声地欢呼，直至深夜赛事结束才会各自散去。

听洪子诚说，19楼不看电视的先生，一个是研究汉语方言的王福堂，一个是裘锡圭——怪不得他们的学问做得那么好。但是也有例外的时候。"文革"时，电视台罕见地转播英国BBC乐团在北京民族宫礼堂演出，王福堂先生站在最后，一直看到转播结束，当时的曲目有贝多芬的小提琴协奏曲什么的。

70年代初大学开始复课，按照《全国教育工作会议纪要》的精神招收工农兵学员。学员们身负着"上、管、改"的重任，一边上大学，一边批判旧的教育制度，用毛泽东思想改造大学，"占领上层建筑"。当时的"方向"是"开门办学"（学工、学农、学军）……中文系派了一批年轻而且出身过硬的教师（主要是69、70届由"工军宣队"掌权时留校的中文系毕业生）出任班主任。"开门办学"的时候班主任就是独当一面的全权统帅了，他们从上课学习、政治活动一直管到吃饭、睡觉、解决矛盾纠纷。班主任之外，还会配备几名不那么"过硬"的教师，协助班主任教授写作课以及辅导之类的工作，洪子诚就是这样的角色。董学文、方锡德、胡敬署他们都做过班主任，当然也都是洪子诚的"领导"。洪子诚参加开门办学去过的地方很多：去河北保定63军"学军"，去东方红炼油厂"学工"，1975年去门头沟煤矿和1976年地震之后去唐山给我的记忆至深，因为这两个地方他去的时间最长，也最让我担心。

在北大附中教书的时候。

1974年或者1975年，我从隆化县存瑞中学调入北大附中，女儿洪越方才两岁。洪子诚开门办学的时候，我最苦恼的是孩子。白天上班时，孩子被送到在校医院北边一个四合院里的北大幼儿园，晚上下班之后，接回孩子开始做饭、吃饭、备课、判作业，她在床上玩，她被训练得在大人做事的时候不哭、不闹也不说话。等到应该睡觉的时候，却常常发现她两腮紫红，惊惶之中一试表，已经是摄氏40度开外。我每次都是跑去敲倪其心先生的门。倪先生二话不说，马上就跑过来扛起孩子，我们一前一后一路小跑直奔校医院。女儿在倪先生的肩膀上开始大声哭着叫喊："我不要倪叔叔，我要妈妈……"倪先生一边跑一边喘着气教育洪越："妈妈抱不动，咱们得赶快去医院，你在发烧……"到了医院照例是注射四环素，带回一包抗生素。第二天一早，只能又把孩子送到了幼儿园，我还得去上课呢。

记得倪其心先生曾经去找过中文系的领导，对他们说："你们总把洪子诚派出去，小么的日子怎么过啊？"

大概是1975（或者1976）年，我们结束了筒子楼的生活，从19楼搬出来。房产科分配给我们的第一个"家"就在中关村科学院25楼的一层（中关村科学院的宿舍楼群中，有几幢属于北大）。那是一间16平方米的屋子，与另一家合用窄小的厨房和厕所。25楼的屋子临街（就是现在的北四环），窗外汽车不断（特别是到五道口火车站运货的载重卡车），直至深夜我们两个人都经常是静静地听着小汽车、卡车、公共汽车由远而近，然后由近而远，窗玻璃和挨着铁床的暖气片随着汽车的轰鸣而颤动……汽车掠过窗前的时候，可以看到墙上的钟：1点、2点、3点……终日为了睡不好觉而苦恼。我们想了又想，觉得还是得住到校园里比较安静。

调换房子的事，学校的房产科不管，但是你可以自己寻找调房的对象。我开始到条件不如科学院25楼的集体宿舍去贴条，洪子诚虽然觉得这种做法不高级不规范，可是他也没有什么好办法。两个月下来没有结果，最后还是多亏了我的北大附中同事杨贺松的介绍，我们才与人调换了房子，住到了未名湖边。这次我们又搬回了筒子楼，12平方米，地点在未名湖北岸的健斋304号。

健斋的住房都是在阳面，阴面的楼道算是大家的厨房，我们的房间不大，可是有一面墙的木格玻璃窗，推开窗户就是未名湖，湖边小路上种了银杏树，湖心岛和石舫，对岸的花神庙和水塔（那时候还没有"博雅塔"这个雅号）尽收眼底，就像是住进了一个公园里，晚上常常是在蛙鸣和蝉鸣声中进入梦乡……不知不觉中，我们在这里住了六年……

记得从科学院25楼往健斋搬家是借了两辆平板三轮车，董学文先生和洪子诚每人蹬着一辆，就拉完了我们的全部家当：学校卖给的一个书架和一个两屉桌，自己买的一个铁架双人床，一个折叠圆桌，两把折叠椅，一个铺盖卷，一个我的纸衣箱，一个洪子诚从老家带到北大的旧皮箱，几捆书，两辆自行车。

健斋的居民多半是年轻教师一家三口——夫妇二人加上一个孩子，也有年龄较大、资历较深的单身老教员，或者家在城里、距离北大路途遥远的老教员，平时住在健斋，星期日才回家。记得曾经为邻的二楼、三楼居民有过：体育教研室的书记李怀玉，体育教员侯文达，法律系教员肖蔚云，政治系教员潘国华、黄宗良、方连庆、肖超然，图书馆副馆长（不记得他的名字），哲学系教员陈启伟，物理系教员杨老师，历史系教员王永兴，东语系教员赵玉兰，图书馆学系教员关懿娴，地球物理系教员王树仁，西语系教员余芷倩……

其中比较特别的人有：资深教员关懿娴，她没有结过婚，当孩子们第一次叫她"关奶奶"的时候，她总是纠正他们，让他们叫她"关大姨"；图书馆副馆长是一个和气的老头，不做饭吃食堂；杨老师已经是副教授，他是老单身，不爱说话，1972年从鲤鱼洲回校以后，曾经和洪子诚一起烧过一个冬天的锅炉，他在健斋时，娶了一个带着孩子的老伴；王永兴老师年事已高、平易近人，孩子们叫他"王爷爷"。后来过了很久才知道他是陈寅恪的学生、中国古代史学家。住在隔壁的肖蔚云应该是家在城里，常常只是中午在这里休息。他走路目不斜视，从不跟周围的人打招呼，八九十年代才知道他是法律系的名教授，香港、澳门特区基本法的主要起草人之一。政治系的方连庆先生有一阵很相信"特异功能"，有一次很认真地把健斋的孩子们召集到他家，测验"耳朵听字"，好像是没有什么结果，可他仍然是坚信不疑。

健斋的南边紧挨着体斋（那是一座四方形的大屋顶两层小楼），西边是德斋、才斋、均斋、备斋，北边隔着一条小马路，与全斋相望。这些楼取"德才均备体健全"的意思，多半是老燕京的学生宿舍。

那时候，大家对于居住在狭窄而且拥挤的筒子楼里都很习惯，平时，楼道里很安静，少有人聊天和串门，到了做饭的时候，楼道里就

1978年冬日，和女儿在健斋前面。

会热闹起来：炒菜声、聊天声、孩子跑来跑去的欢呼声响成一片……那时候，大家吃饭都比较简单，可以到镜春园开水房去打开水，主食馒头、花卷、肉卷都是从均斋那边的食堂买，花两毛钱买肉末，炒个菜、做个汤，就可以开饭；或者肉末炸酱，煮面条喝面汤，都是大家共同的日常食谱；来了客人，也就是炸个花生米、剥两个松花蛋，到海淀镇上买点熟肉也就算是够"隆重"了。所以，差不多半个小时以后，楼道就又恢复了安静。

西边平房的小店（就在现在的"赛克勒博物馆"东边）卖猪肉、肉末、鸡蛋、酱油、醋、青菜什么的，那位张经理有时候还会想出办法促销那些鸭蛋。有一次，商店的门上贴了通知，说是"加工松花蛋"：他和了一桶黄泥，里面不知道放了什么化学原料，你买他们的鸭蛋，然后付一点手工费，他就给你把鸭蛋一个个包上黄泥，说是两个星期以后就可以做成松花蛋。买菜的人都很高兴，我也兴冲冲地加工了一大袋。回到家里，买了一个瓦罐，把包了泥的鸭蛋封在里面，两个星期以后打开一看，我们真的看见那些鸭蛋变成了松花蛋，鸭蛋蛋清已经变成了透明的棕黑色，里面还镶着像是柏树树叶一样的花纹。记不清是当时购买松花蛋不是很容易，还是松花蛋的价钱比较贵，要不然为什么这件事会深深地留在我的记忆中呢？现在想起来好生后怕：那位张经理的黄泥里面，会不会是放了"工业原料"呢？那时候没有人这样考虑问题。

健斋的水房和厕所都是公用的，二楼西头靠北是公用的自来水水房，水管下面有一个巨大的、半截水缸大小的水池子，坐在水泥台子中间，可以保证洗菜、洗衣的时候，脏水不会泼一地；二楼的西头靠南是公用的男厕所，东头是女厕所。用不着号召和提醒大家注意公共卫生，没有人胡作非为；每家打扫卫生一个星期，大家轮流值日，也没有人偷懒和马虎。那厕所设计得很人性、很卫生，一边是两扇大窗户，一边是门，门边就是通往楼外的楼梯，而楼梯的门是开着的，就是住在厕所旁边的人家都不会感觉异味难闻。

当然，不愉快的事情也偶有发生。有一次，轮到我值日，晚上，我正在厕所里打扫卫生，发现二楼一位姓余的老师，是用脚来拧冲水的螺旋开关，那开关就在身边，大家都是起身之前用手拧开开关，冲完水之后再起身离去。当时，我对年长的她说："别人都是用手，您用脚，不是把开关踩脏了吗？"她用上海腔不屑地说："大家都学会用脚，不是很好吗？"我被噎得无话可说，只好告诉我相知的邻居们，以后不要用手去拧厕所的开关了，太脏了，大家都用脚吧！她还真是让大家学会了一手。

那时候，中文系的陈贻焮先生和校医院的妇产科李庆粤大夫住在全斋西边的镜春园82号（这个号码是我最近去确认的），那是一个小的简化四合院，一个院子北房、西房和东房住着3家，他家住东房，西房和北房都住着后勤的师傅。记得西房的师傅姓"来"，女儿叫"来仪"，那是陈贻焮先生给取的名字，"有凤来仪"，很是清雅。这西晒的位置，是院子里最不好的一面，可是，陈先生和李大夫很有办法，也很有情调，他们的孩子从校园里挖来竹根，种到北窗前，西窗下种着竹竿搭架的爬藤植物，是不是藤萝我记不清了，只记得那西晒的屋子，即便是夏天的下午，也是门窗外竹影摇曳，屋子里绿影婆娑。统共三间房，住着四口人，陈先生夫妇住在北边一间，小宝和小妹住在南边一间，中间居然还留出一间小客厅。

那时候，电视机还是稀罕物，而陈贻焮先生家里就有一个九英寸黑白电视机。有时候，我们一家三口，吃过晚饭到陈先生家去看电视，他们总是热情欢迎。在小小的，也就是不到10平方米大小的"客厅"里，我们三个人坐了最好的位置，女儿坐在中间的一把椅子上专心致志……不过，我们不是经常去，因为觉得太搅扰他们的生活。

陈先生和李大夫喜欢我们的女儿洪越，记得有一次陈先生和李大夫把洪越带出去玩，回来的时候，女儿的脸上戴着一个孙悟空的面具，手提金箍棒，很是神气。陈先生告状说："已经买了猪八戒，半路上又反悔，只好回去换孙悟空。"李大夫笑得弯了腰，说是："路上让我们两个人排队，她在旁边当队长，喊着一二一，总是批评我们走得不整齐。"看起来洪越和他们在一起的时候，比在我们面前"狂"多了。

陈先生每天晚上吃过晚饭，就会到湖边散步，经常在楼下大叫："洪子诚下来！"不愿下楼的洪子诚，也只好下去聊一会了，两个人坐在湖边柳荫下的石头上东拉西扯。

未名湖的冬天最好，湖面上结了冰，大学生们在冰上上体育课学习滑冰，放了学的孩子们在周围划着小冰车。我和别人一样，也找了一块木板，也就是50厘米长，30厘米宽，下面钉上三角铁，一个冰车就完成了，再用两个小的柱形木桩和两支一头是尖形的铁棍做成撑子，孩子跪在冰车上，用两个撑子向后划冰，冰车就会飞快地向前跑。

那时冬天未名湖上孩子常玩的自制冰车。

孩子们都划得很好，在滑冰的大人之间窜来窜去，两只手用力稍有不同，冰车就可以灵活地拐弯。滑冰车是洪越和健斋的孩子们冬天最迷恋的活动，天天弄得傍晚不想回家吃饭，最后经常是大人提着冰车，后面跟着撅着嘴的孩子上楼回家吃饭。

那时候，猪八戒、孙悟空的面具、划冰车、跳皮筋都是让孩子们开心的日常游戏。那时候，每个星期我给女儿一毛钱零花，奶油冰棍五分钱一根、红果冰棍三分钱一根、大米花五分钱一包、玉米花三分钱一包、水果糖一分钱一块……一毛钱分成六天花，还得省着点。我看见过女儿放学之后，在北大东门对面的小店里，脑门紧贴着商店的玻璃柜台，大概是还没想好买什么……

想起来世事的变化真是不可思议，那时候我们两个人的工资是110元（当时的工资是大学教师56元、中学教师54元），我们俩每人每月都给家里10元，储蓄5元，剩下的85元是三个人的生活费。当时的孩子们没有游戏机、电脑、激光手枪……可是，他们的健康和快乐也不比现在的孩子们少。可见，"幸福感"与钱的多少，并不是恰成正比。

记得是1976或者1977年，"四人帮"打倒不久，也许是生存环境开始比较宽松起来，民间兴起自己打家具的热潮，打沙发、打写字台、打小柜。当时北京很少家具店，购买大立柜、圆桌都是凭票的，要在单位轮到领取"大立柜票""圆桌票"才能够凭票购买。有木工手艺的方锡德就和洪子诚商量着搭伙做家具，好像是方锡德家要打沙发，而我们家想有一个可以装锅碗瓢勺的小柜子。

方锡德爱好木工，他那里锤、刨、斧、锯一应俱全，他也很内秀：算得尺寸、出得样子、刨得平、锯得直，干什么像什么。洪子诚一脸真诚、信誓旦旦，决心当好下手和小工，两个人很快就在方锡德当时居住的燕东园平房开工了。他们一到星期六、星期日就聚在一起……

有一天，我有事骑车经过燕东园，就想去看看小柜子做得怎么样了。老远就听到方锡德愤怒的声音,似乎是在发火,我紧蹬几下就到了方锡德的家。方锡德果然是在发火,发火的对象就是洪子诚。方锡德大吼着:"你有没有脑子啊?这种胶现在没地方买,现在怎么办?"洪子诚一声不吭,手里端着一个搪瓷盆……方锡德看到我,立即停了嘴,洪子诚也说是要去买胶,走了。我问:"是怎么回事?"方锡德笑笑说:"没事,小柜子快要完工了,等粘好了,刷上漆就行了。"我看到小柜子的柜门、柜面已经粘好,很漂亮,后壁、隔板,还摆成一堆一堆,也已经刮得平整、洁净……

　　回到家里,我才弄清楚了事情的原委:那天方锡德说是要粘接木板,事先就让洪子诚从家里带一个装胶的盆去,洪子诚觉得反正装完胶就扔了,就把家里一个破了一个小洞的搪瓷盆拿去装胶,算是废物利用,临走还把小洞贴上了一块橡皮膏。方锡德化了胶,就倒在搪瓷盆里,为了不让胶凝结,方锡德就烧了一桶开水,把装了胶的搪瓷盆"坐在"开水桶里,并没有看到橡皮膏。木板粘到一半,方锡德发现胶没了,心中疑惑,提起搪瓷盆才发现了那个小洞,搪瓷盆里面的胶已经顺着那个小洞全都滑到水桶里去了,水桶里还漂着一截橡皮膏,于是就发起火来……的确,洪子诚平时一副"不食人间烟火"的样子,也难怪方锡德骂他"没有脑子"。

　　多年来,我已经看惯了学生辈的方锡德对老师辈的洪子诚没大没小、口无遮拦,究竟是因为"开门办学"时代他总是洪子诚的"领导"?还是因为"打家具"的时候他是"大工",洪子诚是"小工"?是因为他的性格就是这样?还是因为这是一种亲密无间的特殊表达方式?不知道!只是他们的"交情"清淡而且长远:平时很少往来,说话却可以"不隔心"。方锡德生活能力极强,说话具有可操作性,有什么事和他商量,总能想出办法。现在,当年那个仪表堂堂、身体健康的小伙子,已经是血管里放了"支架"、床边放着"氧气瓶"的"危险人物"了,可是"带博士""做学问"的方式依旧不允许马虎从事,人的本性真是很难改的。

那个小柜子打好以后,刷上了清漆,立在健斋公共楼道的304门前:小柜子上面放着菜板,里面装着碗、筷、锅、铲和粮食,受到邻居们的夸奖和羡慕。这个小柜子跟随了我们20年,直到1996年我们迁往燕北园为止。

而今,健斋已经油漆粉刷一新,四个门都上了锁。楼前面有石碑,上面写着:

大卫·帕卡德国际访问学者公寓

  值此北京大学百年华诞,大卫及鲁西尔·帕卡德基金会董事会仅表祝贺。

  为彪炳北京大学巨大发展中这一重要里程碑,并表达大卫·帕卡德先生对北京大学的景仰之心,基金会捐资修缮体斋、健斋,大卫·帕卡德国际访问学者公寓乃成,谨志之。

1998年5月4日

1981年,洪子诚第一次有资格参加分配单元房。我们都很兴奋。先是在房产科门口贴出参加分配的人名单,按照资历先后排好队(资历相同的按照年龄大小排列),再贴出参加分配的房子,然后按照排队的顺序挑选房子。洪子诚因为上学早,所以在同样资历的教员之中年龄最小,轮到他的时候,我们已经没有什么可以选择的了。我们得到了蔚秀园27楼5层313号,那是两间向阳的房子,没有对流,尽管如此,我们还是非常高兴。

那一年,洪子诚得了肝炎,我的研究生学业将要毕业,洪越正在北大附小上三年级。

蔚秀园的房子是住了多年的旧房,那时候也没有什么装修队,房产科发给我们的装修材料是一大块大白粉和一小包土豆粉,好让我们把墙壁刷白。

正在北大分校读书的三妹帮助我，先是用铲子铲除厨房地面的油垢，再是用菜刀铲除房顶和墙面的旧墙皮，然后从学校的木工厂拉回来两麻袋锯末，铺在水泥地上（那是为了防止刷墙的白浆粘在水泥地上不好收拾）。我们预备了两个大澡盆，买了几把排笔刷，还在屋子里搭上了一个脚手架，请来了赵祖谟先生、我的同学王永宽、北师大的杨聚臣先生，大家都戴着纸叠的船形帽子，在屋子里干了一天，浑身都挂满了大白粉，然后他们就各自回家去吃饭了……

这一幕让我记忆至深，可能不仅仅是因为实际上身为总管却粉刷外行的赵祖谟先生，把土豆粉熬成了一锅"疙瘩汤"（那土豆粉原本是充当黏合剂的，应该煮成稀稀的像是胶水一样的稀汤，搅在稀释了的大白粉里），也不仅仅是因为那大白粉刷到墙上总是挂不住，最后还是心细而且内秀的王永宽想出了一个先刷一层大白粉，然后再刷一层乳胶的办法，那大白粉才算是挂住了……而是因为在那个时代人与人的单纯而且真诚的关系，那关系由于并不与"金钱"和"利害"太多挂钩而使人长久地怀念。

19 楼的回忆

商金林

五年前在系里的春节联欢会上,王理嘉老师讲了二则"笑话"。一是50年代初学校小东门(博雅塔东侧)贴过一张"告示",说附近一带有狼,提醒师生员工晚上不要一个人出东校门;二是他做学生时爱选林庚先生的课,林先生的课讲得好是一个原因,还有一个原因是学期结束时林先生总要请听课的同学到他家里吃顿饭,有的同学就是冲着林先生家的这顿饭来听课的。王老师讲得很风趣,说有一回把林先生家做的一锅饭吃光了,还说没吃饱,林先生叫阿姨再做一锅,吃光了还说没吃饱,林先生叫阿姨又做了一锅,吃光了还是觉得没饱,只是不好意思再吃了,才勉强说"饱了",逗得大家哈哈大笑。

王老师是南方人,爱吃米饭,那时粮食是"定量"的,米、面、粗粮各占一定的比例。我1972年来北大读书时每月定量30斤,米25%,面60%,杂粮(玉米面)15%,每月的米票只有7斤半,吃米饭对于我们这些南方人说来也就成了一种"改善"。50年代初口粮中大米的比例也许更少,难怪王老师他们见了米饭就眼馋,总觉得没吃饱,在林先生家一吃就是三四碗呢。

学生时代到老师家吃饭的感觉真好。我在北大读书时曾经到洪子诚老师和陈贻焮老师家吃过饭。1974年秋，文学专业创作班到门头沟煤矿开门办学，由董学文老师带队，同来的还有洪老师和陈老师。我们和老师们同吃同住同学习，同下矿挖煤，与工人打成一片，写了诗歌散文小说就请老师们帮着改，在门头沟煤矿一住就是三个月。春节前返校时，洪老师和陈老师约我和黄国文到他们家过年。洪老师就住在19楼，那天师母么书仪老师不在家，洪老师为我们做了好几道菜，印象最深的是"米粉肉圆子"，我和黄国文狼吞虎咽，吃得可香了。19楼是筒子楼，洪老师住的是向阳的一间，面积也就10个平方米大小，但我们那时看光明的一面看得多，觉得19楼周边环境好，洪老师的生活挺温馨的。陈老师住在未名湖北边翠竹摇曳的镜春园，我们去的那天师母李庆粤大夫以及他们的公子小宝、公主小妹都在，饭菜也很丰盛，像清蒸鱼和冬笋烧肉，我到北京后还是头一回吃，心里别提有多开心了。创作班共有19位同学，除了我和黄国文，其余17位都是北京人，年后开学与同学们谈起到洪老师和陈老师家过年的事，他们都很羡慕。

在洪老师家吃饭时并不觉得19楼的房间有多小，住到19楼之后才觉得不如印象中的那么好。1975年7月我毕业留校任教，住到19楼304室，与程郁缀合住；结婚后住"单间"，换到305室。我在19楼住了将近五年，直到1980年分到"正式的住房"（朗润园12公寓105号）才搬家。所谓"正式的住房"就是由学校房管部门正式分配的、可以上户口的"居民房"。19楼是筒子楼，是"集体宿舍"，是不能落户上户口的。那是"计划经济"年代，实行"配给"，买东西得凭"票""证"，没有"居民户口"，油、肉、鸡蛋、粉丝、白糖等"凭证"供应的紧俏商品也就享受不到了。而不在筒子楼"过度"，也就分配不到"正式的住房"。

19楼共三层，第一层的住户有点杂，第二层住的是女教师，系里与我同时留校的李晓琪、游国珍，以及后来留校的王若江、陈明燕、任秀玲、高路明全都住在二层。三层住的全是中文系的男老师，汉语专业的王福堂、符淮青、潘兆明、徐通锵、石安石，文学专业的段宝林、张钟、倪其心、赵祖谟、封世辉、胡敬署、董学文、张剑福、季燕平、曹文轩，古典文献专业的金开诚，全都住在三层。成过家的住单间，单身的二人合住（只有倪其心老师特殊，也住一间），我与郁缀兄一人一张单人床，一个书架，一张小书桌，就把房间摆得满满当当的了，一只放衣服的柳条箱只能塞在床底下。

有家的老师，家门口放一只烧蜂窝煤的炉子，堆几块蜂窝煤。单身的老师门口放一个煤气炉，偶尔热热饭菜。大家都吃食堂，只有潘兆明老师和徐通锵老师常开灶，赶上做荤菜，长长的楼道里香气四溢。

老师们朝夕相处，互敬互让。今天的北大可真是阔起来了，且不说教室办公室有专职"保洁"，就连学生宿舍也有专人清扫。我们那时可没有现在这么"小资"，一切都得自己动手，系办公室教研室的卫生都由教师搞，筒子楼的卫生也由住户负责，有的楼道里有"值日牌"，挨家挨户轮着挂。可19楼三层不兴这个，个人房间里也许乱一点脏一点，但"公共卫生"一点不含糊，一年365天，19楼三层的楼道、卫生间、水房总是干干净净、清清爽爽的。拖楼道、擦楼梯、倒纸屑等杂活老师们都很自觉，见了就做，用不着指派。我们从外面回来，看到有老师在拖楼道，也就争着把活揽过来（其他老师也是如此），看到卫生间纸篓里的废纸多了，就拿出去倒掉。衣服洗后挂在水房里，等滴干了水再挂到楼道或房间里，免得把楼道弄湿了。夏天天热，各家的大门都是敞开着的，只挂一幅布遮光。虽说出门办事也锁门，可这锁"只防君子不防小人"，是象征性的，用点劲就能拉开。钥匙总爱搁在门上面的门框上，带在身上反倒觉得碍事。19楼离南大门不远，南大门毗邻的海淀路繁忙极了，如今修了"四环"，南大门这条路成了"限行道",车少人稀。当年可不是这般光景,要去中关村都得从南大门这条路上过,满街都是人和车,可嘈杂可热闹了。如今校门口有"保卫"严守,进门都得"出示证件",那时的北大可是"自由港",谁想来就来,进进出出都很自由,治安相当好。

70至80年代电视还是个稀罕物,自费订报纸的老师也不多,国家大事和社会新闻的"官方渠道"主要是广播和收音机,报纸倒不一定天天看,广播和收音机是每天必听的。大概是1978年秋天,一天夜里9点多钟,张剑福老师来梆梆敲门,嘴里连声喊着我的名字,把我拉到他的宿舍里。我还以为是出了什么事呢,原来收音机里正在播放"洪湖水浪打浪",张老师笑着叫我和他一起听,分享这个无意中听到的"特大的喜悦"。张老师当过中文系"革委会主任",政治上相当敏感,我和他在北大大兴分校共事过一年,还当过他的入党介绍人,在一起谈工作谈思想的机会多,受他的启发也多。记得那个晚上我们都很兴奋,意识到这是一个"重要的信号",中国社会即将迎来一个重大的"变革"。

国家大事和社会新闻的"小渠道"是朋友和同事之间交换信息。那时的"政治待遇"是分"等级"的,文件传达到哪一"级",有严格的规定。"党内"的纪律相当严明,"保密"工作做得相当好。人们为了在"阶级斗争"和"路线斗争"中少说错话,不犯错误,就只好私下里多走动,交换信息,揣摩"政治风向"。就我而言,诸如批判周荣鑫有什么来头、周总理逝世后新华社发的"生平照片"中怎么会出错、"反击右倾翻案风"有什么背景,对这些重大事件的"看法",主要是靠了私下里与老师和朋友的"交流"。粉碎"四人帮"的消息也是通过互相传递信息,赶在中央文件下达之前知道的。因为都住集体宿舍,说话方便,传递起来也快捷。我们今天见了面总是谈生活、谈学习,可那时见了面总爱谈"时事",讲"政治",交换"小道消息"。住在斜对门的倪其心老师得空常来我这儿聊天。倪老师有点狂傲,也有点琐碎,似乎看谁都不顺眼，但待人又很真诚，是一个相当真实的人，没有一点坏心眼。他曾经戳着指头骂我"清高"，但又诚心诚意地向我讲述他的人生道路，鼓励我好好读书，做学问要注重史料。因为被划为"右派"，倪老师直到 1977 年 43 岁了才与师母姚诚谈上恋爱，姚诚当时在石家庄工作，1978 年结婚后分居两地，直到 1979 年才调到北京，所以倪老师"单身"的年头很长。在我的印象里，倪老师与姚诚的这场恋爱谈得特别认真。他是个"大烟炮"，可一旦姚诚来了就"戒烟"，还曾有过结了婚就戒烟的"爱的誓言"，可姚诚一回石家庄就又叼上烟卷了，结婚后也照样吞云吐雾。倪老师朋友不多，倒是费振刚老师常来看他。当年的"教工食堂"就在现在"百年大讲堂"广场的西侧，离 19 楼很近。食堂里桌凳少，费老师在食堂买了饭常常端到倪老师的房间里吃。费老师当时是文学专业的"二把手"（"一把手"是新留校的胡安福），我入学后曾见过揭发费老师的大字报，说他阶级立场不稳，所以每次看到他往倪老师宿舍跑就想笑。其实，费老师也不光是看倪老师，往张剑福老师房间里跑的趟数也不少，也常来看我，问问生活和学习的情况。只是因为是筒子楼里，一切都比较透明，"领导"来了往哪个房间里跑一目了然，跑多了就显眼，等到要给"领导"提意见时也难免会把这样的事拿出来"炮轰"一番。

听说倪老师做学生时很上进，是团支部宣委，有一次帮别人抄写批判官僚主义的大字报，边抄写边发表议论，结果被打成"右派"。他常常为这桩"冤案"发牢骚，算得最多的是"经济账"，被扣了多少工资、少拿了多少钱，心里记得真清楚。可有一件事让我特别纳闷儿。1978 年党中央下发了为"右派"改正的文件后，倪老师反倒有点不自在，有一次跟我说，中央有一位领导说"给'右派'平反要唱'空城计'"，他觉得这就"过了"，因为"右派"确有与共产党"轮流坐庄"的想法，唱"空城计"，那党史该怎么写呢？这话出自"右派"倪老师之口，让我目瞪口呆。

1977年春,我在19楼结婚,楼里的老师和朋友们凑"份子",买了锅碗瓢盆,前来庆贺。唐沅老师和师母包映月送了一束花,陈贻焮先生和师母李庆粤送了一本相册。虽说锅碗瓢盆都用旧了,可这束花和相册我一直珍存着,以感念老师们和朋友们对我的关爱。陈先生署名"一新",大概是"焕然一新"的意思,把师母的名字写成"伯越",不知有何讲究。

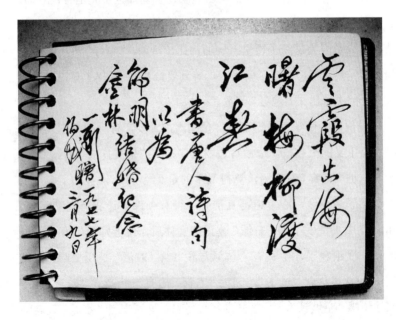

倪老师本来在古代文学教研室，后来调到古典文献教研室，还当上了教研室主任。他本来是个"自由主义"者，当了教研室主任却一反常态，工作做得相当认真。1994年到东京大学讲学，一年后回到北大。见面时他告诉我在东大这一年讲了几门课，赚了多少美金，这钱准备怎么花。又说本来还可以再延一年的，但放不下教研室的工作。那时老师们的工资都很低，只有出国讲学才能"脱贫"，东大的薪酬尤其高，倪老师居然以教研室的工作为重，不再续聘了，真可说得上是"高风亮节"。他后来患了肺癌，可他就是不相信，照样上课、搞科研、指导研究生、当教研室主任，鞠躬尽瘁，死而后已。听说倪老师从日本回国后还写过"入党申请"，可惜未能如愿。

到我宿舍来聊天的还有金开诚老师。金老师也被打成过"右派"，与师母屈育德老师分居两地。1976年屈老师临时借调到北京在一家出版社工作，因为是"借调"，户口仍在外地。那时候孩子的户籍是随母亲的，金老师读中学的女儿金舒年随屈老师来北京后，因为没有户口只能"借读"。一年后，金舒年回户籍所在地无锡参加高考，屈老师也就跟着回无锡去了。直到1978年秋"落实知识分子政策"，屈老师才正式调回北京，到中文系当代文学教研室教民间文学。因为是正式调来的，金老师的家从19楼搬到了对面的21楼。21楼也是筒子楼，房间的格局和面积与19楼一模一样，是按同一张图纸盖出来的，所不同的是21楼划成了"家属宿舍"，是可以"落户"上户口的。那时金老师的家真是拥挤不堪。总共10个平方米大小的一间屋子，搁一张金老师和屈老师的双人床，搁一张金舒年的单人床，就把空间都占了。书和衣箱只能塞在床底下。在我的记忆里，自从屈老师"借调"到北京后，金老师"家"里就没有椅子，只有小马扎，也没有书桌，金老师和屈老师都是坐马扎上伏在床上备课、写文章的。因为他们都在中文系执教，都得备课写文章，书又塞在床底下，找起来要多困难有多困难，家里显得特别杂乱，日子过得很艰难。屈老师话不多，外表有点沉郁，但人善良极了，学问相当渊博。金老师显得很乐观，对我们这些年轻人特别关爱，总是鼓励我们安心读书，相信我们会有作为。金老师跟我说过的一些话，我至今都还记在心里。他说"最好的艺术都是雅俗共赏的，瞎子阿炳的《二泉映月》文人雅士说好，捡破烂的老太婆也说好"，说写文章做学问都要走"雅俗共赏"的路。他说"四人帮"什么都不好，可"结合战斗任务组织教学"这句话是对的，读书不能一味地"泛览"，漫无目的，要带着"问题"和"课题"读书。这些话今天看来也许值得斟酌，但当年确实给了我很大的影响和鼓舞。

　　在19楼住的五年间，日子过得很艰难，相当苦涩，但也是我最值得记忆的"青春岁月"。虽说"一无所有"，但心中总还充满着"梦想和憧憬"。这"梦想和憧憬"来自老师们的感召，给了我正视困难的勇气，渐渐学会自己把握自己。搬出19楼之后，我先是住到朗润园12公寓105。这"105"是"四室一厅"，分一、二、三号。一号是连在一起的里外间，住的是化学系的慈云祥老师，他一家三代六口人，慈老师的爱人孙老师也是化学系的老师；二号住的是地球系的张书礼老师家，一家四口人，张老师的爱人黄大夫在校医院工作。我住小三号。

　　这合住有点别扭，敞开大门是三家，关上大门就成了"一家"。厨房、卫生间、客厅原本都是为一家人设计的，现在三家合用，拥挤且不说，如何"分配共享"就是个大难题。就拿厨房来说吧，假如三家同时在厨房做饭，就得背靠背。夏天洗澡，如果一个人用10分钟，加起来就是两个多钟头。慈老师、孙老师、张老师和黄大夫都得准时上班，他们的孩子有的上中学，有的上小学，全都得掐着钟点赶时间，厨房和卫生间就显得特别紧张，尤其是清早，天不亮卫生间的水就哗哗响起来，一直响到7点左右，直到他们都上班都上了学才清静下来。我不用坐班，时间上比较自由，做什么事都尽可能避开"高峰期"，与他们两家岔开。他们上班了我才起床，他们吃饭了我才做饭，他们入睡了我才冲凉。他们两家也没少关心我。有好吃的总要给我送一份，要是有个头疼脑热的，黄大夫就把药送来了，说"亲如一家"并不虚夸。孙老师有一次笑着说我身上没有"红卫兵的习气"。她所说的"红卫兵的习气"，大概是指有点"刺头"，有点"造反精神"吧。其实，像我这样"生在新中国，长在红旗下"，亲身经历过"文革"的"老高三"，多多少少还是有点"红卫兵的习气"的。要说"没有"，那可能是在19楼受了老师们处处谦让的影响，被老师们的"君子风"慢慢"磨"掉的。

在12公寓住了六七年，又搬到13公寓108。因为落实知识分子政策，这105号要安排给一位老教授住，房管处给慈老师和张老师两家分了新的住房后，就动员我让出来。13公寓108在四层，"三室一厅"，也分一、二、三号，也住三家，二号住的是历史系的贾美仙老师，一家三口人，贾老师的爱人陈老师在社科院历史所工作。贾老师搬走后这间房分给理科一位姓杨的老师，一家四口人；三号住的是图书馆小何，一家三口，小何的爱人小刘在亚非所工作。我有了在12公寓合住的经验，与他们两家相处得也相当和睦。虽说也有过不愉快的事情，但也都能做到"和为贵"，不伤感情。有一次楼里停水，不知是谁把卫生间浴池的下水口塞了，水龙头又没有拧紧，恰巧家里没有人，水来了哗哗地流，漫出了浴池，我住的一号房间正对着卫生间，地势偏低，水就直往我家里流，把床底下的书和箱子都泡了还不算，还直往楼下渗漏，自己损失惨重且不算，还得向住在三楼的老师家"赔礼道歉"，因为水是从我家里渗漏下去的。刚开始心里真不舒服，但想到邻里关系太重要了，在19楼住的时候老师们平时都相互体谅，也就平静下来。邻居们见我没有生气，都来安慰我。另一回的损失也很大。那时做饭用的煤气罐也是"分派"的，连罐带本也就二十多元钱。煤气凭本供应，每个本一年能领12张"煤气票"，换12罐煤气。黑市上也有高价煤气罐，但没有"本"，因为这"煤气本"是政府发的。没有"本"，也就没有"票"。好在那个时候生活简单，平常人们一罐煤气能用两三个月，"票"有富裕，可转让给"无本户"。我没有煤气罐，烧蜂窝煤。这蜂窝煤有点讨厌，急着要做饭的时候火蔫蔫的上不来，饭做完了煤火反倒烧得很旺，用铁盖盖起来吧，一不当心就把火闷灭了。那时孩子已经上学了，没有煤气罐做饭真不方便。天津的亲戚知道后，决定帮我连罐带本弄一套。我这亲戚在天津煤气站工作，她打听到北京一煤气站的工作人员在天津的亲戚也没有煤气罐，就达成协议，她在天津为他的亲戚搞两套煤气罐，他在北京帮我弄一套。事情很快就办成了，在天津的两套煤气罐的钱是我出的，花了360元，相当于我那时八个月的工资。煤气罐拿回来一罐煤气还没用完，北大的煤气管道就接通了，家家都用上天然气了。学校郑重规定：凡是有"煤气本"的，"本"和"罐"一律上交；凡是有"罐"没"本"的，"罐"自行处理。"本"和"罐"如有一户不交，则整个楼都不供天然气。

这个政策一出台，两家邻居都为我鸣不平，说我太亏了，他们都知道我的煤气罐是花大价钱买来的，不是学校分派的，鼓动我去房管处"说理"。我婉谢了。按说煤气罐是"分"的还是"买"的，还能不好查？但这种"艰苦细致"又只是"为少数人服务"的工作，有谁愿意做呢？最简单最粗暴的方法莫过于"一刀切"，最能把事情摆平、又让人无话可说的方法也莫过于"一刀切"。学校既然有了规定，我顶着不交，全楼的"天然气"被掐断了，左邻右舍的生活受影响，我就成了"罪人"。学校来收煤气罐的那天，我高高兴兴地把煤气罐拎下去，收煤气罐的师傅要给我五角钱（因为罐里还有煤气），我说不用了。她以为我嫌少，要给一元，我说真的不用。她以为还嫌少，拎了拎煤气罐说给称一称（称煤气罐的重量，那时换一罐煤气才花两元多钱），当我第三次说到真的不用时，师傅也意识到我这煤气罐"与众不同"，笑着说"中文的老师是有风格"。

这话我倒爱听，中文的老师的确是有风格的。我在19楼住的那几年与老师们相处熟悉了，离开19楼后仍然得到他们的关爱。张钟老师很内向，他似乎总是在"沉思"，说出的话都是经过郑重考虑过的，给人一种"你得尊重我"的威严。我入学后知道他就《创业史》与严家炎老师有过"论争",又模仿鲁迅嬉笑怒骂的笔调写过《阿Q外传》,就把他的名字与"理论家"和"权威"联在一起,对他特别敬畏。张老师和谢冕老师带我们去北京郊区门头沟洪水峪开门办学,讲评我们的习作时,谢老师满腔热情,夸奖时嗓音很高,批评时嗓音也高:"这不行啊!""怎么可以这么说啊!"挨"评点"的同学们听了非但不觉得严厉,反倒忍不住笑起来。张老师不苟言笑,他的嗓音较低,有点沙哑,从不批评人,可只要他说到"这好吗"或"还可以换个说法"之类的话时,同学们就有点受不住。我在19楼住的时候,张老师也在19楼住(后来搬到19楼西侧的20楼)。1976年冬天,系里恢复教研室,张老师找我谈话,要我去搞当代文学。在我的印象里,系里起先是要严家炎老师挑头,组建当代文学教研室的。大概是严老师一再推托,这才改由张老师出面筹组。我觉得当代文学与政治挨得太近,很多事情都说不清楚,就恳请张老师"放"了我。张老师也不生气,要我再想想,过几天又来劝说,见我真的劝不转了,现代文学教研室也答应留我,他这才说我有点"厚古薄今",说"当代文学最有发展前景"。

因了这件事,我总觉得对不住张老师,辜负了他的一片心意,因为住得很近,又不能躲着走,每次见到张老师总感到有点尴尬。可张老师还是像以前一样,点头、微笑。1981年春天,我母亲来帮带孩子,没地方住。张老师不知从哪儿听说了,就把28楼202原来是写作教研室的房子借给我,这可真的是"雪中送炭"。半年后,张老师来看我,跟我说陈明燕分到住房了,她家城里有房子,不一定要在北大住,问我是否可与她协商借用。看得出,张老师想要这房子,但话说得很委婉,这让我非常感动。我当天就找到陈明燕,她非常爽快,随即就把房间的钥匙给了我。她的这间住房就在朗润园11公寓,离我住的12公寓很近,我生活更方便了。陈明燕比我晚一班,毕业后留校编《北大学报》,我们是住到19楼之后才熟识的。要说有什么交情,也得感谢这筒子楼。

张钟老师长期担任当代文学教研室主任。1989年到澳门大学讲学,两年后担任澳门大学中文系主任,直到1993年暑期才回到北大。在澳门大学四年,张老师讲的是古代文学,与当代文学完全脱节,回北大后猛补课,阅读了大量的作品。1994年春季开学后给研究生讲小说研究专题课,对《白鹿原》和《废都》等一批新小说都有独到而精彩的评述。开课后,他一直感到很乏,但舍不得花时间看医生,就一直往下拖,直到学期结束,看完试卷后才外出休养。7月19日确诊为多发性肝癌,9月19日去世,前后只有两个月。听说他去世的前一天还自己起床上卫生间呢,可见他是一个很坚强的人。

在我的记忆里,金老师既没有出国讲学,也没有去过港澳台,一直都在系里。那时系里开会的次数多,见面的机会也多,见了面金老师总要问课上都讲些什么,写文章了吗。1994年,金老师调九三学社中央当专职副主席。我和程郁缀、董洪利、高路明在南校门长征食堂为他饯行,饭菜很简单,主要是聚在一起,说说话聊聊天。不料金老师开口就说"我是入不了党入社",话语中带有几分惋惜和无奈,也带有几分相逢知己的欣喜。金老师是80年代初加入九三学社的,也就是说他在改革开放初期就写过申请,请求加入中国共产党了。他告诉我们他在九三学社中央的日常工作,他享受的待遇,最后又说到对我们几个人的希望。九三学社中央给金老师分配了新的住房后,他在畅春园的房子给了已经在北大当上了教师的女儿金舒年,金老师仍在古典文献专业招博士研究生,还担任北大书法研究所所长。有一次,为了一件事到畅春园看他,聊起社会上的腐败现象时,我说:"金老师,您见到中央领导时,也反映民情吗?"金老师沉默了一下对我说:"金林,我的情况您是清楚的,'共产党不好'的话从我嘴里已经说不出口了。"这话给了我很大的震动。金老师的才华和思辨能力都是一流的,思维极其敏捷,他把"反映民情"理解为说"共产党不好",这是我万万没有料到的。细细想来，金老师的这个想法也不难理解。他的"开诚"和真诚，让我更加尊敬他。遗憾的是他"走"得太早了。

19楼有很多故事。前天与张剑福老师聊起来，他说要是开个"清谈"会，几天几夜也说不完。我也有同感。我写这篇小文章，主要是为了纪念已故的张钟老师、倪其心老师、金开诚老师。至于其他老师可敬可爱以至于很"可笑"的故事，只好留待以后再说了。19楼的往事对我说来是"不思量自难忘"。

2009年8月30日于畅春园寓所

我的那间小屋

钱理群

那天,听说我可能(仅仅是可能!)要搬到别人住过的"新"居里去,一位学生突然对这间斗室留恋起来,对我说:"老师要是永远有这间小屋,该多好!……"

我对他笑了笑。我理解他的心情。这间屋对他来说,意味着,可以随时闯门而入,在书堆里乱翻,然后坐下来高谈阔论,即使"神聊"到半夜两三点钟,也不会有人干涉……

但,这间屋,对于我,又意味着什么呢?

学生没有问,他也想不到问这样的问题。

唉,该怎么对你说呢,该怎样让你理解这一切呢,我的年轻的朋友?

……也是这样的大学二年级学生,也是这般说话没有顾忌,当着全班同学的面,挥舞着拳头,我傲然宣布:"我同意费孝通教授的意见,知识分子所追求的,无非是'一间屋,一杯茶,一本书'——我向往这样的生活!"

一位大学教授在报上发表一篇文章，引起了一个大学生的共鸣：这事情普通而又普通。但那是30年前……

一个没有星星的夜晚，被批判会严厉的呵责声弄得昏头昏脑，我坐在临湖轩旁边的小山上，呆望着未名湖。……湖水荡开，隐约显出一间"小屋"——哦，我梦中的"小屋"，一个永远的"诱惑"！我突然站起来，狂奔着，把未名湖远远地抛在后面，仿佛"小屋"的梦也深埋在湖底里了……

然而，"白专道路"的"罪名"却如影一般永远跟随我了，并且以其无情的魔力把我从北京驱赶到贵州一个边远的山城。居然在那里安顿下来，一晃就是十多年，日子也还过得悠闲，不像眼下年轻人想象得那么"可怕"。如果不是那一天……也许我就这样平平稳稳，心满意足地生活下去——像大多数中国人一样。

仿佛也是一个夜晚，我像往常一样，在灯下读鲁迅的书，随手写一点笔记以自娱。写得有些累，停下笔来，习惯地打量四周。心怦然一动，突然想起了遥远的燕园里的"小屋"，那心中的"梦"！要是能回去，在北大讲坛上向青年学生讲讲"我的鲁迅"，那该多好呵。我被自己的"奇思异想"弄得兴奋起来，在屋子里大步走来走去……

从此，"小屋"的梦日夜缠绕我的灵魂，我再也不得安宁——不知这对我是幸还是不幸？

1978年的夏天，我又回到了未名湖畔。距离那个没有星星的夜晚，已经整整20年。两鬓斑白的我又拾起了那"小屋"的梦。渐渐地，我有了半间小屋，也还算窗明几净，我露出一丝苦笑，但不久就被通知：搬到一间谁也不要的，由浴室改装的阴冷的小屋，以与我们在北大的身份相适应。我愕然了。一群人去找一位领导申诉，不久就传出流言，说我们像当年红卫兵一样"冲击"领导。我们这些除了申诉就别无能耐的"老童生"，在一些人眼里，竟然是一伙暴徒。我没有愤怒，却只想哭——为人与人之间可怕的"隔膜"。而且我们还得继续申述。

这一次回答却简单而明确：北大条件就是如此，要留，就得"忍"，不想留，悉听尊便。我们面面相觑，倒抽一口冷气：这群人的致命"弱点"，就是热爱、留恋北大。呵，我的该死的"小屋"的梦……

又开始了漫漫无尽的"等待"。我的同屋"熬"不住，远走高飞了，我还"等"着。终于，那一天，爱人从远方调来，总该有自己的"家"了！不，你们没有小孩，不能参加分房。天哪！我不正是为了这"小屋"的梦，而放弃了做父亲的权利，难道今天我还要为这惨痛的牺牲继续付出代价吗？是的，谁叫你傻乎乎地做什么"牺牲"，那就继续"牺牲"吧。……面对这谁也不曾公开宣布，却在生活中实际起着作用的"铁"的"逻辑"，我唯有沉默。"面包会有的，牛奶会有的，一切都会有的"，但失去了的时间却不会再有。我已经人过中年，不容再"熬"与"等"。我必须再一次埋葬那"小屋"的梦，在递上调离北大申请书的那天晚上，我已无兴趣注意天上有没有星星，也没有力气再走到未名湖畔，只是麻木地在黑暗中躺着。"小屋"的影子也不曾闪现，仿佛一切都没有发生，连梦也从未做过。

以后的"事"是简单的：由于某种"外援"（那又是一个长长的辛酸的故事，不说它了！），我没有走，"家"安顿下来，我在北大有了一间小屋。仿佛韶梦初醒：再也不用无休止地向各式各样的人申诉、请求；再也不用看别人的粗暴的、冷漠的、同情的"脸色"了！我长长地吐了一口气，竟然有一种精神解放感。并且立即沉浸在书堆里。于是，一篇篇文章写出来，一群群学生拥进来，小屋挤得满满。那一天，我走上讲台，面对着几百双闪光的眼睛，讲我心中的鲁迅，课后，我被一群学生簇拥着，回到这间小屋，突然觉得说不出的疲倦……

但我终于沉醉而且自得。于是，又有了一个夜晚，莫名的不安悄悄袭来。耳边固执地响着一个声音——电视里记者招待会上一位名人的讲话："我们知识分子只要求能够工作，并不计较物质待遇。"是的，人们早就说过，中国知识分子"价廉物美，誉满全球"……

但这难道不正是我们的耻辱?！还有什么比将耻辱当做光荣四处炫耀、兜售更令人难以容忍的呢?！——我差点叫了出来。

几十年笼罩在"小屋的梦"上的诗意与崇高，陡然消失，直露出"安贫乐道"的卑琐与平庸。

……

我出了一身冷汗，再也不敢做"梦"。

但离开了"小屋的梦"，我将何以立足？我茫然、默然。

迁居的名单里出现了我的名字。

但我不再兴奋。也没有丝毫感激之情。

"是的，我可能搬家。这间小屋再也不会有了。"我对学生说。

我为自己语气的平静感到吃惊，同时又欣慰于这平静。

1988 年 1 月 21 日

北大"三窟"

温儒敏

这个标题有些费解,所谓"三窟",是指我这几十年在北大校园的几个住处。不是同时拥有的所谓"狡兔三窟",而是先后三个"定居"点。时过境迁,这些地方都变化很大,人事的变异更多,写下来也是一种念旧吧。

1981年我从北大中文系研究生毕业,留校任教,起先被安排住到南门内的25楼学生宿舍,说是临时的,和李家浩(后来成了著名的战国文字研究专家)共处一室。李兄人极好,是个"两耳不闻窗外事"的书呆子,除了看书就是睡觉,偶尔用很重的湖北腔说些我不怎么明白的"文字学"。我们倒是相安无事。住25楼的都是"文革"后毕业的第一届研究生,多数拖家带小的,老住单身宿舍不方便。大约住了快一年吧,这些"老童生"就集体到朗润园当时北大党委书记家里"请愿",要求解决住房问题。果然奏效,不久,就都从25楼搬到教工宿舍。1982年我住进21楼103室。本来两人一间,系里很照顾,安排和我合住的是对外汉语的一位老师,还没有结婚,可以把他打发到办公室去住，这样我就"独享"一间；有了在北大的家，妻子带着女儿可以从北京东郊娘家那里搬过来了。

这算是我在北大的第一"窟"。

21楼位于燕园南边的教工宿舍区，类似的楼有九座，每三座成一"品"字形院落。东边紧挨着北大的南北主干道，西边是学生宿舍区，往北就是人来人往的三角地。全是筒子楼，灰色，砖木结构，三层，大约六十多个房间。这个宿舍群建于50年代，本来是单身教工宿舍，可是单身汉结婚后没有办法搬出去，而我们这些有家室的又陆续搬了进来，实际上就成了家属宿舍了。每家一间房子，12平方米左右，只能勉强放下一床（一般都是碌架床），一桌，做饭的煤炉或煤气罐就只能放在楼道里，加上煤饼杂物之类，黑压压的。记得80年代初有个电影《邻居》，演的那种杂乱情景跟我们的状况差不多。每到做饭的时候，楼道烟熏火燎，很热闹，谁家炒萝卜还是焖羊肉，香味飘散全楼，大家都能"分享"。缺个葱少个姜的，彼此也互通有无。自然还可以互相观摩，交流厨艺，我妻子就是从隔壁闫云翔（后来是哈佛大学的人类学博士）的太太那里学会熘肝尖的。有时谁家有事外出，孩子也可以交给邻居照看。曹文轩老师（如今是知名作家）住在我对门，他经常不在，钥匙就给我，正好可以"空间利用"，在他屋里看书。21楼原"定位"是男宿舍，只有男厕所，没有女厕所，女的有需要还得走过院子到对面19楼去解决（19楼是女教工宿舍，也一家一家的住有许多男士。陈平原与夏晓虹结婚后，就曾作为"家属"在19楼住过）。水房是共用的，每层一间。夏天夜晚总有一些男士在水房一边洗冷水澡，一边放声歌唱。当时人的物质需求不大，人际关系也好，生活还是充实而不乏乐趣的。那几年我正处于学术的摸索期也是生长期，我和钱理群、吴福辉等合作的《中国现代文学三十年》最早一稿，我那部分就是在21楼写成的。

不过还是有许多头疼的事。那时一些年轻老师好不容易结束两地分居，家属调进北京了，可是21楼是单身宿舍，不是正式的家属楼，公安局不给办理入户。我也碰到这个问题。那时我是集体户口，孩子的户口没法落在北大，要上学了，也不能进附小。又是系里出面周旋，花了很多精力才解决。连煤气供应也要凭本，集体户口没有本，每到应急，只好去借人家的本买气。诸如此类的大小麻烦事真是一桩接一桩，要花很大精力去应对。钱理群和我研究生同学，同一年留校，又同住在21楼，他更惨，和另一老师被安排在一层的一间潮湿的房子（原是水房或者厕所），没法子住，要求换，便一次次向有关机构申请，拖了很久，受尽冷遇，才从一楼搬到二楼。我开玩笑说，老钱文章有时火气大，恐怕就跟这段遭遇有关。有时我也实在觉得太苦，想挪动一下，甚至考虑过是否要回南方去。当时那边正在招兵买马，去了怎么说也有个套间住吧。可是夜深人静，看书写字累了，走出21楼，在校园里活动活动，又会感觉北大这里毕竟那么自由，舍不得离开了。

50年代以来，北大中文系老师起码三分之一在19、20或21楼住过。与我几乎同时住21楼的也很多，如段宝林（民间文学家）、钱理群（文学史家）、曹文轩（作家）、董学文（文艺学家）、李小凡（方言学家）、张剑福（文艺学家、中文系副主任）、郭锐（语言学家），等等。其他院系的如罗芃（法国文学学者）、李贵连（法学家）、张国有（经济学家、北大副校长）、朱善璐（南京市委书记），等等，当初都是21楼的居民，彼此"混得"很熟。20多年过去，其中许多人都成为各个领域的名家或者要人，21楼的那段生活体验，一定已在大家的人生中沉淀下来了。

我在21楼住了3年，到1986年，搬到畅春园55楼316室。这是我在北大的第二"窟"。

畅春园在北大西门对过，东是蔚秀园，西是承泽园，连片都是北大家属宿舍区。畅春园可是个有来历的地方。据说清代这里是皇家园林别墅，有诗称"西岭千重水，流成裂帛湖，分支归御园，随景结蓬

21楼今景。

壶"（清代吴长元《宸垣识略》），可见此地当时水系发达，秀润富贵。康熙皇帝曾在此接见西洋传教士，听讲数学、天文、地理等现代知识。乾隆、雍正等皇帝也曾在此游玩、休憩。如今这一切都烟消云散，只在北大西门马路边遗存恩佑寺和恩慕寺两座山门，也快要淹没在灯红酒绿与车水马龙之中了。80年代初北大在畅春园新建了多座宿舍，每套九十平方米左右，三房一厅，当时算是最好的居室，要有相当资历的教授或者领导才能入住。为了满足部分年轻教工需要，在畅春园南端又建了一座大型的筒子楼，绿色铁皮外墙，五层，一百多间，每间15平方米，比21楼要大一些。我决定搬去畅春园55楼，不因为这里房子稍大，而是因为这里是正式的宿舍，可以入户口，不用再借用煤气本。

毕竟都是筒子楼，这里和21楼没有多大差别，也是公共厕所，也不用在楼道里做饭了，平均五六家合用一间厨房。房子还是很不够用，女儿要做作业,我就没有地方写字了。那时我正在攻读博士学位,论文写作非常紧张,家里挤不下,每天晚上只好到校内五院中文系教研室用功。55楼东边新建了北大二附中,当时中学的操场还没有围墙,我常常一个人进去散步,一边构思我的《新文学现实主义的流变》。生活是艰苦的,可是那时"出活"也最多,每年都有不少论作发表,我的学业基础很大程度上就是那几年打下的。55楼的居民比21楼要杂一些,各个院系的都有,不少是刚从国外回来的"海归"。如刘伟(经济学家,现北大经济学院院长)、曾毅(人口学家)都是邻居,我在这里又结识了许多新的朋友。这里还有难忘的风景。我们住房靠南,居然还有一个不小的阳台,往外观望,就是大片稻田,一年四季可看到不同的劳作,和变换的景色。后来,稻田改成了农贸市场,再后来,农贸市场又改成了公园,那时我们已经离开畅春园。偶尔路过55楼跟前,想象自己还站在三层的阳台上朝外观望,看到的公园虽然漂亮,可是不会有稻田那样富于生命的变化,也没有那样令人心旷神怡。还是要看心境,稻田之美是和二十多年前的心绪有关吧。

后来我又搬到镜春园81号,那是1988年冬天。

这是我在北大的第三"窟"。

镜春园在北大校园的北部,东侧是"五四操场",西侧是鸣鹤园和赛克勒博物馆,南边紧靠有名的未名湖。这里原为圆明园的附属园子之一,乾隆年间是大学士和珅私家花园的一部分,后来和珅被治罪,园子赐给嘉庆四女庄静公主居住,改名为镜春园。据史料记载,昔日镜春园有多组建筑群,中为大式歇山顶殿堂七楹,前廊后厦,东西附属配殿与别院,复道四通于树石之际,飞楼杰阁,朱舍丹书,甚为壮观(据焦熊《北京西郊宅园记》)。后历沧桑之变,皇家庭院多化为断壁残垣,不过也还可以找到某些遗迹。过去常见到有清华建筑系学生来这里寻觅旧物,写生作画。90年代在此修建中国经济研究中心,工人还从残破旧建筑的屋顶发现皇家院落的牌匾。六七十年前,这里是

镜春园82号院门。

燕京大学教员宿舍,包括孙楷第、唐辟黄等不少名流,寓居于此。50年代之后成为北京大学宿舍区,不过大都是四合院,逐步加盖,成一个个大杂院。其中比较完整的院落,一处是76号,原王瑶教授寓所(曾为北洋政府黎元洪的公馆,现为北大基金会),另一就是我搬进的镜春园82号。

　　这个小院坐北朝南,院墙虎皮石垒砌,两进,正北和东、西各有一厢房,院内两棵古柏,一丛青竹,再进去,后院还有几间平房,十分幽静。50年代这里是著名小说家和红学专家吴组缃先生的寓所,后来让出东厢,住进了古典文学家陈贻焮教授。再后来是"文革",吴先生被赶出院门,这里的北屋和西屋分别给了一位干部和一位工人。陈贻焮教授年岁大了，嫌这里冬天阴冷，于1988年搬到朗润园楼房住，而我则接替陈先生，住进82号东屋。虽然面积不大，但有一个厅可以作书房，一条过道联结两个小房间，还有独立的厨房与卫生间。这一年我42岁，终于熬到有一个"有厕所的家"了。

　　我对新居很满意，一是院子相对独立，书房被松柏翠竹掩映，非常幽静，是读书的好地方，《中国现代文学批评史》就是在这里磨成的。二是靠近未名湖，我喜欢晚上绕湖一周散步。三是和邻居关系融洽，也很安全，我们的窗门没有任何防盗加固，晚上不锁门也不要紧，从来没有丢失过东西。四是这里离76号王瑶先生家只有五六百米，我可以有更多机会向王先生聆教。缺点是没有暖气，冬天要生炉子，买煤也非易事，入冬前就得东奔西跑准备，把蜂窝煤买来摞到屋檐下，得全家总动员。搬来不久就装上了电话，那时电话不普及，装机费很贵，得五六百元，等于我一个多月的工资，确实有点奢侈。我还在院子里开出一块地，用篱笆隔离，种过月季、芍药等许多花木，可是土地太阴，不会侍候，总长不好。唯独有一年我和妻子从圆明园找来菊花种子，第二年秋天就满院出彩，香气袭人，过客都被吸引进来观看。院子里那丛竹子是陈贻焮先生的手栽，我特别费心维护，不时还从厨房里接出水管浇水，春天等候竹笋冒出，是一乐事。陈贻焮先生显然对82号有很深的感情，他在这里住了二十多年，《杜甫评传》这本大书，就诞生于此。搬出之后，陈先生常回来看看，还在院墙外边，就开始大声呼叫"老温老温"，推开柴门，进来就坐，聊天喝茶。因为离学生宿舍区近，学生来访也很频繁，无须电话预约，一天接待七八人是常有的。我在镜春园一住就是13年，这期间经历了中国社会的大变革，也经历了北大的许多变迁，我在这里读书思考，写作研究，接待师友，有艰难、辛苦也有欢乐。这里留下我许多终生难忘的记忆。

　　前不久我陪台湾来的龚鹏程先生去过镜春园，82号已人去楼空，大门紧闭，门口贴了一张纸，写着"拆迁办"。从门缝往里看，我住过

作者一家，2002年在蓝旗营家中。

的东厢檐下煤炉还在，而窗后那片竹子已经枯萎凋残。据说82号以东的大片院落都要拆掉改建，建成"现代数学研究中心"的研究室了。报纸上还有人对此表示不满，呼吁保留燕园老建筑。但最终还是要拆迁的。我一时心里有点空落落的。

我是2001年冬天搬出镜春园，到蓝旗营小区的。小区在清华南边，是北大、清华共有的教师公寓。这是第四次乔迁，可是已经迁出了北大校园，不能算是北大第四"窟"了。蓝旗营寓所是塔楼，很宽敞，推窗可以饱览颐和园和圆明园的美景，但我似乎总还是很留恋校园里的那"三窟"。我的许多流年碎影，都融汇在"三窟"之中了。

燕园筒子楼琐忆
——从 19 楼到全斋

葛晓音

一

1982 年我从北大中文系古典文学专业硕士研究生毕业,系里决定让我留校。刘烜老师忧心忡忡地对我说:"你留下来,可要有熬的心理准备,不知什么时候才能熬出头来呢!"等我拖着行李来到 19 楼,才体会到刘老师所说的"熬"的部分含义。读研究生的时候,四人一间房,虽然拥挤,房间和楼道还都比较整洁。教工宿舍却像是没有人管的,一间不到 10 平方米的小屋,只有两张蒙着灰尘的单人木床,一张边缘不齐的三屉书桌,两个站不稳的书架。北大房产科规定,单身宿舍必须是两人合住,也不准私自添置家具。结了婚的教工,要到 38 岁才有资格申请单人住房。当时我和李小琪分在一间屋里,幸好她在外面有住处,几乎不来。所以我就等于住了单间。

留校的这一年我已经 36 岁，爱人大李与我同时毕业，留在人民大学国政系，也是住集体宿舍。休息时到北大来，也不敢搬动一下家具。因为房产科的查房很严，一旦发现宿舍成了家属房，立刻严肃处理。但是已经成家的人总有不少杂物需要安置，我就把一个从外地运来的大衣柜塞进了这间小屋子。被房产科发现了，管理人员在楼道里怒吼，勒令立即把衣柜搬走，否则就让我走人。当然衣柜和我都没有地方可去，只能和她僵持。时任中文系副主任的费振刚老师来了，没能解决问题。最后还是中文系办公室主任老崔的人头熟，帮我说了半天情，才留下了衣柜。这件事着实让我领教了北大房产科的威权。

后来房产科的监察渐渐有些松弛，李小琪又搬走了。我把两张单人床拼起来，还买了一个有玻璃门的小书橱和一个冰箱。一间小屋挤得满满当当，连转身的地方都没有，但是毕竟像个家了。再看看住在周围的同人，大家处境都一样，我还算是好的。比我早留校一年的钱理群和钟元凯住在对面的 21 楼里，据说那间房潮湿异常，原来是浴室改装的。钱理群在《我的那间小屋》里有生动的描述。金开诚先生因为夫人屈育德老师很晚才调来北京，也像我们一样挤在一间小屋里。他家唯一的一张大书桌给读高中的女儿专用，门口一张两屉小桌紧挨着由两张单人床拼起来的大床，上面堆放着案板、菜刀和餐具，还兼做屈老师的书桌。金老师则以大床为桌，床上堆满了书籍文稿。我一直没好意思问他晚上一家人怎么睡觉。董学文住在东边的 20 楼，已有两个孩子，我也不知他家怎么住的。张晓和赵祖谟老师家最惨，她的父亲有病来北京治疗，一大家人挤在一起，小屋子里竟然放了两张上下铺。总之大家都在熬。或许外人很难想象，80 年代中文系教师们所产出的那么多成果，是出自这样的工作条件和居住环境。记得有一次，一位邻居的亲戚进了我们黑乎乎的楼道，差点被各家放在门口的瓶瓶罐罐绊倒，只听她用上海话大叫："这就是北大老师住的房子啊？真作孽啊！"

19楼的南面是21楼，两座楼由东面的20楼相连，形成一个院落。20楼和19楼的夹角是一个通道，从大路上拐进我们这个院子，穿过通道便可以去三角地和食堂。林庚先生住在燕南园，也常常从这个通道过来，找他的研究生钟元凯。那时我们都没有电话，林先生有事，就只好亲自跑腿。有时钟元凯不在，因为我的窗子紧邻通道，他就隔窗叫我，让我转告。连着通道的20楼一层似乎有古典文献专业的几间办公室，常见安平秋、严绍璗等老师端着饭碗出出进进。很多住在这里的青年教师虽说有个小家了，但是做饭不方便，多数还是吃食堂，到公用的水灶打开水，与集体生活差不多。最不方便的是如厕。因为19楼是女教工宿舍，21楼是男教工宿舍，都只设公用厕所，住在19楼的男家属必须到21楼去，反之，21楼的女家属也是一样，所以每天早晨十分热闹，南北两个楼里的人穿梭来往。早饭后大家埋头工作或去上课，院子里很快安静下来。上午10点钟，学校的大喇叭里响起了广播操的音乐，楼里的教师们像放风似的，都跑到院子里做操。傍晚的时候，21楼前面就拉起一个羽毛球网，大人小孩都出来玩。钟元凯最喜欢找人打羽毛球，大李是他常找的伴。偶尔林先生过来遇上了，也会很有兴致地看一阵。三座楼里住的人虽多，院子却宽敞，还有很多大树，到了夏天，洒下满院子的清凉。没有过往行人的时候，站在院门口看着树影婆娑，掩映着青灰砖墙和暗红色的窗棂，会感受到几分诗意，忘记了楼里的逼仄。

筒子楼是不通风的，夏天很闷热。那时没有空调，连电扇也不常用。家家房门口挂着布帘，都不关门，以便空气对流。冬天的日子也不好过，暖气似乎总是烧不热。大家怀疑是暖气管道有问题，于是每当来暖气之后，19楼里稀有的男劳力如大李之类，就要爬到下水道里去检查暖气管，放掉一些去年积下来的冷水，但也不太管用。随着家属的增多，楼道越来越窄，两侧逐渐成为各家的厨房，一到吃饭时候，楼道里便响起锅铲盆勺的叮当声，煤油炉的怪味、饭菜的香气与公厕的臭味混杂在一起。人们挤来挤去，但是从来没有发生过一件磕磕碰碰的事情，大家相互关照，处得非常和睦。高路明住在我隔壁，性情安静又谦和，整天关在屋子里用功，从来听不见她发出什么声响。住在我对面的是季镇淮先生的儿媳妇李琦，她是遥感所的学术骨干，工作极忙，但她的爱人季然在外地调不回来。她独自带着儿子小宝，非常辛苦。小宝白白胖胖，很招人爱。李琦上课开会的时候，没有人看孩子，就让小宝待在我屋子里玩或者睡觉，给我带来很多乐趣。不过我也闯过大祸。有一次，小宝在季先生家被开水烫伤了脸，保姆急急忙忙抱过来找李琦，我那时正好看过什么报纸说被烫后可以抹牙膏缓解，便建议先给他脸上抹些牙膏，然后和李琦一起把孩子抱到三院去。不料医生见孩子满脸牙膏，勃然大怒，说是会加重感染的，把我吓坏了。好不容易等医生把牙膏处理干净，涂上了药，把孩子抱回小屋，晚上小宝的头果然肿得像笆斗一样大，眼睛都看不见了。李琦守在一旁心疼得直掉泪。我心里更是七上八下，一夜没有合眼。但是李琦始终没有责怪我的意思。幸好小宝很快康复，我们之间也没有任何芥蒂。那年的除夕，我和大李只顾写文章，忘了出去买年货，等到想起来时，天已经黑了，商店都关了门。家里什么吃的都没有。正在发愁，李琦和季然送过来四碗小菜，就成了我们的年夜饭。

　　我到39岁时才有孩子，在我原有迫不得已的苦衷。邻居们却以为我是有计划的"先立业"再晚育，对我格外关心。住在我斜对面的英语系的严小红，看我们一直用煤油炉煮饭，便想办法给我找来了一个煤气罐，令我们感激不尽，因为当时煤气罐是有"本儿"的，拿到"本儿"的难度与上北京户口差不多。生产以前，不少邻居给我热心地介绍各种育儿的知识和经验。一天早上系总支书记董丽芬刚离开，我忽然觉得难受，立刻叫大李去追老董，老董急忙赶回来，安排小车把我送到妇儿医院。等抱着孩子回到筒子楼里，邻居们都不放心地过来向大李打听情况。我们没有带孩子的经验，不知为什么一到晚上，孩子就哭得声嘶力竭，四邻都是要在晚上工作的教师，估计都被吵得很心烦，但没有一个人来提抗议。后来担任北大后勤党委书记的赵桂兰，那时也和她全家人住在我们这半边楼道里。她母亲是个慈爱热心的老人，经常过来给我们帮忙，送些孩子的用品。见孩子这么闹，便说屋子太小，汤锅烧得太热，孩子哭是因为渴的。我们按她的指点，一到晚上就给孩子灌水，才总算安静下来。

  孩子五个月时，北大给几个破格副教授解决住房，我因此可以搬到未名湖北岸的全斋去。搬家的时候，邻居都伸出了援手，赵桂兰给我们借来后勤的平板车，住在楼道顶头的附中教师小张，爱人是个部队干部，他和中文系办公室的杨强成了我们这次搬家的主力。两人满头大汗地拉了一趟又一趟，用了大半天才把那些破烂家当搬完。小屋又恢复了刚搬进来时的模样。三年筒子楼的生活这么快就"熬"过去了，可是离开19楼的时候，我却又觉得说不出的惆怅。

二

  全斋坐落在未名湖北岸，健斋的背后，中间只隔一条小马路。穿过这条小马路，就可以走到乾隆诗碑旁边，坐在长椅上观赏湖光塔影了。全斋是一片排房式的平房，所以也可以算是没有楼层的筒子楼。这里以前是单身教工宿舍，据陈贻焮先生说，他和张广达先生、校长丁石孙先生都在全斋住过，他还列举了一些出身全斋的名人，可惜我都没记住。据说当年的全斋在两排房中间有个花坛，现在早就拆除，改成每两家圈一个矮墙，成一个小院子。每家门前都统一加盖了一间四平方米的小屋，本来是供住户当厨房用的。我搬进去以后，请亲戚帮忙，在正房门外搭了一个有一排木窗的棚子作为厨房，于是那个小屋子就可以当书房了。虽然还是只有一间正房，而且室内光线很暗，但面积有18平方米,比19楼大了许多。两排房的东西两端是公用厕所,女在东,男在西。打扫厕所由各家轮流。挨着厕所的那家院子大一些,但是必须忍受难闻的气味。现任南京市委书记的朱善璐,那时在北大已经是校领导的成员,全家人就住在西头的院子里。老朱的妻子在校医院妇产科工作,看起来显得很腼腆,和老朱一样低调平和。他们的儿子和我的儿子是玩伴,叫做朱名湖,自然是因为生在这个紧邻未名湖的院子而起了这个名字。或许是小院子里太憋屈,孩子常常一转眼就跑没了影。他的奶奶老到我这里来问"看见名湖没?"东头挨着厕所住的是文老师和她的老伴,两口子都很和善朴实,见面就热情打招呼。我跟她熟识以后好久才知道她是人事处的干部。

  程郁缀家与我家同在一个小院里,他住在这里的资格比我老,对我们处处都很关照。全斋的正房里虽然有暖气,但外面的小屋子没有,要另生炉子。于是每年买煤就成了一件大事。入冬以前,程郁缀带着大李一起去煤厂,煤车要通过院子狭窄的小巷十分困难,有时翻了车,还得一块块地捡回来,所以也算是共过患难的邻居了。他又很好客,家里经常是高朋满座,与我家门可罗雀成为鲜明对照。不过他待人虽然宽厚热情,对自己却很俭薄。大约是为了省事,常常见他吃冷饭,从不点火,只是把剩饭剩菜放在太阳底下晒晒就算加温了。女儿佳佳睡午觉总是叫不醒,他就每天买一根冰棍,到时间就塞在她嘴里,孩子自然被激醒了。近邻之间趣事也多。佳佳和我家梦鲤虽然有好几岁的年龄差距,但是两个孩子能玩到一起,佳佳在院子里吹肥皂泡,梦鲤就伸着手跟在泡泡后面追,这幅景象至今还保存在我的相册里。梦鲤刚学会走路不久,我怕孩子独自出房门时从台阶上摔下来,每次外出都把纱门的挂钩搭上,不让他出来。一天梦鲤趁我不注意,自己跑出门去,也挂上门钩,倒把我反锁在屋里了。急得我没办法,幸好程郁缀出来,我赶紧叫他给我开门,程郁缀哈哈大笑说:"这个小东西,居然学会以其人之道还治其人之身了!"

住在我对门的邻居是数学系的张筑生,他也是和我一样因为提了副教授而被分配到全斋来的。虽然在院子里多次碰见,但是他很少主动和别人打招呼,即使搭腔,话也不多。一回家就把自己关在屋子里不出来。他妻子是个很清秀干净的四川女子,因为没有孩子,很喜欢梦鲤。见面时常和我聊几句,从她那里知道老张是整天埋头于数学演算的一个人,对生活上的其他事情都不在意。他的一条胳膊有些不方便,鼻子老是红红的。后来见到有关他的报道,才知他竟患了鼻咽癌,而且不顾病痛,一直坚持在讲台上,直到生命的最后,成为感动北大师生的典范人物。

全斋的后面是一片水塘,凌乱地长着一些水草和荷花。水塘对面有几座灰砖小院,隐现在树丛间,若没有墙外的电线杆和门口偶见的自行车,便是古诗中的风景。沿塘边的小路向北,两边都是荷塘垂柳。转到树荫深处,会见到几间古旧的平房,院门口有一个竹篱扎成的月洞门,春夏之交,架子上爬满了蔷薇花。沿院外的小路向东,走过石板桥,可经过一座蓬蒿没人的小院。据说那是长年工作在北大的一位美国教授温德的住处,他百岁时去世。以前站在这座小院门口,望着比房子还要高的杂草,常常联想到汉代隐士张仲蔚的典故和《聊斋》里描写的意境。从小院再向东,沿着铺满浮萍的小溪可以一直走到季羡林先生住的朗润园13号楼。住在全斋的几年里,我们常常在这条小径上散步,寻找燕大和老北大的遗迹,在怀旧的想象中忘却外界的一切。

全斋紧邻镜春园,离我的导师陈贻焮家只有几步路。陈先生家住82号,原来是吴组缃先生住的院子。吴先生住北房和西厢房,陈先生住东厢房。我在全斋住的期间,吴先生早已搬到朗润园,但两家来往仍然很密切。吴先生对陈先生非常称道,一天上午我在湖边遇见吴先生拄着拐杖提着一小兜豆腐慢慢地走,就接过兜子送他回家,他一路都在说《杜甫评传》可不容易写,夸陈先生了不起。吴先生、季羡林先生、邓广铭先生、王瑶先生等许多著名学界前辈,大都住在湖边。有时见到他们出来，季先生总是提着一个书兜，急匆匆的。王瑶先生在湖边散步，多是一家人集体出动，前呼后拥的。邓广铭先生出来一般有他的大弟子张希清跟随。陈先生送学生和来访者出门时，也爱到湖边走走。常见他恭敬地和过往的老先生们打招呼或者闲聊几句，始终以小字辈自居。记得有一次系里让我去请陈先生和老先生们一起开会。他竟惊讶地说："真的吗？难道把我也算在老先生里面了？"

陈先生家正房和院墙之间有一片高过房顶的竹林，西窗外是一片小花圃，每年春天有芍药和月季盛开。而室内实际上只有一大一小两间房，两间房门外有一条长长的走廊。走廊尽头的一个小间，原是厨房，因为家人多，便改成门厅兼卧室。从这里进门，通过走廊，才能到达陈先生平时待客的书房。每次去他家，人刚进走廊，就会听见陈先生洪亮的声音："欢迎欢迎啰！"屋子里没有暖气，冬天三间房要生三个炉子。但先生的书房总是窗明几净，书案上必有一两盆水仙。叶嘉莹先生刚回国的那几年，几乎年年春节都来看望陈先生，常常赞美他家的走廊很雅致。这时陈先生就会请来袁行霈先生，在满室清香中一起和叶先生谈天吟诗。我搬到全斋后，成了陈家的常客，也被叫来作陪。叶先生讲课很有魅力，对其他先生怎样讲课也颇感兴趣。有一次让我当着陈、袁两位先生的面品评他们的讲课风格。这实在是道难题，我只好回答说："听袁老师的课是艺术享受。而陈先生则是兴会神到式的。"叶先生乐得开怀大笑。旁听几位先生的清谈，是那时最有兴味的一件事。原来生活中的诗意完全在于人的诗心。有了诗人的情怀，再清苦的日子也可以变得很美。

陈先生最喜欢孩子，周围邻居的孩子都是他的好友。我住19楼的时候，只有集体户口，梦鲤出生报不上户口，只得先落在陈先生家。所以陈先生总是说："梦鲤是我们家的孩子！"还为梦鲤题过一首四言《公辅贤孙牛年生，周岁赠一玉牛，藉祝长命百岁》："玉质坚润，牛德谨笃。祝尔周晬，如牛如玉。"梦鲤在全斋从半岁长到三岁，几乎可以说是在他家泡大的。陈先生称自己和梦鲤是"竹林二贤"。每当春天里花开得最美的时候，他就坐在正房门外的石头台阶上，一面大声说笑，一面逗着梦鲤满院子乱跑。当时我为了赶着编写《文学史教学参考资料（简编）》，连和儿子说话的时间都没有。有时实在脱不开身，把孩子往师母那里一送，师母全家便围着他忙得团团转。知道梦鲤喜欢看汽车，陈先生就带着他去西校门，坐在门槛上，面对马路傻傻地看上小半天。孩子三岁以前病最多，什么德国麻疹，水痘，都是师母帮着我们平安渡过难关。有一次我们全家一起发高烧，三人躺在床上起不来，也是师母发现了过来照顾我们。有了先生一家的照拂，便不觉得生活的煎熬，充满感激的回忆中只剩下快乐的时光了。

三年后我离开全斋，搬进了蔚秀园。虽然房子面积很小，却是独立的单元，有小小的厨房和厕所，这就意味着从此告别了筒子楼的生活。七年后又搬到燕北园，五年后再搬到蓝旗营，在一次次的搬家中体会着国家的迅速发展和教师生活的不断改善。可以说北大的大部分教职工如今都熬出头了。虽然家越搬越大，但是回想从1978年考回北大到现在的30年间，印象最深的还是这六七年筒子楼的生活。是不是因为真正"熬"过，才能品出生活的滋味和人情的可贵呢？

前年听说镜春园一带要拆迁，特意到全斋去看了看。各家门口搭建的棚子、院墙和小屋都被拆光了，只剩下两排正房。站在瓦砾堆上辨认自己的旧居，竟然不能确定当初住的是哪一间了。走到镜春园82号门口，斑驳的院门挂着铁锁，透过门缝朝里张望，小院里已是荒草丛生，只有墙内竹林依然青翠，在风中飒飒作响。岁月流逝，往事历历，都将随着园子的重建而无迹可寻，只能永远存留在记忆中了。

2009年夏于蓝旗营

我们家的八年筒子楼生活

岑献青

一

我们家的筒子楼生活，开始于沙滩北街乙2号的老灰楼。

所谓老灰楼，其实是旧北京大学的学生宿舍。南面的砖墙上，抹了一块光溜溜的水泥，上有"国立北京大学宿舍中华民国二十四年五月一日校长×××奠基"的字样。我之所以把校长的名字抄成"×××"，是因为校长的名字已被凿掉了。从凿得并不很彻底的痕迹看，校长当是"蒋梦麟"吧。

老灰楼像个缺了一笔的"口"字，空着的那一笔据说早先是围墙。缺了一笔的"口"字是三幢连在一起的楼，共有八个门，依次称作"天、地、玄、黄、宇、宙、洪、荒"，《千字文》的头二句。

老灰楼的房间很小，一般都在六七平方米，最小的还有四平方米多一点的。学生宿舍么，一人一间，躲进去就可"成一统"。然而现在都是住家，就不免拥挤得很，所以老灰楼别名又叫"鸽子笼"。五六户

沙滩　老北京大学学生宿舍的奠基铭文。

人家合用一间七平方米的小房子作厨房，五六个煤气罐摆在同一间小房子里，常常令人提心吊胆，生怕哪一天会爆炸了。房子很老了，从前建楼时，设计师绝对想不到后来会住这么些拉家带口的人，更想不到还会有电冰箱彩电洗衣机音响，于是破损的电线就常常冒火花，电闸的保险丝就隔三差五地断。人住得多了，楼道里摆的东西也多得很。因为楼道两边的房间门对门，人们都不喜欢敞着门让别人看见自己的"私生活"，于是楼道里就总是如黑夜一般伸手不见五指。大白天进楼，也会撞上谁家的碗柜或踩了谁家的大白菜，甚至有一脚就踢碎一排啤酒瓶的，弄得打扫了好几天也还有玻璃碴子在暗处诡秘地闪闪烁烁地亮。

楼里的人住得挺复杂，中央机关工作人员、社科院研究员、大学的行政领导和教师、工人、退休的高级干部……住在这样的筒子楼里，个人的生存智慧都得以大大地激发出来。住在楼道顶头的，把半边楼道封上一个门，里边就成了他家的"套间"了。那些住在中间的，没法封出自己的套间，就把杂物都堆在门口两边。这道风景，已经被电影《邻居》定格在中国银幕上。

我住的是"天"字门的四楼。刚搬到这里时，楼道里所有的空地早已经被在这里住了多年的两家邻居摆满了杂物。有一个共用水房，水房里有两个水龙头，还有一个简陋的蹲坑厕所。

我们西边的邻居是一大家子，家长王伯伯是某高校的党委书记，老伴没有工作，两个儿子都是工人。大儿子叫王克强，新婚媳妇小段是工厂里的焊工。王克强夫妇比我们稍大一两岁，很快就聊成了好朋友，克强甚至动员他母亲搬走一些杂物，给我腾出一块地方可以搁煤炉子做饭。

1983年冬天，张鸣的导师赵齐平先生因为赶写电视大学的教材劳累过度病倒住院，系里安排张鸣接着完成剩下的工作。因为电大要赶在新学期开学时把教材印出来，催得很急，寒假中张鸣便闷在小屋子里一连写了十几天，几乎没下过楼。结果春节时也累倒了，半夜里发起高烧。那时我已有五个月的身孕，急得敲开王克强的门。克强二话没说，穿了大棉衣，把张鸣扶下楼，坐上他的自行车后架，一直推着穿过五四大街，直到地处北河沿大街的公安医院。

东边的邻居是中国社科院美国研究所的研究员张老师，他的夫人姓刘，曾经任过文化部原副部长林默涵的秘书。刘阿姨身体不太好，患有一种很奇怪的病，有时好好的，就突然人事不省，说些谁都听不懂的话，浑身发抖，过了一会儿就好了，该做什么还接着做什么，对刚才发生的情况一无所知。据说是因为在"文革"中被造反派押去喂猪，而她是回族，精神受到极大刺激，坐下病了。

社科院不用坐班，所以张老师在家做事，也方便照顾老伴，家里的活基本上都是张老师在做。常常看到张老师在锅里炒一堆小鹅卵石，石头炒热了，就把擀好的面饼放在石头上烤，烤出来的饼子凹凸不平，香味四散。

有一天我下班回来，刚走到家门口，张老师看见我，笑笑说，你家张鸣今天可是出大事了。我吓了一跳，推开门，张鸣正躺在床上，说，你差点就见不到我了！原来午睡前，张鸣觉得太冷，就把煤炉子搬进屋里，还关紧了门。等到他突然醒过来时，头痛欲裂，歪歪倒倒地开门走出楼道,愣怔半天也不明白发生了什么事。张老师见状,叫他赶紧把门窗大开,这才反应过来是煤气中毒了。

现在都记不得当时是从哪里弄了个煤炉子来了。我跟着邻居学烧蜂窝煤,炉子就放在门口。常常是夜里封了火,火盖压得太死,早上起来火已经灭了。灭就灭吧,到单位吃早餐去,晚上回来再重新烧,再做饭。两家邻居对我们都很关照,如果火灭了,他们会从他们的炉子里夹出一块蜂窝煤送过来让我做底火,再加上一块新煤,就有呼呼的火苗蹿出来了。

就这么间陋室,就这么个煤炉子,就这么种乱七八糟的生活,竟然也还时常造出一些"高朋满座"的气氛来。黄子平和张玫珊住在北大勺园,有时进城,绕过来看看我,就在这个陋室里做饭吃。

1983年初夏,已有身孕的黄蓓佳从江苏来北京,几个女生闻讯来聚,大家一起动手,做了一桌饭菜,几平方米的房间,从邻居家借几

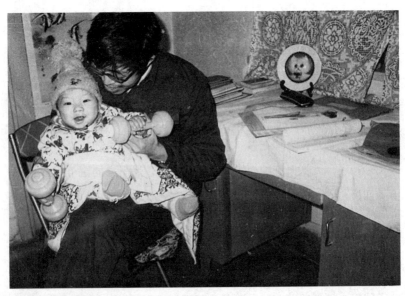

1985年,在被称为"鸽子笼"的老北京大学女生宿舍,房间面积7平方米。

张凳子来,围着桌子坐下后,谁都动弹不得了,那也挡不住大家热热闹闹地叽叽喳喳七嘴八舌。

还有一次,江锡铨的夫人来北京进修,两口子一同来我们家,好些同学也来凑热闹。但房间实在是太小了,幸亏我们住的四楼有一个小门,可以直通三层的屋顶,于是我们把炉子和桌子搬到了三层的屋顶,大家高兴地又说又笑又闹,肆无忌惮,结果闹得三楼的老太太上来从小门往外探头探脑,看看这群年轻人是不是"非法集会"呢!

到了第三个年头,单位调整房子,把我从四楼的9平方米调到了二楼的两间7平方米房间,尽管房子还是很窄,其中有一间还对着公用厕所水房,味道实在不佳,但好歹是有了点改善了,至少多了五个平方米了,至少可以分开两个空间了,至少我的炉子可以进入公共厨房而不用再放在门口了。

张鸣还挺开心,开心时还胡诌了一副很不工整的"对联",上联是"两间狭小屋",下联是"一对糊涂人",横批呢?没有。二十多年了,一直没有想好。

孩子在这里慢慢地长起来,会说话了,会满地跑了,会跟着保姆唱流行歌曲"哦,她比你先到……"了,会给爸爸妈妈念"一行白鹭上青天"了,还会自己给自己讲在太空里种辣椒的故事了……

空闲的时候,我们就领着孩子绕着老灰楼四周转悠。

老灰楼的南边是从前老北大的广场,著名的五四运动发源地。1947年华北学联将这块地方命名为"民主广场"。

老灰楼的西南方向还有几栋灰砖大屋顶楼房,其中一座是北大从前的图书馆。我在那里借过几回书。大约是屋子大、天花板高的缘故,感觉很空落也很幽静,是个读书的好去处。当年毛泽东做北大图书馆馆员时,大约就是在这里拿薪水的。

北大广场的西边,是个叫做"西斋"的地方,与景山公园东门隔路相望。那里最早还是乾隆帝四女和嘉公主的府第。光绪帝当年在维新派推动下，接受康、梁的变法主张，就在这里开办了京师大学堂，直至民国成立，京师大学堂始改为北京大学。

改成北大后，西斋曾做过女生寄宿舍，稍早些还是文科的讲堂和教员的预备室，许多名人每日都在那里聚集，如钱玄同、朱希祖、刘文典、胡适、周作人等。但这些历史从前却不甚知，直至1990年北京市政府、市文物管理局在此处设下"京师大学堂"的牌子后，方知这片现在看起来十分杂乱的院落还曾如此辉煌过。

1985年7月，孩子一岁两个月的时候，张鸣被学校派往西藏援教。

一年前，胡耀邦主持召开第二次西藏工作座谈会，就是这次会议决定，为庆祝西藏自治区成立20周年，由北京、上海、天津、江苏、浙江、福建、山东、四川、广东等省市和水电部、农牧渔业部、国家建材局等有关部门，按照西藏提出的要求，分两批帮助建设43项西藏迫切需要的中小型工程项目，包括电站、旅馆、学校、医院、文化中心和中小型工业企业。

从后来的资料得知，九省市为建设这43项工程共投入了1.9万人，工程建设内容涉及10个行业，总投资4.8亿元，总建筑面积23.6万平方米。据说43项工程基本满足了20世纪80年代西藏社会经济发展，特别是旅游业的需要，被人们誉为高原上的"43颗明珠"。拉萨饭店、西藏人民会堂、体育馆等，都是那时兴建的。

张鸣被学校派往西藏，应该就是这些计划中的一个部分，当时西藏师范学院要升格为西藏大学，但缺乏师资，北大应西藏方面要求，让中文系派古代文学老师前往。就这样，他去西藏大学讲了一个学期的课。记得那年的9月10日，正是中国恢复建立的第一个教师节，学校给老师发礼品，张鸣还在西藏，夏晓虹就把张鸣的那份礼品送到家里来了。

知道什么是"礼轻情意重"吗？那份礼品是10个松花蛋。

后来系里负责党支部工作的杨老师见到我，还挺歉意地说，派张

沙滩老北京大学的女生宿舍，已经成为北京市文物保护单位。

鸣去援藏，真是难为你了，孩子那么小。但除了张鸣，也找不到更合适的人去了。

我能说什么呢？

2009年1月，我和已经是美国伊利诺伊大学物理学院博士生的儿子重返老灰楼，看望了还住在那里的老邻居。出门到楼下，发现北京市文物局2006年6月在那里立了一块碑，上边写着"北京市文物保护单位 北京大学女生宿舍"。

冬日下午的太阳，把石碑染得金亮金亮的。

现在回忆起那几年在老灰楼的生活，我真的希望我光记得那些美好的事情了：好心的刘阿姨总替我关照那只一不留神就灭火的煤炉子；克强的老岳母一做馅饼，就想着给我留几个；小屋子里同学们聚会时没心没肺的打闹；深夜里巧遇王林，抓了他帮我运冬储大白菜；杨柳替我做了一件宽大漂亮的孕妇服；还有，孩子怎么一天天长大，怎么在一岁多的时候就能骑着小车跟妈妈去取牛奶……

至于其他的苦啊累啊疼痛啊委屈啊孤独啊眼泪啊，都忘了吧。

呵呵。

二

1986年夏天,因为孩子要入托儿所,我们搬进了北大校南门附近的21楼。

从前做学生时,对这个楼就很熟,因为班主任张剑福就住在这里,我们常常到张老师家开班委会。好些中文系的老师如金开诚先生、倪其心先生、费振刚先生等也都住在这里。读书时,我因为对民间文学颇有兴趣,时常到住在21楼三层教授民间文学的段宝林老师处请教,我的毕业论文就是段老师指导的。

老一辈的老师们搬走了,我们住进去了,而关于21楼的许多故事仍在坊间流传。其中有个著名的段子是关于段宝林老师的。

段老师的家在城里,他在21楼有一个宿舍。有一天,段师母从城里来看他,到了午饭时间,段老师拿起饭盆说,你在家等着,我去食堂打饭。

结果,段老师在食堂只打了自己的一份饭,回到21楼门口时,看到有老师正在门口支起桌子打"康乐球",便兴致勃勃地端着饭盆边吃边看边评论,直到人家打完了,他饭也吃完了,才上楼。等他打开门,看到师母在房间里,大吃一惊:"咦,你怎么进来的?"

段老师教的是民间文学,他的故事也像民间文学中的传说,在中文系师生"民间"中流传了好多年,而且在流传中还有后人的加工和渲染,因此得以长久不衰。

我们住的105室,先前是金开诚先生的房间。记得金开诚先生曾写过一篇文章,说自己当初住21楼时,如何趴在床沿上写作,用书时就往床底下一伸,拉出一箱书来。

金开诚先生的夫人屈育德先生教过我们民间文学课,她是钟敬文先生的高足。屈先生一生坎坷沧桑,身患绝症,在这样的陋室里,拖着术后虚弱的身体,既做良母又做贤妻,还以惊人的毅力备课和著述。每次听她用术后变得含糊的声音艰难地讲课,心里总是一种异样的难过。我毕业时论文是民间文学选题,虽不是屈先生指导,她却十分关注和欣喜。我临毕业时,她曾希望我到民研会从事民间文学研究,遗憾的是分配方案中没有民研会,终于未能遂了先生的意愿。

21楼的房间有12平方米左右,我们房间里,有一个角落还堆放着一位出国教师的家具和书籍。屋里完全是学生宿舍式的安排,面对面两张小床,张鸣用一张,我带着儿子用一张。床太窄,就在靠墙一边加了一排方凳。两床中间夹一张书桌。床既是床也是座凳,书桌既是书桌也是餐桌。儿子从幼儿园回来,在屋里没有空处玩,就只好上床盘腿坐着玩。张鸣当班主任,学生晚上来家开班委会时,我和儿子就"列席",因为无处可逃。

1988年5月,北京大学校园内21楼105室。儿子四岁生日,放蛋糕的桌子平时也是书桌和饭桌。

吃饭简直就更没有"家"的感觉了，儿子在幼儿园吃，我们在食堂吃，有时想"改善"一下伙食了，就用门前的煤油炉子做个菜，晚上睡觉前还想着把煤油炉搬进屋子里，免得被人偷了。

好在21楼门前还有块空地，天气好时，很多老师的孩子都在外边玩，妈妈们也有了认识的机会。记得有位住在19楼的女教师跟我说，她给两岁的女儿买了钢琴，但是房间实在太小了，夫妇俩都是文科老师，书太多，只能把钢琴先挂起来。

我听了很糊涂，钢琴又不是手风琴，说挂就能挂啊？

她说，真的，就用几根粗大的绳索从房间天花板上的暖气管上悬下来，捆住钢琴，把它吊到空中，这样就不占地方了。

我更吃惊了，万一钢琴掉下来呢？

她说不会，下面有几个装书的纸箱垫着呢。

又说，就指着赶紧换到一间大点的房子呢，这钢琴要是挂得太久了，女孩儿再长大几年，学钢琴就迟了点啊。

住在21楼的生活很不方便，大约学校只当它是过渡房，所以根本不考虑住在里边的人也都是一家子一家子的，也要开火做饭，也要养儿育女，有一大堆省不下来、绕不过去的生活细节的，结果就弄得大家的生活很尴尬，尤其是如厕问题，简直是匪夷所思。21楼只有男厕所，对面的19楼只有女厕所，每天都能看到无数的男女老少来往穿梭于两个楼之间，只为的是上厕所。有小孩子的家庭更麻烦，住在21楼的妈妈们，不能领着孩子上本楼的厕所，只好让当爸爸的天天给孩子倒便盆。这还真不是爸爸们想当模范丈夫，而是不得已"被"当了模范丈夫。

很多年来我都想不通这个问题，在一座楼里同时开设男女厕所，真的很难吗？

我们在21楼住了两年，还在那里留下了一个永久性的纪念。有一次我领着儿子在外边玩，他突然发现我们家窗户下的墙根有个小小的洞口。他问这洞是干吗的？我往里看了看，发现里边有很多管子，就告诉儿子说，这是个管道的通风口。说完还提醒他一句：你可别把你的玩具扔进去啊，这个洞口太小了，玩具进去就拿不出来了。

话音没落，儿子一扬手，把他手里那只五彩的小皮球准准地扔进去了！

如今，那只小皮球已经很孤独地在那里躺了二十多年了。前两年，听说学校要拆 21 楼，我又想起那只皮球来，便时时关注着拆楼的消息，如果真要拆了，我一定要赶去把那只小皮球捡回来，等儿子从美国回来时，我就把皮球交给他，然后告诉他：你两岁多的时候啊……

呵呵。

三

1988 年夏天，我从长白山开会回到 21 楼，发现张鸣父子俩和整个家都不见了。隔壁的老师说，刚刚搬到畅春园 55 楼了。那时没有电话没有手机，他们无法事先通知我。

我急急地赶了去，果然就看到他们俩在一间颇宽敞的房子里吃饭，一大堆乱七八糟的物什几乎将他们埋了起来。半间房的地面上，撒满了儿子的玩具。张鸣说，儿子不叫收拾！好不容易有一块地方让他随心所欲地玩一玩，想想也真不忍心收拾了。

这么一看，这么一听，我眼泪差点儿就落下来。其实这里仍然是个筒子楼，还是公用厨房公用厕所。

不过，55 楼的房间比 21 楼的房间要大，我们房间就有 18 平方米，感觉很豪华啊。

55 楼的公用厨房比起以前我们住在沙滩时的公用厨房大多了，四家人共用一个，就敢把三个煤气罐和一个蜂窝煤炉共处一室。我们用的是从北京作家韩蔼丽那里借来的煤气罐,当然比煤炉子方便多了,可是得省着用气,因为每次换气,张鸣得从55楼骑车到城里沙滩的煤气站,且不说来回将近三个小时的路程,就那个沉重的罐子用铁钩挂在自行车后边的架子上,重心是歪的,骑车的人有多费劲,可想而知。所以,在厨房里用蜂窝煤炉的化学系的职工小周,总是很贴心地帮衬我们,她家煤炉上永远都坐着一壶水,水一开,就叫我们:"灌开水啦!"在那两年里,小周的开水真不知道为我们省下多少煤气来。

　　55楼周边的环境也比21楼的好,南边是一片很大的水田,春季插秧,秋季收割,农闲时,这里就是家长领着孩子拾稻穗、放风筝、

1989年5月,北大畅春园55楼筒子楼。床与书柜之间,刚刚好放下一张小书桌和一把椅子。

挖野菜的地方，许多城里孩子没法体验的生活，55楼的孩子都能体会到，这里就是他们的野外教室了。黄子平家住在蔚秀园，有时候张玫珊也会带着儿子阿力过来，我们就一起把孩子领到那里，妈妈们在田野里说话，儿子们在满是稻茬的地里疯跑。

　　55楼的孩子们开始学会结交小朋友了，他们早上一起去设在蔚秀园的北大幼儿园，放学后，只要天还没黑，他们就可以拿了小铲子小桶一起到楼下的沙堆里造堡垒房屋，或者各自骑了自己的小车相互追逐。天黑了也没有关系，55楼的楼道很宽敞，他们可以在楼道里玩游戏。当时的美国电视剧《神探亨特》深入人心，连小孩子都耳熟能详。我们家儿子扮亨特，关海庭的女儿小睦扮亨特的搭档麦考尔，两人"出更"时，总是亨特说："麦考尔，上！"于是麦考尔飞奔"追杀"沈乃文的儿子沈元……"北大55楼版"的《神探亨特》就这样在楼道里吵吵闹闹地上演了无数场。

　　55楼的生活内容也多了一些色彩，终于有地方放我们的第一台黑白电视机了，那是我父母家淘汰下来的一台9英寸东芝电视机，头一年千里迢迢从广西搬来，但在21楼那么逼仄的地方，电视机几乎就没有用过。现在，终于可以随时打开电视看了。电视节目中，看得最多的是鞠萍姐姐的少儿节目和动画片。鞠萍姐姐嘛，全国少年儿童的偶像，火得不得了，那是每天必看的节目之一。动画片更是孩子不能落下的，当时红遍全国的《葫芦娃》，把儿子看得五迷三道，自己动手画了成百上千个葫芦娃，还在家里墙上开了葫芦娃画展，让他的小朋友来参观。记得他的小朋友沈元很真诚地说："天哪，我真是佩服死你了。你再画吧画吧画吧。"

　　《蓝精灵》《巴巴爸爸》《鼹鼠的故事》，也是儿子很痴迷的动画片，而且还带动了老爸张鸣一起看得如痴如醉。有时候，我在隔了好几个房间的公用厨房里做晚饭，冷不丁地就听到一阵开心的大笑冲出我们房间，在楼道里回荡，余音绕梁。厨房里的邻居就笑着说，张老师又跟儿子看动画片了吧？甚至在好多年后，儿子都出国读书了，55楼的老邻居见到我，还会问：张老师还在看动画片吗？

在55楼的邻居中，与陈平原夏晓虹夫妇是最稔熟的，因为晓虹是同班同学，她跟张鸣除了同学还是同事，来往自然就多些。有一天，我下楼出门，迎面走来两位气质非凡的女士，其中一位向我打听陈平原住哪里。我指点后，她们道谢进楼了。第二天，见到晓虹，说起来，才知道这两位居然是大名鼎鼎的《读书》杂志编辑吴彬和赵丽雅。因为当时对这两位大编辑的名字已"如雷贯耳"，有幸在这样的境况下见识她们意气风发的神采，很是兴奋了一阵。

后来有缘与吴彬认识，成了朋友，每年都会聚几次。这次她听说我要写55楼的事情，说了两句话，一句是："55楼可是个藏龙卧虎的地方啊。"另一句是："那天我们在陈平原家还吃了他做的鱼粥哪！"

55楼出了多少"龙"多少"虎"，我不确切知道，但是当年住在那里的年轻教师们现在都已经成了北大的中坚力量，中文系的陈平原夫妇，经济系的刘伟、李心愉，法律系的周旺生，图书馆学系的沈乃文，政治学系的关海庭……他们现在都成了北大的名师，成了社会学界的名流。如果有人愿意的话，大约做一本《走出55楼》的书，应该是没有太大问题的，绝对厚重！

倒是吴彬的第二句话让我忍不住跟她一起回忆起平原的鱼粥来。难得平原这位"大学者"在北京做出这么细腻清香温润、又营养又美味无比的、地道的广东鱼粥来。吴彬说，可了不得，他还能"一鱼三做"呢！那是，我见识过的也品尝过的，无论是鱼粥、鱼汤、鱼头，撒上翠绿间白的小葱花，那个养眼啊，那个香啊，令人垂涎欲滴！

应该是有很多朋友都尝过他的鱼粥的吧，想来平原家的鱼粥也是学界里朋友聚会的一个保留节目了，一定也是"坊间"里流传的美食经典呢。不过近年来不太听说他做鱼粥的故事了，毕竟买鱼剖鱼煮粥也是有点麻烦，而且平原越来越忙了，估计谁也不好意思到他家开口请他做鱼粥了。

如今，大家都不住筒子楼了，没有了当时筒子楼里随意往来的状态，吃上平原鱼粥的机会也就变得缥缈起来了。

呵呵。

1990年元旦前，我们终于拿到了中关园新建楼房的钥匙。

中关园506楼402号，那是我们的下一个新家。

那是一套一居室的房子啊。我们家整整八年的筒子楼生活终于结束了。

我们终于有一个单元房了。

我们终于有自己的厨房和卫生间，还有一个小小的客厅了。

我们可以把阳台封闭起来，那里就是我期盼已久的小小的写作间了。

还有，我们的房子在一层，有一个小小的院子呢，等春天到来，我就可以种下自己喜欢的花草了。

我还可以和孩子一起种下新找来的葫芦籽呢。想想啊，到秋天时，满架金黄的葫芦娃在棚子上悬挂着，秋风一起，葫芦娃滴哩当啷地晃荡不停，好像在亲密地交头接耳窃窃私语，啊呀，那该有多好玩啊……

虎年新春于博雅西园

2010年3月4日

"非典型"的筒子楼故事

陈平原

年轻时自恃记性好,不屑于记笔记什么的。总以为需要时脑袋一拍,各种信息就会自动跑出来。等到进入"怀旧"的年纪,突然发现,那记性全都靠不住。连什么时候住哪一幢楼,居然与妻子说法不一,还得东打听、西询问,最后才能确定下来。不过,话说回来,我的"校园记忆"之所以如此"不确定",与当初之习惯于"打游击"大有关系。从1985年初夏到1990年仲秋,五年多时间,我辗转于北大校园内外多座筒子楼。

记得结婚时,我是博士生,住29楼学生宿舍;夏晓虹已是教师,在19楼有半间房。那年头没有"裸婚"一说,我们也不是请不起客,只是觉得没必要兴师动众,不就是两人合伙过日子吗?来日方长,不争这一朝一夕。双方父母都通达,说节约好,不办什么婚宴了。于是乎,一切繁文缛节都省了。倒是张玫珊出了个主意,乘周末夏晓虹的同屋回家,就在宿舍里聚会。这样,1985年6月的某个周末,19楼二楼直对着楼梯口的"夏家",迎来了王得后、赵园夫妇,黄子平、张玫珊夫妇,还有钱理群、吴福辉、王富仁等,加上我们俩,总共九人。两张书桌相接,就成了宴客的场所。看着张玫珊像变戏法一样,从携来的袋子里掏出各种食品,大家莫不欢欣鼓舞。都是熟人,吃喝不要紧,主要是聊聊天。那阵子,我正和钱理群、黄子平合作鼓捣"20世纪中国文学"这命题,"婚宴"几乎变成了学术研讨会。也不能说不把"新婚"当回事,暑假里,跑到大西北去"学术考察"——从西安到兰州到敦煌,这还算是会议的规定路线;至于西宁访亲、吐鲁番游览以及呼和浩特观光,那可都是自选动作。当年还不时兴"蜜月旅行",我们也没打这个旗号。

还是先说说婚后那些"打游击"的日子吧。1985年9月,中文系同事张鸣受教育部委派,去西藏大学支教一学期。恰好此时,学校分给他一间小屋,就在27楼三楼。反正他妻子在城里工作,那边另有宿舍,我们就代为"笑纳"了。记得27楼的二楼归学校财务处管,白天

"打游击"的日子,有一处安放书桌也算知足。

前来买饭票的师生络绎不绝；到了晚上，静悄悄的，只听见老鼠来回奔跑，玩得很欢，根本不把我们放在眼里。之所以老鼠当家，只因楼内多半为办公室，偶有几间改作宿舍，主人也只在白天出现，读书兼午休，很少在此过夜。这样也好，关上门，静心读书，总比分住集体宿舍好多了。

好日子过得真快，1986年1月中旬，张鸣就该回来了。眼看着又得劳燕分飞，没想到柳暗花明，好事全让我们撞上了。黄子平的妻子张玫珊是阿根廷华侨，当时在西语系西班牙语专业做外国专家，属于特殊照顾对象，北大为此在蔚秀园给他们配了一套两居室。刚搬好家，又因为张玫珊在布宜诺斯艾利斯生孩子，学校批给黄子平半年探亲假。子平高兴，我们更高兴——从张家新居出来，直接搬进了"黄府"。

明知是鸠占鹊巢，不可能长久，去时行李一单车，回来也是一单车。1986年的9月，子平、玫珊携子归来，我们结束了半年的幸福生活，又各自回到了熙熙攘攘的集体宿舍。

不过，好运气再度光临。四个月后，心理学系年轻教师、夏晓虹的好友钱铭怡被学校选派到荷兰访学一年，将她基本上一人独占的宿舍借给我们住。那房间在19楼一楼的西北角，冬天室内很冷，但能二人单独相处，我们已经很满足了。其实，夏晓虹的宿舍就在二楼，不过有同屋，不好打扰。

如此"同居"，合情但不合法。原因是，按照规定，钱铭怡只有半间屋子的使用权，另外半间属于家住城里的王姓教师。冬去春来，那位合法住户跑来敲门了，首先声明主权，再就是告知：她偶尔也会来午休。接下来的日子，忐忑不安，老怕被人嘲笑。不过，印象中，那位合法房主也就来过一两次。不用说，她一敲门，我马上逃跑。

五六月间，估计是房主告了状，一位提着大串钥匙的中年女子，自称是房管处的出现，先是盘问学什么专业、家里有几口人、在此住了多长时间、有无"不轨行为"等，再就是一通声色俱厉的训斥。我们越是辩解，对方越是来劲，声调也提得更高，引来好些围观者。临走前，女房管扔下这么一句："还博士呢，连这点规矩都不懂！"学校那时确实房源紧张，但也不是毫无办法，关键看你会不会动脑筋。我们笨，只好挨骂。

好在不久后，即将成为北大教师的我，在一次学校领导征求意见的会上，表演了算术才能：学校即将给我半间房，妻子在北大教书，也是半间房。两个半间合起来，不就是一整间，为何还让我们在北大校园里"两地分居"？领导一听有理，当即下令房管处，凡属我们这种情况的，一律调在同一幢楼。于是，大约1987年暑假起，我终于可以大摇大摆地进出19楼了。

有房子是好事，可寄居女教工宿舍，毕竟多有不便。学校分给我们的小屋在一楼，水房隔壁。一面墙是潮的，与床铺之间必须留出缝隙，这在只有10平方米的空间里已经是很大的浪费。白天也就罢了，半夜时分，耳边哗啦啦地响，实在有点烦人。即便没有水声，也有歌声，而且是不太美妙的歌声。虽说宿舍里难得安静一会，但能舒舒服服地靠在床上读书，这已经是很大的改善。晓虹还好，晚餐时可"大吃大喝"，我则必须节制。不是为了减肥，而是半夜里跑到对面21楼去"方便"，实在不方便。

还记得她住二楼时，因为有同屋，我不好意思擅自串门，站在楼下门口喊一声"XIAOHONG"，竟然有好几扇窗户打开。日后才知道，北大校园里，若不带姓，叫"XIAOHONG"的多着呢。写起来迥异，念出声却是一样。我原先的合法床位在29楼，同屋阎步克，他的妻子也叫小红。因此，聊天时，必须说"你们家小红""我们家晓虹"，以作区别。这下可好了，搬到了一楼，而且靠近大门口，用力咳一声，就知道是谁来了。

转眼间到了1988年春夏，学校通知，我们可以搬到畅春园55楼去。那是刚盖起来不久的简易楼房，绿色铁皮墙，下雨时很有韵律感。

虽然有些局促,但毕竟是属于自己的房子。

房间比较大,有16平方米,虽然还是一楼,但朝南,阳光洒在床上,很怡人。同样是公共厕所,但几家合用一间用宿舍改造而成的厨房,比起先前在楼道里用煤油炉煮面,生活质量大有提升。记得搬家时,找学校后勤处借了辆三轮车,两趟就解决了。

这可是属于自己的房子,得好好布置。先是跑到未名湖边的木工厂(那地方,现正建文科楼群),请工人师傅做最实用的床。北大的木工师傅真是见多识广,三两句话,一下子就明白了我们的心思。做成的双人床,上面是可以掀开的铺板,下面分三段,床头部位是可以两边打开的小门,中间是双开的抽屉,后面是从床尾开门的两个小柜,什么东西都可以收放在里面。再加上卡着位置、量好尺寸的书橱和书桌,以及迷你式样的沙发(沙发坐垫可打开,里面放东西),整个房间看上去布置合理、紧凑。床与书柜之间正好铺一条窄长的花地毯,里面靠近窗户的一侧,打横放了书桌,地上铺了棕色地毯。进入室内,经过兼用来吃饭与会客的"沙发区",就可以脱了鞋子,自由行坐。记得好几位同龄人来访,赞叹不已,说你们的家真温馨、舒服。

就在这仅仅16平方米的小家,我们接待了很多客人。有不少师长,但更多的是朋辈。记得是1990年初春,鸡鸣不已,一时心血来潮,组织了一个读书会,葛兆光、阎步克、张鸣、杨煦生、张京媛、冯统一、王毅等,都曾光临寒舍,就某本书或某个话题(记得有"三礼"、《朱子语类》等)高谈阔论。不过,这读书会只坚持了半年多,就因为搬家等原因给停了。有趣的是,那么狭小的空间,主人居然经常"留饭"。大概是因为在校园里居住,每天吃饭堂;好不容易有了自己的家,很想露一手。

当然,还有一个技术性因素——此前用煤油炉做饭,实在不方便;而1989年3月,中文系同事葛晓音搬到已经通了煤气的公寓楼,将那宝贝煤气罐(可惜没有本儿)借给了我们。那时候,除了煤气罐紧俏,加气还需特殊的本儿。穷则思变,有了罐,再想办法借人家的本儿。

兼作客厅和餐厅的"沙发区"。

如此拆东墙、补西墙，居然坚持到了我们搬往公寓楼。用煤气炉炒菜，感觉真是好极了。也是这个因素，促使我多在朋友面前表演"厨艺"。以至当年的"食客"，日后写文章，竟吹捧我如何如何会做菜，尤其是那香喷喷的鱼粥……以至不时有朋友询问：你们家到底谁做饭，弄得夏晓虹很不开心。

1990年9月，终于，我们迁往畅春园51楼靠东边最后一门的顶楼。那是一间半的宿舍，可以落户口，算是真正的家了。自此，结束了五年多的筒子楼生活。

比起同龄人，我算是幸运的。一是有朋友接济，不时天上掉馅饼；二是岳父岳母家住东直门外，周末或过节时，常回去转转；三是没有孩子，负担轻多了。也正因此，我那以19楼为中心的"筒子楼的故事"，不够惊心动魄。当年浑浑噩噩，埋头读书，没想那么多，也不觉得怎么苦。一眨眼，就这么过来了。

2010年2月26日于京西圆明园花园

44 楼杂记

陈保亚

1994年7月到1996年7月，我在北大社会学所做博士后研究工作。那时候博士后待遇不错，我们一家三口住在承泽园129楼两室一厅的连幢别墅里，每次出租车司机载我到家门口时，总是羡慕我住的承泽园别墅。有一次一位出租车司机对我说，你是北大教授吧？承泽园连幢别墅共3层，每层四套，全部可住12户人家。搬进承泽园连幢别墅之前，有消息说这些别墅原来准备给北大校领导住，每家两套。后来学校领导反对搞特殊化，原计划未能实现，于是别墅变成了博士后楼。住在里面的博士后风光了两年。

1996年7月，我在北大社会学所两年的博士后研究工作结束，留北大中文系任教。留校任教就没有这么好的住房待遇了。首先要搬出承泽园住过渡房，然后再根据自己的职称、工龄什么的分房子。我当时的过渡房是北大校园内44楼202房间。44楼是一幢四层的筒子楼，东西走向，在艺苑的南边，很多留校的年轻教师都住在那里，博士后出站留校的一般都在二楼，一家人住一间房子，16平方米。几家人合用一个厨房，住房和厨房有楼道隔开。住44楼或者是过渡，或者是长期"抗战"。偶尔也有一两位老教授因离婚而住进44楼。

44楼的环境早有传闻。让我最担心的是它的公共卫生间。有一位早我一年出站的博士后以吓唬人的口气告诉我说，44楼的厕所是公用的，每层一个厕所，男女共一间，分两格，用木板隔开，有时候忘记带卫生纸，敲敲木板可向隔壁索要，也可能正好是男士遇上女士或女士遇上男士。这着实让我担心，并亲自去考察了一番，才发现条件已经大有改善，男厕在一、三楼，女厕在二、四楼。这让我稍微宽心了一些。不过洗漱房还是每层公用的，和厕所相邻，进厕所要通过洗漱房。男女在厕所遭遇的情况也时常发生，因为有时候心还在书上，就会懵懵懂懂走错楼层。有时候一楼或三楼的水房人太多，就去二楼或四楼用水，不小心就会走进女厕所。小孩子们更是糊里糊涂。我就多次看见我的小儿子陈樾从二楼卫生间出来。时间长了，大家也都习惯了。其实这也没什么，只要我们正确地看待艰苦的条件。

搬进44楼前，已经听说44楼是小偷经常出没的地方，有些小偷还很猖狂。邵永海老师曾经告诉我说，有一次一位住44楼的老师看书到深夜3点，感觉到楼上声音有些不对，就打电话给保卫部。保卫部来了两个年轻人站在楼下，对着楼上说："小偷，你有种就下来。"结果小偷不敢下来，后来保卫部的年轻人走了。44楼是开放的，学校也是开放的，听说是要学习美国。美国的校园都是开放的。进出44楼的流动人口很多，上厕所洗洗手或者喝点水什么的都有。因为16平方米的房子一家三口人住太小，很多东西都放在走廊里，学校又没有学习美国安装监控录像，东西经常丢失。后来学校雇了一个看门的，但丢失东西也经常发生，因为44楼处在北大校园的交通要道上。有一次我给儿子陈樾买了一个西瓜，放在水房泡在自来水里冰着。下午3点最闷热的时候我去拿西瓜，就只剩下一个桶了。还有一次一位邻居的夫人说自己锅里正在煮着的一整只鸡不翼而飞了，只剩下了一锅汤，并象征性地批评了有些邻居。到底是别人拿走了，还是她忘记煮了，或者是她丈夫拿去和隔壁其他邻居喝酒了，我没有来得及去落实。44楼没有阳台，衣服只好晒在楼道里，衣服丢失是经常的事情。有几对年轻夫妇索性少换衣服少洗衣服少晒衣服，偶尔听他们嘀咕说"北京太脏了，怎么白袜子才穿了两个礼拜就变黑了"。小东西丢失并不重要，头疼的是自行车经常丢失，以致关键时刻常常不能准时赶到开会或上课的地方。我在44楼丢了好几次车，换了各种高级锁，还是挡不住，真是道高一尺，魔高一丈。生气也没用，只好用爱国主义精神来安慰自己，车反正还是在我们中国同胞手里，没有流失到我们的竞争对手美国人或日本人手里。钢材没有流失到国外，这是最让人宽心的。终于，中文系的卢永麟老师告诉了我一个办法，用砂纸把买来的新车反复打磨几遍，然后踹几脚，用榔头东敲西砸几下，让新车变得很旧很烂很破，就没有人拿了。这一招果然很灵，从此以后就太平了。不过两年以后旧车也开始丢失，那是离开44楼以后的事了。也不知道是因为管理不当还是供不应求。

　　44楼的住户大多数是一家三口住在一个16平方米的房间里，这是餐厅、卧室、书房一体的房间。有一次西南交大的徐行言教授和云南丽江法院的官晋东院长来看我，他们冲着当时漂亮的勺园去找我，结果迷失方向。最后终于在灰暗的44楼找到了我的家。他们眼神里露出诧异的神情，语气则是让人宽心的："只是暂时的，只是暂时的，北大老师的住房一定会首先改善的。"毕竟16平方米的房子拥挤不堪，大部分书只好堆在走廊上，过往的人不时拿走一两本，书日渐减少。我就在书堆上面写了几个字："看完书后请放回原处"。没几天上面几个字就变成"君子偷书，小人偷猪"。我想被拿走的书不会再回来了。不过想到这些被拿走的书正在被喜欢读书的君子阅读着，也让人欣慰；书没有白丢失，总比让人烧了或当废纸卖了要好。

　　16平方米的房间只能放一张床，小儿子陈樾和他妈妈睡，剩下的一点空间我又想把急需用的书都上架，便打个地铺睡在在水泥地上，想到北方干燥无事。水泥地毕竟太硬，经常硌得背疼，半夜醒来。只好等白天儿子上学夫人上班后，拔了电话线到床上补瞌睡。那时候负责学生工作的蒋朗朗老师无法打进电话，只好亲自登门通知各种事情。让朗朗辛苦不少。白天补瞌睡本该是一个作息调整，无奈咱们44楼南边隔一条小道就是堆煤炭的场地，每天运煤的车从凌晨三四点就开始工作，据说是白天货车不能进城。铲煤声轰轰作响，八九点司机们还在辛苦。瞌睡也补不了多少。那段时间周身疼痛，牙龈肿胀，人经常发烧，打了好长时间的针。当时如果有SARS或禽流感的概念，我早就被隔离了。我还以为是新买的那套衣柜油漆有毒，后来闲聊中杨强告诉我，即使北方干燥，睡地上人也要受潮，这才赶紧买了个沙发用来睡觉，症状才有所减轻，但腰疼持续了好几年。

住44楼的老师们常常不轻易透露自己的住所。我有几次陪外国朋友逛北大校园，走过44楼也不敢说自己住在里面。有一两次从44楼出来正好碰上自己的外国学生，还没有等外国学生问我是否住在里面，我就赶紧解释说自己刚才在44楼里看望了中国学生。这样的房子连看门的大妈都不放在眼里，有一次她教训自己的淘气孙子说："你再调皮，长大让你当北大老师，住44楼。"这句话正好被我听见了，一直没有跟夫人说过，现在才公布。难怪很多老师一旦搬出44楼，分到新房，就把新房装修得像天堂或星级宾馆，狠狠地出了一口气。

44楼的防盗设备很差，窗子一掌就可以推掉，门上的锁扣使一点劲就可以拉掉。虽说没有什么值钱的东西，电脑中的资料却是无价之宝。放假回老家过年什么的，担心的是电脑中的资料。不记得是沈培还是张健曾半开玩笑地告诉我，回家休假需要给小偷留点钱。我当真想过这一安全措施。1997年暑假回夫人老家云南之前，我在电脑桌上放了100元钱，写了个纸条说："小偷同志，留给你的钱请拿走吧，千万别损坏电脑。"由于湖南发大水，火车中途返回，车票钱全程退款，天灾国家吃了亏。回到44楼，电脑桌上的钱变成了200元。我夫人何方说可能是我当时钱数错了。我宁可相信小偷觉悟高，看到教师家里也没有什么东西可偷，感叹社会太不重视教育，主动加了100元在桌子上。

这样的居住条件为什么不走人？当时有很多单位都在挖所谓人才，尤其是挖刚留北大的博士和博士后，工资和住房都不错，但我始终舍不得北大这样一个自由思考的环境，这里有很多可以共同分享思考乐趣的朋友。心灵的宽松和环境的宽松常常不能兼得，志同道合者也不是常有。对有些人来说，追求心灵宽松的欲望远远要胜过追求住房和环境宽松的欲望，渴望和知心朋友陋室对饮二锅头的欲望远远要胜过豪华饭店劝饮茅台酒的欲望。对于住44楼的人来说，或许都更需要宽松的心灵和分享的乐趣。44楼的朋友，串串门，借点鸡蛋面条，是常有的事。大家要在一起聚会喝点小酒，是很容易的事情，也是很开心很向往的事情。每当有这样的晚餐计划或提案，下午就会听到楼道或水房中有人唱着小曲，哼着小调，沈培的房间就会响起克莱德曼的盗版光碟钢琴曲，大家都抑制不住暗中喜悦的心情。到这个时候我领会到了语言是存在的家园的另一个含义，44楼的住户要在宽松的言谈中分享乐趣。比起酒桌上排座次一一敬酒完成勾兑的宴席，44楼的自由畅饮生活让人真正懂得了酒中真情。在44楼我真正理解了喝小酒为什么对身体有好处，喝酒伤肝造成三分负面影响，喝酒的放松情趣对身心造成八分正面影响，结果还是得到正五分。那时候中文系叶文曦老师也住44楼。文曦不仅喜欢喝两盅，也买盗版电影光碟，也喜欢评论电影，好看的光碟总要向大家推荐。聚会后或看书之余，我喜欢去文曦那里选几张光碟，聊聊电影。44楼住户多，耗电量大，经常跳闸停电。每当到了这个时刻，大家都抑制不住心中的喜悦，终于可以在走廊上闲聊了，又有了言谈分享的乐趣。

44楼的通走廊也给大家营造了相互关心的机会。当我拉着第一批行李书籍到44楼时，二冬和夫人耿琴已经打听好了我的房间，在门口等了我好一阵，还带着水桶、拖布、扫帚等工具。那天二冬放下了手头的一大堆科研工作，和夫人耿琴一起帮我打扫了一天的房子，这让我和我的夫人何方非常感动。后来我才知道二冬那天正感冒着。何方也永远没有忘记那一天。孟二冬那个时候还是修锁高手，谁家的锁坏了，或者钥匙忘带了，三下五除二，二冬很快就修好了。二冬已经走了，他带走了一种独特的生活方式。

当时我和化学系的黄建兵、数学系的赵强共用一个厨房，油盐米醋什么的，常常相互借用，其实也不还，或者假装忘了。他们和家属都是北方人，我和家人特别喜欢吃他们包的饺子。每当我们炒菜时，川菜的麻辣味道呛得他们咳嗽淌眼泪。也有喜欢川菜的邻居，借故来借火柴盐巴什么的，看看川菜是怎么做的。左邻右舍干不同行当，家属大多也不是北大的，大家端着饭碗吃饭聊天的时候，信息和小道消息来自四面八方，生活不像现在这么闭塞。当然现在有了网络，不过网络常有恶作剧的信息，而且不知道该相信哪个博客的。那时隔壁赵强的夫人经常到楼里给大家推销一点化妆品什么的，并委托左右邻居打听有谁需要。我估计那就叫传销，她可能也不知道，当时还是一个正常的推销渠道。赵强夫人有很多顾客，那时候我家装了电话，她就来我家打电话。其他邻居也喜欢来我家打电话。我那202房间成了一个闲聊的据点，我关于很多其他学科的见闻就是从那里获得的。尤其是隔壁谢立中老师的社会学知识，让我获益匪浅。

44楼给孩子提供了串门和交流的机会，尤其是停电的时候，楼道里孩子们上蹿下跳，玩儿得特别开心。我儿子陈樾和杨荣祥老师的儿子杨一言（现改名杨恕）更是忘乎所以，反正第二天有理由告诉老师为什么不完成作业了。陈樾有时候也趁停电的机会常去听邻居的孩子张若纯和才安安弹钢琴，也激发了对钢琴的兴趣，就跑到孟二冬家去砸二冬女儿孟菲的钢琴，不知道弄断过几根琴弦，二冬也没有告诉过我，不过那段时间经常有修钢琴的出没他家。要给陈樾买钢琴实在没有地方放，就给他买了手风琴开始操练。后来从44楼搬到承泽园123楼，才给他买了钢琴。由于手风琴和钢琴键盘宽度不一致，指法转型花去了很长时间。孩子们在44楼相互串门，也做了不少坏事。钱志熙老师的女儿钱一白有一只可爱的小白兔，后来突然失踪了。钱一白难过了好长时间，案子一直没有破。陈樾上大学后才告诉我，是他和一位邻居的儿子刘晓波恶作剧时不慎把小白兔推下了窗台。44楼还有不少案子没有破，不知道其中有多少是陈樾和他的小朋友们一起犯下的滔天罪行。

就像住过校园的大学生和没有住过校园的大学生对校园生活有不同的认识，住过筒子楼和没有住过筒子楼的教师，对大学教师的定义和大学教育的定义也有不同的认识。住44楼还有很多酸甜苦辣的经历。几十年的北大教书生活，很多公事公办有板有眼的事情都忘了，唯独44楼的生活历历在目。这些生活还有很多不便写在纸上，只好留出来和当年44楼的楼友见面时畅叙分享，以口头民间文学的方式传播。

我在燕园住过的那些地儿

杜晓勤

从考入北京大学读博士起至 2003 年夏搬到西二旗智学苑，我在燕园共住了 11 年，其间搬过五次家，住过五个地方。现在回想起来，我住在燕园的这段时光应该是我生命中最重要也最有意思的时期，而这五个住处以及搬迁的经历也给我留下了许多难忘的回忆。

北大 25 楼

我是 1992 年 9 月考入北京大学读博士的，学校把我们中文系 92 级博士生安排住在北大南门东侧的 25 楼。这是一座青砖灰瓦、小翘檐大屋顶的中式建筑，与五四路两边的 18—24 楼、26 楼、27 楼都是 20 世纪 50 年代的建筑，风格类似，其貌不扬，至少我当时入住时是没有把它当成燕园内的代表性建筑，因为在我当时心目中，燕园代表性建筑应该是未名湖畔那些雕梁画栋的红一楼、红二楼、红三楼和一体等。

不过这座原先并不起眼的旧楼最近却因阿忆（中文系83级系友）的一篇博文《又一座即将消失的旧楼》而在网络走红，成为北大校园内最受外界关注的建筑之一。阿忆在这篇博文中对25楼进行了十分动情的描绘："现在看它，竟有如此精致。有树齐高，依偎在近旁，这树一定生长了半个世纪以上，没有任何一栋新建筑能有砖石和植被的这种亲密关系，这是丧失了诗情画意的现代人很少能考虑到的意境。从南端向北侧移动，可见25楼凹进去，形成一片楼前绿荫，既不能停任何汽车，也基本无法停放自行车，这只是一片绿荫，如果你留意，这里只能停放一两首小诗或者与爱情相关的千百件记忆。"也许是当时实际入住者和现在楼外怀旧者心态不同的缘故，我对自己住在25楼时的印象确实没有阿忆博文所述那么诗意、那么唯美。

  1992年我们入住时，这栋楼无论是外观还是楼内设施都已经较破旧了。我们中文系92级博士生共有13人，其中吴鸥、于迎春、王岚三位本系在职博士生都有自己的宿舍，陈顺馨同学是从香港考来的，住在勺园47楼，我们其余的九位男同学（叶文曦虽是在职读博，但因其工作单位离北大较远，也分了宿舍）分别住在25楼一层南端西拐过去（也即阿忆所说25楼南头凸出来的部分）的六个房间里。

  由于是旧楼，再加上是一层，我们那几个房间一年四季温差倒是不大，阿忆博文所说这座楼夏天最高温度只有26度应该差不多，至少比我在陕西师范大学读硕士时所住的研究生新楼要凉快许多。凡事有利必有弊，我们那几个房间凉快是凉快，但又太阴、太潮了。按理说朝阳的房间应该采光好，可是我们那几个朝阳的房间因为窗外高大的杨树挡住了太阳，杨树下还有一堵比窗台高的围墙，只有到冬天杨树叶落尽后，房间内才会亮一些，所以我们平日看书时都必须开着灯。我们洗的衣服也只能挂在又暗又潮的楼道里慢慢阴干。又因为是老楼的一层，加上平时阳光很少照射到，我们住的房间可能就成了楼内最潮湿的地方了。尤其是尹昌龙、崔立斌两位同学所住的106房间，本来就在阴面,一年四季难见阳光,而且据说是用原来外国专家居住时的浴室改成的,加上又紧靠盥洗室,其房间的潮湿性可想而知。可能是学校在我们入学前刚对墙壁进行了粉刷,他们俩入住时并没有发现房间有什么异样,但是住了一两个星期后,就发现紧靠盥洗室的墙壁先是潮湿起来,然后就开始翘皮、露出霉变的底色来了,再后来又一块块掉落在老崔的床上,房间里的霉味自然也越来越重。他们俩在106房间住了不到一个月,实在受不了,就找了学校房管部门,最终把宿舍调到29楼了。不过,就是这个霉变掉皮的房间也没有闲置多久,一年后又住进了外系一个年纪稍大、带着孩子读博的仁兄,他们爷儿俩倒是一直在这个房间住了三年,好像没有什么怨言。

  我们住的这三个朝阳的房间除了阴、潮,还有一个缺点就是比较吵。我们住的25楼南段西凸部分,西靠北大南门,南临海淀路。那个时候四环路还没开始修,北大也没开始拆除南墙运动,海淀路更没实行单向行驶,是当时海淀镇北边最繁华的一条大马路,从城里往颐和园、香山去的各路公交车每天都要经过我们窗外不远的这条路。白天车来人往,熙熙攘攘,各种噪声,混成一片,关紧窗户后依然觉得外面嗡嗡的。到了晚上,路上自然安静许多,但车辆进出站时售票员的那几声吆喝声反而更显洪亮、清晰了。更有一天晚上七八点左右,我们房间的窗户上开始忽闪忽闪地照射进红红绿绿的七彩灯光,我们正在诧异,又开始飘进一阵阵鬼哭狼嚎般的声音。我们这些正准备埋头苦读的博士生循着这怪异的灯光和声音朝窗外望去,原来马路斜对面的中关村酒店的楼上不知什么时候开了一家卡拉OK歌厅,高高的霓虹灯牌上闪烁着"金唱片"三个大字。此后一连几个晚上,这炫目诡异的灯光和刺耳难听的歌声都会如约而至,搅扰得我们根本没法安心读书和休息,尤其是有一天不知是哪位麦霸竟然让我们听了一个晚上的、跑着调的《东方之珠》,以至于我到现在无论是在哪里听到这首歌,都还会觉得反胃,我甚至觉得这首歌的歌名应该叫"东方之猪",因为我们当时就有人气得在窗口直着嗓子跟着唱"东方的猪,西方的羊"。我们实在没有办法,就又找学校反映情况,果然没过几天这声光污染就消减了许多,可能是人家歌厅把窗户都遮起来、关起来了吧。

  当然,我们住在25楼的日子也是充实和快乐的。由于我们这几个房间是整座楼的凸出部分,虽然西头有一个楼门,但是平时都是锁着的,所以就能自成一个相对独立、半封闭的空间。室友又多是本系同级同学,外系同学只有哲学系的张阳升和陈鹏,而他们俩也很快和我们打成一片,就像是我们中文系的人了。孟繁华、吴相洲、崔立斌三兄入学前已经工作了很多年,年龄自然比我们其他人大不少,经过开学初酒会上的一番"论资排辈",他们成了中文系92级博士生的"三老",以后的集体活动自然也是多由"三老"组织领导。喝酒、打球一类的事主要是由"大老"孟繁华招呼,老孟是东北人,性豪慷慨,幽默风趣,经常在酒桌上对我们这些小兄弟进行启蒙教育,什么"革命小酒喝不醉,锻炼身体锻炼胃",什么"天上不能有二日,一家不能有二主",尤其是对那几个未婚小师弟更是提前传授婚后"齐家"之道,酒钱菜资当然也是他出得多一些。25楼离"五四篮球场"不远,大凡老孟在校的时候,到下午四五点我们这一干人等就在他的率领下浩浩荡荡地去打篮球。这些人中篮球技术比较高的是老孟和陈鹏:老孟身材魁梧,上本科时就是体育健将,动作标准,但已年过不惑,速度和体力自然不比从前;陈鹏虽然个子不高,且身体微胖,却运球熟练,嗖嗖地几步就能钻到篮下,一转身又钩手进球了,弄得别人根本防不住。由于我们有一半同学都不会打,不太懂篮球规则,其中几位以前是否真正打过比赛都很难说,所以球场上就比较热闹了:进攻方有的一拿到球生怕别人抢就赶忙扔出去了事,有的发现有追兵时索性抱着球跑;防守方则拼抢勇猛、双手乱舞,有的打手,有的打头,实在不行上去抱腰不放也是家常便饭,所以作为主要盯防对象的老孟几乎每次都要挂点小彩。有一回还被一个瘦瘦的小师弟撞得轰然倒地,吓得我们连忙围过去问伤着没有,而老孟此时也只好坐在地上摸着老腰苦笑,半天才爬起来。陈鹏虽然动作迅捷,但也架不住对方那么多只乱舞的指爪的进攻,手臂也被抓破过,嘴里曾被打得出血。情况严重时,他们二位只好宣布暂停,郑重宣布纪律,重申篮球规则。不过,无论球场上如何混战一团,大家肢体如何碰撞,每场比赛下来,大家都未伤和气。打完球后往往又在老孟的率领下浩浩荡荡地去食堂打饭、回宿舍喝酒,其乐融融,亢奋至极。除了打球、喝酒,我们读书作文之余的娱乐活动还有下棋。几乎每天午休和晚饭后,宿舍里都会有一两场棋局。我和旷新年不精此道,自然只有观棋的份儿。吴相洲和徐醒生二兄经常对弈,两人还时不时地为悔棋争得面红耳赤,到最后还是他俩最爱在一起下。陈鹏、龙清涛棋艺都比较高,陈鹏思维敏捷,雷厉风行,攻势凌厉;龙清涛慎思谨行,不露声色,稳中取胜。叶文曦不仅会下象棋还精通围棋,尹昌龙也好此道,经常一个人饭后从 29 楼专程跑到 25 楼来与老吴、老徐杀几盘过过瘾。

不过我在 25 楼的这种集体生活并没有持续多久。一年之后,我爱人从陕西师范大学研究生毕业了,分配到北京第三师范学校(后被首都师范大学合并为初等教育学院)工作,有了集体宿舍。1993 年秋后,我就经常白天在北大 25 楼学习,晚上住到三师去。又过了半年,到 1994 年 1 月,我们在陈鹏的帮助下,到北大中关园租到了一间平房。从此我就基本上离开 25 楼了,这种热闹、快乐的集体宿舍生活也渐渐远去了。

中关园 21 号院平房

北大中关园教职工宿舍区有一片红砖大瓦的平房,据说是 50 年代院系调整时建的,每栋平房四大间,有一个很大的院子,70 年代给北大校办工厂职工住时被分成了两家。中关园21号与20号本是一个大院,后来分隔开来成了两个小院,21号院在中关园平房区最西头(约在现新方正大厦南侧停车场位置),新化学楼南、506公寓北,离中关村大街不到二十米远。我们租住的是房东自家在院内搭建的一间土坯瓦房,面积约有10平方米。这个房间虽小,却被房东收拾得干干净净。屋内的土墙被粉刷得白白的,顶棚也用白纸糊得严丝合缝,没有一点灰尘。房东支大爷说,晚上可能会听到老鼠在顶棚上面奔跑的声音,不过不用担心,老鼠绝对下不来。搬进去的那天,我俩特别高兴,因为终于告别集体宿舍,有个属于自己的独立小空间了。

住到中关园21号平房的第一个夜晚,我们感觉特别温暖。这间独立的小房里没有暖气,支大爷帮我们在房间中央支了一个蜂窝煤炉子。大爷大娘怕我们晚上睡觉煤气中毒,特意嘱咐我们睡前把窗户留一条小缝。那天晚上我们躺在由大爷用一张单人床加一块木板拼成的大床上,望着雪白的顶棚,兴奋得好长时间都睡不着。半夜醒来时,又看见炉缝中蓝色的火苗跳跃着,发着微弱而温暖的光,那种温馨的感觉至今难忘。

我们刚住进来时还是寒冬,树枝光秃秃的,并没有感到小院有多美。开春之后,大爷大娘种在院子里的各种植物就开始显示出各自旺盛的生命之美了。先是香椿开始抽芽,然后是石榴、花椒陆续长叶、开花,夏日里正房前的葡萄架绿荫成片,院子里顿添不少凉意。院子里长得最多也最显眼的则是石榴树,一共三棵,每棵都有几十年的树龄了,而我们小房窗前的那棵枝叶尤其茂密。春夏之交的清晨,我们尚未睡醒之时,小麻雀们就开始在窗前石榴树间叽叽喳喳地欢叫着,让人实在不好意思再睡懒觉。起床后推窗一望,只见红艳艳的石榴花带着朝露在晨曦中、在绿叶间静静地开放着,大爷这时大多已打扫完院子正在鼓捣着他的工具或修理着什么,大娘则忙前忙后地做饭洗衣,小院里安静而忙碌的一天就这样开始了。

住在中关园 21 号院的时候，生活也很方便。这里离北大校园很近，仅一路之隔。我们不想做饭的时候，就可以从学校东门进来到各个食堂吃饭。周末需要放松的时候，则可以到大讲堂看看电影。小院东边不远就有一个小菜市场，菜市场里后来又开了一家小超市，蔬菜和油盐酱醋一应俱全，做饭时缺什么跑几步就买回来了。再往东走，出中关园东南小门就是中关村北一街，卖菜、吃饭的摊点更多。每逢周末，中关村北一街旁的中关村大操场（现为中科院新图书馆所在地）还有跳蚤市场，那里主要卖着各种廉价的家居用品、二手家电。我们曾在那里用 100 元钱买了一台 12 英寸的昆仑牌黑白电视，这可算是我们俩结婚后买的第一台家用电器。用这台电视，我们在小平房里可看过不少精彩的电视剧和电影呢，如北京电视台当时热播的连续剧《围城》、中央电视台电影频道刚开播时放的《新龙门客栈》《双旗镇刀客》等好电影。更让我喜欢的是中关村跳蚤市场上还有不少旧书摊，我往往在周末早上六点左右就到了那些旧书摊，因为去晚了的话，好书可能就被别人买走了。那一两年中，我确实在中关村跳蚤市场淘到过几本好书。如 1956 年上海龙门联合书局铅排线装的熊十力《原儒》（十力丛书之一），上下卷两册，玉扣纸八开，版式疏朗美观，捧读感觉甚好。再如余冠英先生的签赠本《诗经选译》，扉页上有余冠英先生钢笔竖写的题签："德熙兄正　弟冠英　一九五六，十，三日。"当是 1956 年 9 月此书甫一出版余冠英即赠给朱德熙先生求正的本子。另外，我还曾花不到十块钱买到三本署名"王述达"的宣纸笔记簿，封面分别题写"国故""说文""国故概要"。其中《国故概要》本第一页"目次"上方注有"吴检斋先生讲"。吴检斋即吴承仕，字检斋，近代国学大师章太炎先生的三大弟子之一，近代著名经学家、古文字学家、教育家，与黄侃一起并称为"南黄北吴"。1924 年至 1933 年间，吴承仕先生受聘为北京师范大学国文系教授、系主任，专心致力于教学和国学研究，先后开设过"经学史""三礼名物""国故概要""六书条例""古籍校读法"等多门课程。这三本小册子应是王述达先生在北京师范大学上学时用毛笔记的课堂笔记。《国故》和《国故概要》用的是同兴荣南纸店的九行绿栏线宣纸本,《说文》用的瀹池斋的九行绿栏线宣纸本。王述达先生的笔记眉目清晰,行楷俊秀流美,翻阅时既可想见吴承仕等先生讲课时的博识和风度,也可感受到王述达先生学习时的认真和聪颖。

中关园21号院更是一个闹中取静、能够安心读书的好地方。小院虽然离喧嚣的中关村大街不到二十米,但是因为处于一大片杨树林中,院子周围有酸枣树编成的篱笆,有点像世外桃源。房东一家人更是心地善良、性格恬静,平时很少串门,自然也没什么闲人来造访。我这时已经开始准备博士论文了,除了偶尔到学校图书馆去借书、复印资料,白天主要时间都是在小屋明亮的窗下读书、做卡片。一般晚上不到9点,房东大爷大娘就已熄灯休息了,院子里一片静谧安宁。而这时正是我整理思路、奋笔疾书的时候。爱人为了不影响我写作,坐在床上看电视时一直戴着我们在跳蚤市场买的线长三米的耳机。我后来在博士论文《齐梁诗歌向盛唐诗歌的嬗变》出版后记中曾特意写道:"在我撰写论文的两年中,她一直戴着耳塞看电视!有时,看到精彩处,禁不住笑出声来,她会立即意识到'问题的严重',而偷偷地看看我。现在想来,这可真是太难为了她啦!"葛晓音老师序中也说:"晓勤用了最笨的办法:对南齐永明年间到唐神龙年间所有的五言新体诗进行逐篇逐句的声律分析。把握不住古韵和平仄,便参照《广韵》和前人有关的声韵研究,逐字标注。如此作了三个月之久,斗室里贴满字条,常常通宵达旦,夫人也帮着统计整理。在持久而枯燥的工作中,他曾为短时期内没有发明而苦恼,甚至动摇过,但还是坚持下来了。最后交给我厚厚的七大本笔记,摞起来有半尺之高。功夫不负有心人,通过这样一次严密而又彻底的统计归纳,他抓住粘对规则的建立这一关键问题,弄清了五言声律发展进程中的每个环节,提出了一系列新见。"说的都是我在中关园21号院小平房内撰写博士论文的情况。所以说，我的博士学位论文后来能以较高的水平顺利完成，真是得益于房东一家人善良恬静的性格以及他们在中关园 21 号院为我创造的这安静幽美的环境，当然也和我爱人的体贴和帮助分不开。

北大 26 楼

1995 年夏我博士毕业，我费尽周折，终于在葛晓音老师的全力帮助下，于 8 月底得以留校工作。而我到北大人事处正式报到已是 9 月初了。9 月 3 号，我从房产科领到了宿舍钥匙，房间在校内 26 楼 225 室。

这次搬回校内带给我们的喜悦是前所未有的，因为我们终于有了一个正式的"家"了，尽管只有 10 平方米。既然是一个新家，就少不了要装修装修和添置家具了。入住之前，学校后勤用大白把房间的墙壁粉刷了一遍，我们用新买的地板革铺了地，去中关村礼堂里的家具卖场买了新的席梦思床（这张双人床就占去了房间近一半的面积），去学校南门西侧的中关村家具店挑了两个书架，再加上读博士时早买的一只折叠椅、在三师住时买的一张小圆折叠饭桌、学校配的一个带书橱的"一头沉"，10 平方米的房间里已经没有多少空地了。但是，刚住进去不到一个月这个小房间就又塞进了电冰箱和洗衣机这两个大家电。

买电冰箱的原因说来很简单。刚工作不到一个月，我的单位北京大学海外教育学院在中秋、国庆双节来临前给每位老师发了一些海鲜冷冻品和水果。生平第一次看到有这么多好东西发，我当然高兴极了，不过领东西时又犯愁了：我们没有冰箱，这么多冷冻品拿回去怎么保存呢？总不能一顿全吃了吧。在先把东西临时寄存到俄文楼传达室的公用冰箱后，我赶快回家和爱人商量。几经寻思和论证，我们俩决定，不如一不做二不休，索性去买个冰箱回来。于是当天下午我就叫上好友龙清涛一起去买冰箱。经过一番考察，我们出去不到两个小时就从双安商场买回一台200升的新飞电冰箱。从此以后我们每次从市场买回的菜、肉等都不用再放在走廊的纱橱里喂蟑螂了，而是可以直接入住到湿度温度都特别适宜的电冰箱中保鲜了。

  买洗衣机的原因现在想起来也很可笑。住进26楼225室不到一个月，我们越来越发现从中关园带过来的那台昆仑牌旧电视放在写字桌上总是特别碍事，看来应该给它专门找一个安身之地。为这么一个12英寸的小旧电视买一个电视机架子吧，好像不值，而且还要占一块地儿。后来有一天，我爱人突发奇想提出不如买一个洗衣机，既可以洗衣服又可以放电视。于是我们又开始去各大商场寻觅可以搁放电视的洗衣机。找来找去，发现一般的全自动涡轮洗衣机都是上翻盖的，且塑料上盖都呈一定的弧度，既不结实也不平整，根本放不成电视，只有刚上市的新品种滚筒洗衣机上盖符合我们的要求。虽然滚筒洗衣机比一般的涡轮洗衣机起码贵一倍，但是因为它既可以放电视又可以洗衣服，一机多用，所以我们决定就买它了。于是，我们用比买一般全自动涡轮洗衣机贵了一倍多的价格从海淀镇的惠华商场搬回一台小鸭—圣吉奥全自动滚筒洗衣机。回来发现这台洗衣机的顶盖还真是又结实又平整，放那台12英寸小黑白电视稳稳当当、高矮适中，我们越看越觉得真是买对了。一年后我们换了一台新的26英寸长虹彩电，放在上面也完全没有问题。现在回想起来，我们当时为那台价值不过百十元的小旧电视竟然配了好几千元的"电视架"，真是滑稽可笑。但这一切似乎又是挺正常的，我们当时丝毫没有觉得有什么不妥和滑稽，因为房间的面积实在太小了，根本不能同时容下电视机架和洗衣机。

  有了这台大洗衣机，电视机搁放问题是解决了，可是其主要功能洗衣服的问题又出来了。因为我们住的225室位于26楼正中间，离两头水房的距离都特别远。同事们大多把洗衣机一直放在水房里，不拿回屋；可我们家的洗衣机既新又贵（近三千元），真舍不得放在水房，而且更主要的是它还有一个每天搁放电视的重要使命。所以每次要洗衣服的时候,我就使劲推着这台又大又重的滚筒洗衣机经过长长的楼道去水房,一路上洗衣机下面的小轮磨着坑洼不平的水泥地面,机身发出轰隆隆的巨响,经过唐士其、叶闯等老同学家门前,他们都笑我"又推着坦克去战斗呢"。到了洗衣房,因为地面难以找平,我们家的这台洗衣机工作起来动静特大,尤其是开始甩干和结束时,机身像抽了风似的摇晃发出隆隆巨响,惊天动地,声震水房。好在我们多在周末上午和午饭时分洗衣服,且同一层的邻居多是同年留校工作的博士老同学,大家刚开始觉得可笑滑稽,后来好像也习以为常了。这台洗衣机工作起来动静大,对我们而言,还有一种好处,就是我们不用一直在水房守着它,可以回房间里干其他事,干活的时候只要听听它远远传来的声音就能判断衣服是否洗完。来回推了几次后,我发现洗衣机越来越难推了。经过仔细查看,原来是洗衣机下面自带的四只小轱辘根本就经不起在这样路况的走廊上长距离推行,已经快磨平了。于是我们又开始想办法。经过多方咨询和市场调查后,我找人按机身尺寸焊了一个四方的三角铁架子,又去海淀镇善缘街专卖五金器件的育新大厦(位置在如今的中关村图书大厦西南角)买了四只质量上乘的大尺寸万向轮安上去。这个我自己DIY出来的洗衣机架着实好用得很,原本十分笨重的滚筒洗衣机放在上面稳稳当当,不锈钢轴承的橡胶万向轮推起来又轻快又安静,从此楼道里再也听不到我们推洗衣机的隆隆巨响了,而且这副铁架既结实又平稳,洗衣机工作起来动静也小多了。后来我们从26楼搬到更大的房子时,还把这副特别好用的洗衣机架子送给好友叶文曦家了。

经过这一番折腾,我们的小家建设得蛮像一回事了,于是我们在一个周末就请我的导师陈贻焮先生和师母来家吃饭,算是向二老汇报建设成果和庆贺乔迁之喜吧。那天中午,先生和师母一走进我们这塞得满满当当但又摆放得井井有条的小房间,就笑着说:"麻雀虽小,五脏俱全嘛。"在二老的赞许下,我爱人施展身手,在门外楼道里的煤气灶上煎炸烹炒，烧菜烧得分外来劲儿，我则和先生、师母坐在床边聊天。吃饭时，先生和师母吃得津津有味，尤其喜欢吃我爱人做的那道红烧黄花鱼，连连说，好吃，好吃，真不错。

  说起做饭来，那在26楼也是一大景致。每天中午大家多在附近的学七、学三等食堂打菜吃，很少有人做饭。不过一到傍晚时分，楼里就会奏起锅碗瓢盆交响曲，家家门前油烟弥漫，长长的楼道里五味杂陈，再加上大人小孩吵吵嚷嚷，说说笑笑，煞是热闹。住在我们北边不远的哲学系的叶闯，爱人是军人，在北京军区医院工作，下班回来得晚，所以做饭主要是叶闯的任务。他原先也当过兵，动作麻利，往往又炒又炖，有荤有素，三下五除二就把饭做好了。做好饭后他就在楼道里高喊宝贝女儿："子子儿，吃饭喽。"他女儿名叫叶子，刚刚上小学一年级。我们二层的北半边除了叶子，还有一个更小的女孩名叫萌萌，正上着幼儿园。萌萌的妈妈朱冰是计算机系的老师，爸爸是清华的。叶子和萌萌这两个小鬼经常在做饭时分到我们家来玩、看电视，赶上我们开饭就顺便吃点儿。但叶闯大多比我们做得快，所以叶子往往在我们家还没玩够，就被她爸给喊回家了。萌萌养了一只大白兔，平时放在水房，用一只养鸟的笼子关着，偶尔会放出来溜达溜达。有一次我们正做着饭，朱冰突然发现兔子不见了，于是她就领着萌萌在楼道里喊着兔子的名字挨家挨户地找，最后好像果真在哪家的什么犄角旮旯儿里给找着了。

  我们在26楼住了一年多，就又搬家了。因为1996年夏我爱人怀孕了，在学校房产科王君波老师的热心帮助下，我们于1996年11月份搬到了科学院25楼。

科学院25楼与中关园503公寓

  科学院25楼应该是五六十年代建成的老宿舍楼，但是从70年代初开始就变成几家合住的"团结户"了，中文系老教授如袁行霈先生、洪子诚先生都曾住过这里。我们入住的241室在25楼一层最西头（袁行霈先生原先与人合住过对门的242室），是两家合住的，小卫生间公用，每家一个厨房。我们住靠门口的那两间，外间16平方米，里间13平方米，房顶也挺高。这次我们从不到10平方米的筒子楼单间一下子换成拥有两间各十几平方米的大房子，而且还有专用厨房，做饭用管道煤气，也无须去换煤气罐了，自然十分满意。上次从中关园搬到校内26楼，我们只用一辆平板三轮车就解决问题了，这回从校内26楼搬到科学院25楼则雇了北佳搬家公司的一辆卡车，可见东西是越搬越多，当然其中最主要还是书箱的数量增加得太快了。

  由于科学院25楼的住处面积较大，能够初步满足三口之家的生活所需，所以不久之后，汪春泓、漆永祥也相继搬进来了。我们经常在院子里碰面，也不时串门聊天，感觉倒也和住在校园里差不多。但是科学院25楼也有其致命的缺点。第一就是靠马路太近，噪音太大。么书仪先生曾说她当年和洪子诚先生住25楼一层时，"窗外汽车不断（特别是到五道口火车站运货的载重卡车），直至深夜我们两个人都经常是静静地听着小汽车、卡车、公共汽车由远而近，然后由近而远，窗玻璃和挨着铁床的暖气片随着汽车的轰鸣而颤动……汽车掠过窗前的时候，可以看到墙上的钟：一点、两点、三点……终日为了睡不好觉而苦恼。"（《家住未名湖》）到1996年底我们住到25楼时，窗外的那条马路不仅晚上吵，白天更吵，因为那里不仅一直是贯穿中关村东西的交通要道（现在则变成了北四环西路，更是繁华无比），而且发展成了享誉全国的中关村电子一条街。我们家马路对面就是一排卖电脑整机、各种外设乃至电脑桌椅的大小店面。每天窗户外面汽车行人川流不息,公共汽车进出站时售票员的叫喊声、对面电脑商店争相揽客的叫卖声、大音箱里播放的流行歌曲声……互相混杂,不绝于耳。为此,我们在原先没有丝毫隔音效果的木结构窗户内侧又加装了一层铝合金窗户,噪音果然小了一些。科学院25楼的第二个缺点是房子里没有浴室。经过我的观察,这种户型在做"团结户"之前本来是有浴室的,只不过早被改造成其中一户的厨房罢了。好在这儿离学校不远,我们还是像以前住在校内一样去学五旁边的教工浴室洗澡。后来我们听说,漆永祥夫人竟然在怀有身孕的情况下独自一人(其时漆永祥被外派韩国工作)在阳台上垒了一个可以自动上下水的浴缸,其干劲和巧思当时真令我们敬佩不已、自叹弗如。科学院25楼的第三个缺点是厕所公用,而且配的都是坐便器,两家人合用,总是不太卫生。好在我们入住时,241室还只有我们一家,过了大半年另一户才搬进来。为了解决上厕所时的卫生问题,汪春泓夫人想出了一个好办法,她们从浙江老家带回来一个高板凳。他们家人每次如厕时就带着板凳,坐在板凳上如厕,这样肌肤自然不会碰到坐便器。当然上完厕所后,他们再顺手把板凳拿回家。我们也觉得这个办法好,但是后来不知为何没有效仿,可能是嫌麻烦、也不太讲究的缘故吧。

  1997年3月,我们的儿子文郁出生了。为此,陈先生和师母还专门从他们住的朗润园12公寓走到科学院25楼来看文郁。那天陈先生和师母9点半就从家里出发了,但是出学校东门后没有沿着白颐路往南走(这是条捷径),而是进了中关园,所以我下班后就没有接到他们。而那时陈先生的脑瘤已经发展了,精力大不如从前。先生和师母在中关园里边走边停边看,还在园里的椅子上休息了几次。等走到我们家时,已经快11点了,先生显然已经相当疲惫了,但一进门后,先生和师母顾不得休息,立马去看小文郁,高兴得合不拢嘴,直说:"小家伙长得不错,以后一定是个聪明蛋儿。"先生和师母还给文郁带来了几套小衣服和专门从南京夫子庙买的一只小纪念品。那是一件陶土烧制的小牛（因为文郁属牛），涂着褚红的漆，形态顽皮可爱。直到现在，它也是文郁最珍爱的一件宝贝。那天，我们在院子里的"天外天"请先生和师母吃的饭，饭菜都很对先生和师母的口味。但是因为先生太累，我就草草地结了账，叫了一辆出租车把先生和师母送回去了。后来，师母告诉我，那是先生的最后一次远足，以后先生再也没有走过那么远的路。

从出生到两岁多，科学院25楼留下了文郁最初的成长印记，那个还算安静的小院里（除了每天偶尔有几批躲避城管的卖"毛片儿"的安徽妇女钻进来）有他在奶奶拉扶下蹒跚学步的足迹，有他婴幼儿时的第一拨玩伴儿。而我在那里，也完成了一部二十多万字的学术著作。

我们再次搬家是在儿子过完两岁生日后不久，我们在离开中关园四年后又搬回来了，不过这次住的可不是平房，而是较新的楼房——中关园503公寓。我们这个新宿舍810室，刚好在503楼紧邻白颐路的拐角处，是个一居半（有人称之为小两居），使用面积不比科学院25楼241室大多少，但总算是独门独户，不用和人家合住了，最重要的是能在家里洗澡了！这是我们生活质量的又一次质的飞跃。一想到从此以后我们不用再去集体浴室，可以在自己家里洗澡了，而且想什么时候洗就什么时候洗，一家人那种高兴劲儿就甭提了。于是，刚装修完还没等正式搬家，我们就先去新房子里洗了一回澡。因为科学院25楼离中关园很近，穿过一个小铁门，几步路就到了。在一个月光皎洁的晚上，我们一吃完晚饭，就拎着一些零碎东西迫不及待地去看新家。一路上，文郁蹦蹦跳跳，背着一个装着喜之郎果冻的小花包，拉着他妈妈的手兴高采烈地走着，抬头一看天上圆圆的月亮，就一边指着一边兴奋地叫着："aonao"（不知为什么，当时文郁管太阳和月亮都叫"aonao"）。503公寓810室的结构很特别，有一间12平方米的卧室，一个不算小的厨房（4平方米），一个较小的黑厕所（不到两平方米），一个大大的阳台,中间还有正方形和长条状两小块空间,类似于厅。我们决定把中间那块正方形的空间作文郁爷爷奶奶(当时正帮我们带文郁)睡觉的地儿,门口那条宽一米五长两米多的狭长通道作书房。我就是在这个"书房"里写完一百多万字的《隋唐五代文学研究》的。

和以前那些小平房、筒子楼和"团结户"相比,对中关园503公寓的居住条件我们已经相当满意了。又过了四年,我们搬到了离校园八公里远的西二旗智学苑小区,住上了三室两厅的大房子,居住条件当然更好了。但是,我们现在还是常常站在高高的20层的阳台上,远望着西南方向若隐若现的燕园和中关村,怀念着在那里住过的那些地儿、那些日子和事儿……

筒子楼杂忆

漆永祥

"筒子楼"这个词,大概将要慢慢变成历史名词。筒子楼带给我的感受,就是喜乐忧愁,各占其半。于今思之,则忧愁已然消散无踪,而喜乐却日兹而弥漫,历久而长新。

一 何谓筒子楼

何谓筒子楼?筒子楼者,双面单间、门户相对、过道如筒子的大小板楼之谓也。我甚至认为,单面楼都不算,一定要双面楼才算是标准的筒子楼,也才具有以下所言各种"筒子"的表征与功能。

窃以为筒子楼有五大特色:一是昏花灰暗。我的印象中,极少看到有堂皇明亮的筒子楼,总是脏污断阶的楼梯,昏暗甚至漆黑的楼道,即使偶尔亮几盏顶灯,也是淡如昏雾,几近于无光。

二是杂物叠置。各家各户的锅碗瓢盆以及诸多家当,都是摆在楼道里，灯光昏暗，触物莫辨，行在中间，如机关暗藏，处处险情，然最可称奇的就是这里的饮食男女们，却可以自如灵活地穿梭其间，视如无物。

三是百味杂陈。楼道里充斥着油烟、煤气、香水、茅厕以及各种说不清楚的杂味儿。如果是在午间或晚饭时，则家家门口，炉火高蹿，刀跺锥砸，烹煮煎炒，锅铲翻飞，这时便千香万辣，竖飘横移，沁心呛鼻。

四是充满温情。这里的邻居们，因为有一半生活区域在楼道，所以大家不可避免地要接触，新老住户很快就会熟识，尤其是在做饭的时候，或者大嗓门，或者轻曼语，大家总是聊得热火。遇上谁家孩子感冒，谁家老人来了，或者出个事儿故儿的，大家还可以互相关照，互通有无。

五是毛贼公行。凡住过筒子楼的，几乎没有哪家没有丢过东西的，从家电、煤气罐、衣服、米袋、锅碗等，小到一块香皂甚至一块破抹布，都为可偷的奇货。毛毛贼似乎具有电子眼的功能，因为他能在最短时间内，知道你刚买了块新香皂，中午刚打开包装纸，尚未用过就不翼而飞了。有时候一家忍不住，骂几句粗口，周围便会起一片随喜声，同时通报各自丢的物什，比比损失大小，苦中作乐一番。

二　在西北师大：流浪借居筒子楼

我自己的筒子楼生活，比起长期蜗居数十年筒子楼的前辈来说，无甚可谈，但也还有些说叨的话题。

上高中的时候，我与房东舅爷垒了一间小土屋，大约不足五平方米，就是当时个头才一米六又骨瘦如柴的我，也在里面很难打转身，但我仍在里面蜷缩了五年，虽然冬不遮风，夏不挡雨，但却养成了

"独居"的习惯，最不喜与人"同居"。但上了大学，先是八个毛头小子住一间宿舍，后来是六个，再后来四个，留校任教时为两人一间。从发展的前景看，势头喜人，似乎马上就要一个人住一间屋了，但在那个时代，这却是一件天大的难事。因为只有结婚的同事，校方才能赐给一间屋子；我是钻石牌的，根本就没有资格。

当时筒子楼的住户朋友们，谁家的屋子空着，凡出国的、外地读书的、城里有房的屋主，都愿意找个熟人帮着看房子，以免遭肱箧之灾。那个年代的人，经济意识不强，房子空着的也不知道出租来赚钱，借房子的也不知道给人家房钱，我借住过的房子，甚至连一分钱的水电费也没有掏过，脸皮硬是比城墙还厚三分。

我在母校西北师大的时候，住过学校有名的南单楼、单三楼、旧校医院平房、学生区的旧家属区等筒子楼，但都是借居。后来学校修了一栋个别有小套间的单面楼，家家户户有个小厨房，分配给已婚的青年教师，当时被称为"鸳鸯楼"，热极一时，我在那栋楼里，也曾经栖身，当然还是借居。

当时古籍所的王锷师兄，因为在城里有房，所以他在南单楼的一间房，就成了朋友们的"眼中钉"。我借他房子住的时候，正是因踢球断了脚的"蒙难"时期，脚坏不能走路，就整天躺在床上发呆，刚好是"一缺三"，所以晚上常常有几个弟兄来打麻将。天冷脚疼，我就包着毯子打牌，好在赢多输少，还不至于把王兄的房子给输掉。王锷兄在那里生了儿子，后来凡是借他房子住过的夫妻，据说都生了儿子，因此他的房子就成了颇具神秘感的阳刚宝地。我在北京数年后，也生了儿子，还有朋友说这根基啦，就是在那间屋子栽的也。

世上最无聊的，莫过一个人住又一个人做饭吃了，我当时经常在路口堵和我一样的光棍们一起做饭吃。我手艺本就极差，有时做了请人家吃，还落得个太难吃的评价，极是扫兴。所以我也就不怎么做饭，硕士期间的同学离开兰州时，留下七八个不同类型的饭盒饭碗，于是我就一天用两个在学校食堂买饭吃，一周洗两次，最合我懒人的习性。

有次拎着饭盆到食堂门口，碰到本系的一位仁兄，他说家里正在炖排骨，请我去品尝，嫂夫人炖了一锅猪排，竟然被啃个精光，为了照顾好我这个饕餮，嫂子都没怎么吃。第二天上午，我仍打着饱嗝儿晃到系里，见我的人都大吃一惊，说昨晚那位仁兄和儿子食物中毒去了医院，一大早他夫人风火颠倒地来办公室说赶快找小漆，他吃得最多，是不是这人已经没了。那时没电话，大伙正着急找人的当口，我竟然天全浑然地出现了，大家像是遇到了鬼。从此我就落了个"铁肚"之名，说那小子是百毒不侵的。我在师大期间，在那些朋友家吃白食，不知多少次，此不过极端之一例而已，于今想来，仍感念不已。

我到北京上学后大概第二年，师大也在南单楼给了我一间屋子，但是因为我已经绝意要离开，所以好不容易到手的屋子，对我来说仍是借居的感觉。等我离开的时候，那座小楼也很快被推平，盖起了漂亮的家属楼。

三 舒心惬意的筒子楼生活：北大南门 27 楼

1996 年秋，我经过一番艰苦而不卓绝的折腾，终于留在了北大。当时新教员一般都住在南门附近的那几幢旧筒子楼里。因为我是定向委培生改派留校的，所以要等教育部改派完毕，才能正式报到；当时没有工作证、身份证，粮户关系无处落脚，身份不明，被大家戏称为"三无"人员，校方总务处房管科觉得像我这样的人，万一给了房子人又进不来将来赖着不还，岂不麻烦，后来好说歹说交了押金，才暂时在 27 楼借我一间屋子，算是栖身有地了。我当时教香港来的短训班，有同学写作文说"进入南门，两边有一些快倒的破烂大屋"，我说我就是那些"破烂大屋"的住户，不知为何同学们不露惊异，反而是一片钦羡之色!

27楼的那间房子，伴随我在北大度过了一段最舒心惬意的光景。房间不足10平方米，一张双人床，一个衣柜，一张电脑桌，便占据了所有空间，虽然简单却不失安宁。第二年，妻子也经过千难万险，终于到了北京工作，两个人都领薪了，便陡觉银子多得不行，就天天请人吃饭，楼道里总是我家在叮哩哐啷地做饭，假若哪天不请客，对门数学系的哥们儿就会奇怪地问：今天你家怎么没人来吃饭呢？

那时一起留校住前后几个楼的，有中文系的孔庆东、历史系的黄春高、哲学系的周学农、数学系的王福正等一彪人马。因为我们读博士期间住在四院，所以别人称我们为"和尚"，我们称自己为"院士"。"院士"们经常打扑克牌，"手扶拖拉机"开得热火朝天，这一伟大传统在工作后，也得以继续发扬光大。先是在学农家中，他夫人每天笑盈盈地为我们端饭添茶，众人杀得天昏地暗。后来他们的宝贝女儿降生，据点就转到了我家，偶尔有外地进京的原四院"拖拉机手"，就开一个通宵以示隆重欢迎。那些可怜的家伙，输得糊里糊涂大清早红肿着眼睛就直接上车了，好在还没听说过往南边走的坐到哈尔滨去的。

因为我的屋子不能上户口，所以妻子的户口总是装在兜里，很是着急，从系里报告往上申请，如石沉大海，杳无音讯。于是，我又开始一趟又一趟地跑房管处，希望换房。有次房管处领导问我有没有孩子，我说没有，领导黑着脸正色道："没有孩子你急什么急？"孩子不是一天两天能有的，所以我很是垂头丧气。有次碰到中文系的杨荣祥老哥，也苦着脸在跑房子，他夫人孩子进京了，急需像样点儿的屋子。我赶快给他通风报信，说你要特别强调你的困难，你有孩子。他依计而行，结果没想到领导说："这算什么困难，结了婚的，谁家没个孩子？"

四　热门非凡百鸣室：中关村 25 楼

过了两年多，我终于从校内搬到了中关村。说起来，这次得到两间屋子，纯属偶然。

有天晚上，我在楼道里做饭，看到有人敲楼道口春高兄的门，就随口问了一句："您找春高有事吗？"找人的是位老太太，说她刚旅游回来，有两大包东西，想请春高帮忙给送到家里去，我说这点小忙我也可以帮，就帮老人将两件行李送到了承泽园家中。老人极其热情，请我喝茶聊天，其间聊到我的住房不能落户口。老人主动说她跟一位副校长很熟络，她出面请校长帮忙。

我依老人之计，又递了报告，没过几日，还真管事儿，主管校长批了，然后又七转八拐地经过几道衙门签注意见，最后到了房管那里，这样我终于搬到了中关村科学院 25 号楼。虽然仍是筒子楼，但由一间屋子，扩大到了两间，且有公用厨房，当时幸福感从心中往外溢流，有进了天堂般的美妙。因为一点小小的善举，因缘得到两间屋子，可见在人世间行点小善，还是有大大好处的！

我的房子朝南的一间，窗下正好是 320 路车站，那正是客运小公共车盛行的年代。每天早上从 6 点钟开始，到晚上 12 点前后，日复一日地重复"320—人大—白石桥—木樨地—西客站—走啦"的吼声，呼喝者有男有女，有高清嘹亮如小号者，有腔润浑厚似圆号者，有尖厉凄苦像板胡者，有嘶哑断续如沙锤者。没过多久，马路被剖，千军万马会战，开始修建四环路，大型挖掘机巨大的钻头震动，有摇滚乐中的重金属铿锵震颤心肝的效果，我的书架玻璃，也有节奏地配合发出吧吧嗒嗒的声音，犹如密集的鼓点。上下班时间，马路上车辆堵塞，各色喇叭，此起彼伏，刺耳竞鸣，像初学者在吹奏黑管。这些声音，响彻在我的房间里，再加上屋子里的电视声，孩子叫声，真如同是管弦乐团大合奏，所以我当时称自己的书屋为"百鸣室"者，即因此也。又因为线路老化，带不动空调，每到夏日，顶楼西晒，屋子里总是在40度以上，如同桑拿，我经常光着膀子挥汗如雨地读书写字。但那时气力之雄壮，精神之强健，堪比牦牛，我的好多拙劣文字，就是在"百鸣室"里拼凑出来的。

在中关村住了三年多，中间经历了2003年"非典"的考验，而且与邻居打了一场不大不小的架之后，在盛夏酷暑之日，我搬到了京郊西二旗的新家，终于有了像样的套房，有了一间真正的书房，也正式结束了住筒子楼的历史。

然而颇具讽刺意味的是，虽然从此有了好的住房条件，整齐的书架，宽大的书桌，舒适的坐椅，终于像过去电影里演的教授的书房了。可我似乎也失去了很多的乐趣，整日孤单寂寥地坐在生冰的案头，脑袋发木，两眼呆滞，笔墨干涩，思维枯竭，黄面对墙，形同楚囚。偶尔想到筒子楼昏暗的灯光，杂乱的过道，那些荡在鼻间口中的各色味道，以及渊睦弥漫的人情味儿，总有一种身在世外的感觉。住房改善，换得了宁静与安逸，但那些浓郁的生活味和温暖的人情味儿，却如浮云刍狗，消散无踪。有时想想，这得之与失，还真是难呐！

末代筒子楼

孔庆东

筒子楼的故事,到了我这一代,已经没什么可说的了。好玩的,可乐的,艰苦的,辛酸的,昂扬的,奋斗的,都被我的老师一代经历过了,体会完了。说到筒子楼,首先想起的不是我自己,脑子里印象最深的是温儒敏、钱理群、陈平原、曹文轩等老师。尽管他们早就住上了宽大的 N 室 M 厅,但他们的身影,总觉得贴在筒子楼的背景上更合适、更配套。温儒敏的煤气罐,钱理群的破铝锅,陈平原的跨栏背心,曹文轩的搪瓷饭盆,陈列在筒子楼的走廊里,那就是充满仙气的宝贝,倘若荟萃在公寓楼的阳台上,那就是一堆破烂儿。

我 1996 年博士毕业,那时的筒子楼早已是个贬义词,是知识分子待遇低下的象征。从 80 年代的本科开始,多数的优秀毕业生就不愿意留校,其中住房长期不能如意,是关键问题之一。到 90 年代中期,找工作基本上还是毕业生的"卖方市场",特别是北大的博士硕士,找个待遇好的单位,颇不费力。我曾写过一篇《分配狂想曲》,调侃毕业分配的辛苦遭遇,但那是 1990 年的特殊情况,大乱之后,必有大劫。到

1996年时,我们基本上不用去"跑单位",更不曾捧着简历和写真,到人肉市场上去沿街叫卖。相反,好多用人单位主动到宿舍里来招人。有家外省的单位,皮夹里放了一大串崭新的三室一厅的钥匙,拿出来哗棱棱一晃:"只要合同一签,钥匙留下,这房就是你的啦。"但也许是他们要人心切,表现得太热情了,居然没有人去。还有一家北京市的政府单位,跟我说可以马上解决一套两室一厅,去了就是副处,两年以后保证上正处。这话要是1990年说,还有商量。而到了1996年,我对政府部门早已失望,只觉得万般皆下品,唯有北大高。跟一群达官贵人工作在一起,就是住八室八厅,我也憋闷得很,还是留在北大,继承老师们的筒子楼吧。

于是,在每个人顶多只能经历一次的世纪末,我就住进了紧靠北大南门的24楼。可以算是末代筒子楼吧。

我是住楼房长大的,因此对于楼房的生活方式了如指掌。知识分子回忆往事的时候,有时不自觉地会美化过去,忽略丑恶。其实想想那么多人住在那么狭窄的空间里,可能没有矛盾吗?知识分子的心胸一般比较小,而且专业方向的宽窄,似乎恰与心胸成正比。跟我小时候住过的普通市民区相比,高校筒子楼里为一寸两寸之地而钩心斗角的事情显得非常可笑。这些知识分子又是来自东南西北,文化背景兴趣习惯都不一样,所以有些矛盾其实源自误解。

我刚住进去时,受到邻居排挤,不让我用厨房,还把杂物一直堆到我的门前。但我知道这就跟犯人刚进"号子"一样,是先要经受的"杀威棒"。贸然反抗和一味逆来顺受都是不行的,对此必须先礼后兵。我就先去房产处申诉,房产处的王老师非常热情,直言不讳地说:"他们就看你是大博士,欺负你!你要是工人,看他们还敢,捏不死他!"我虽然没得到中央的帮助,但领会了中央的精神。俺从小就是工人堆里长大的,当个工人还不会吗?于是先对左邻说:"必须让我使用厨房,我饿着不要紧,把我儿子饿坏了,可别怪我影响安定团结。"左邻看我来者不善，低声说不是他的问题，一个是他老婆爱干净，另一个主要是右舍在迫害我。我说你老婆的问题你负责解决，你解决不了我亲自解决。他答应说行行行，我便去找右舍。右舍其实也不是故意跟我对抗，而是两口子正闹矛盾。他们夫妻二人各找了一个情人，我懵懂无知，错把女主人的情人当成男主人了，弄得大家都很尴尬。于是他们夫妻都挺恨我的，谁也不愿意给我厨房的钥匙。经过坚忍的战斗，几天之后还是在北大工作的男主人比较豁达，把钥匙给了我，说他老婆有精神病，马上就办离婚了，还是咱们北大人互相体谅吧。他暗示我不要管他们家的闲事，也别惹他老婆。我感谢还来不及，哪里还想别的？于是弄了个煤气罐，有吃有喝地过起筒子楼生活来了。

  24楼住得很混杂，我最喜欢来往的是后勤人员、工人、体育老师。我按照小时候住单元楼的方式跟他们打交道，比如一起蹲厕所时，问候一声"吃了吗？"一起在水房洗菜时，送他们一棵葱、两头蒜的。另外拖地的时候，把邻居门前也一起给拖干净了。很快我就和七八家邻居建立了亲切的关系。但是我发现人们都不像我小时候那样淳朴和安闲了，用我母亲的话说："我看你们北大这些人啊，都心里长草似的。"邻居们住在筒子楼，但心都飞向远方，没有一个把此处当成自己长久的家。所以楼道里就弥漫着一种"末代"气息。有天天念外语准备出国的，有天天找后勤要求换房的，有把房间租借出去自己住在别处的，还有把房间当成办公室在这里开办小公司的。就说我自己吧，也料定在此处住不上两年。我把母亲从哈尔滨接来，一方面请她帮我看孩子，一方面要补偿我离家读书十几年未尽的孝心。于是我另外找了个平房住，每天白天在24楼，晚饭后就离开。这样，我就更加敏锐地感受到"筒子楼"这玩意儿，已经到了"残灯末庙"阶段了。

  系领导认为我住在校内，应该多干点活，于是各种杂事都来叫我。除了担任科研秘书，还要组织"子民学术论坛"，参与留学生短期班管理以及迎来送往等。所以中文系一百多位老师，我全部都认识了。

偶有余暇，我就带着不满两岁的儿子在校园里闲逛。有一次我让儿子骑在我脖子上，他拿着一本画册在看，我一手笼住儿子，另一手拿着一本书边走边看。任秀玲老师迎面走过来，呵斥我道："哪有你这么带孩子的？你这是当爹呢还是耍猴呢？快把孩子放下来。"高秀芹博士在《江湖寂寞》中回忆说："后来，我在校园里开始看见老孔用自行车驮着孩子玩，在细碎的绿荫里，老孔很大的自行车上一个小小的小人，极温柔与极粗糙结合在一起，很不相称。"高秀芹这句无心的调侃，却道中了一个"不相称"的意象。每天转悠在校园里，转悠在筒子楼里，似乎越来越跟我们世纪末的形象"不相称"了。

那时我也常去别的筒子楼"访贫问苦"。在吴晓东、陈晓兰家吃过美味的羊汤，身体紧挨着门，晓东在楼道里忙活着，我和高远东高谈阔论着。远东和李杨住在18楼，我每每在楼下喊一嗓子"远东！"答应了我便上去，如果没答应，我总怀疑或者说是盼望远东师兄"金屋

偶有闲暇，就用自行车驮着孩子在校园里逛游。

藏娇",我就不上去了。那时我们"三东"住得如此之近,却未合作搞点什么,想起钱理群、陈平原、黄子平的"20世纪中国文学三人谈",真是遗憾。

其他有来往的中文系的"筒友",就是黄卉、李更、王娟、卢伟、汪春泓等。还有一位出版社的马辛民,硕士时代跟我同住47楼的。我们这些"筒民",都不做长远打算,因此基本上不买什么"家当"。唯独马辛民,购置了全套的家用电器,电视冰箱把小屋塞得满满的,颇有"终老于此"的气概。我说小马呀,你这是万事俱备,只欠新娘啊。我趁你的新娘尚未过门,先享受享受你这大彩电吧。小马说,没问题,你买了什么臭鱼烂虾,也可以放我这冰箱里。那时候,筒子楼里最豪华的,就要数我们24楼马家了。

外系的"筒友",有历史系的黄春高、哲学系的周学农、东语系的姜景奎等,都是我读博士时的朋友,学问都很好。黄春高研究欧洲经济史,周学农研究佛学,后来被选为北大十佳教师,姜景奎研究印度文化,得过一个什么国际大奖。我们几个刚刚买了486电脑后,都沉迷于"扫雷游戏",我开始时不得要领,全凭眼疾手快,扫99个雷用了58秒,以为天下无敌。一问他们,只用了30多秒,原来有一个"双击"的窍门。我于是苦练新招,终于开创了24秒的记录。这可能是末代筒子楼里最后的一种娱乐了,至于打扑克打麻将、下象棋下围棋,都已经凑不齐人手或找不到对手了。

以前我们的老师一辈住筒子楼时,我们经常去老师家坐坐,老师也经常来学生宿舍坐坐。到了末代筒子楼,我们去老师家已经很不方便了,而学生来我们家也不方便,幸好我们偶尔还去学生宿舍坐坐,跟学生保持着比较密切的来往。胡续冬、余杰、许知远、张智乾等人的宿舍,我都拜访过。那时学生的"家当"也膨胀起来,宿舍里堆得满坑满谷,到处都给人一种"燕园米贵,居大不易"的感觉。而越住越远的老师们,也开始散布"校园环境衰败论"。例如谢冕先生和钱理群先生，多次批评北大越来越丧失了精神家园的氛围。而高远东师兄干脆直言"北大的风水被破坏了"，说图书馆新楼就像一只庞大的趴在那里乞食的狗，恰好前边的四个大花盆，就像四个狗食盆子。我则在《鲜活的恐惧》一文的开头写道："北大图书馆东门外，曾有一大片鲜活的草坪。那里养育过数不清的诗歌，理想，信念和爱情。而今，那里是'晴天一身土，雨天满地泥'的野蛮建筑工地。"工地虽然野蛮，但有了工地，就将会有新的大厦拔地而起。可是我们似乎都不喜欢那新的大厦。鲁迅《影的告别》中说："然而黑暗又会吞并我，然而光明又会使我消失。"如果不接受吞并，也不甘于消失，那可能就只有退出了。

于是到了1997年，我就告别了24楼，分到了育新花园一套最小的户型，跟陈平原、吴晓东、龙清涛、姜景奎做了几年邻居。后来我又住上了更大的户型，但心底总觉得没有过足筒子楼的瘾，似乎少了点什么。我与人路过24楼，总要留恋地说："我在这楼里住过。"我曾经把告别筒子楼，简单地看做一种"时代进步"。我在《老钱的灯》一文中写道："老钱在世上混了50个年头了，还没有混到一块法定的私人居住空间。'惨象，已使我目不忍睹。'"这句话感动过很多当教师的，不少语文老师在课堂上朗诵此文。但我现在想提出另外一个视角，告别了筒子楼，我们就告别了一种生活方式。筒子楼跟大杂院相比，人气和人情都已经削弱了许多。而今天我们所居住的这种连鸡犬之声都不相闻的"塔楼""板楼"，人气已经是"奄奄一息"，人情则比《孔乙己》里还要凉薄。毛泽东在论述"人"与"地"的关系时指出："存人失地，人地皆存；存地失人，人地皆失。"（《毛泽东年谱》下卷176页，人民出版社、中央文献出版社，1993年12月）毛泽东谈的是军事，我看谈住房，也有道理。

筒子楼及早成为末代乃至彻底成为回忆，可能是大势所趋。希望人与人之间的温情，永远不要进入末代吧。

附：北京大学校园简图

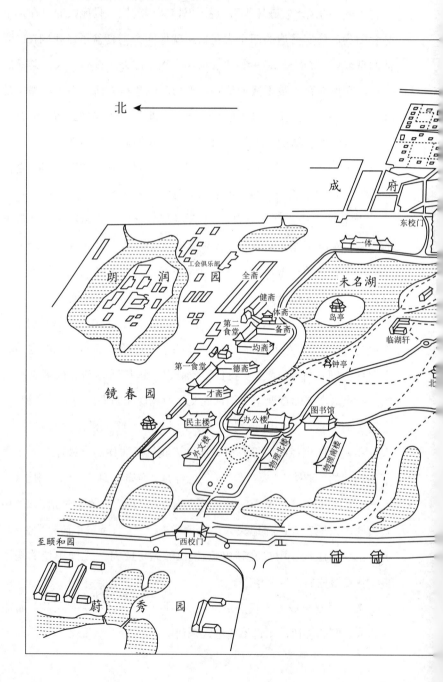

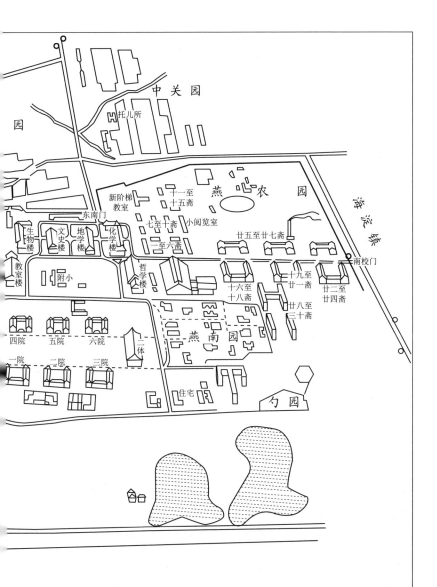

北京大学校园简图　一九五五年九月

（引自新生工作委员会编《北京大学迎新手册》）

《筒子楼的故事》再版后记

陈平原

从编《北大旧事》(三联书店,1998)、写《老北大的故事》(江苏文艺出版社,1998)起,我就有意识地关注自己就职的这所大学。但有一点,拒绝成为专门评功摆好的"校史专家",希望保持特立独行姿态,在现代中国教育史、学术史、思想史、文化史乃至政治史的夹缝中,反省这所大学一百多年波澜壮阔的历程。可具体操作时,碰到一个难以克服的巨大障碍,那就是,无法查阅新中国成立后的人事档案,尤其有关"反右""文革"等政治运动部分。只从教授名单、学生成绩、课程设置、科研成果来谈大学,那没有多大意思。短期内,这个状态不会改变。这就使得我萌生从民间立场打捞"历史记忆"的愿望——能深入阐释最好,实在不行,起码也是"立此存照"。之所以旁枝逸出,在从事学术研究之余,组织编写《筒子楼的故事》(北京大学出版社,2010)和《鲤鱼洲纪事》(北京大学出版社,2012),背后的情怀在此。

《筒子楼的故事》出版后,中文系曾邀若干作者举行座谈会,见诸媒体的有《北大老教授回忆筒子楼岁月》(田志凌,2010年6月20日

《南方都市报》),以及《不夸耀,不隐瞒,不懊悔,只是如实道来——北大学者"博雅清谈"筒子楼岁月》(陈菁霞,2010年6月23日《中华读书报》)。此书校内校外、领导群众均叫好,因没有任何"副作用"。有心人则从字里行间,读出若干微言大义,若《北大筒子楼:五十年的共同记忆、一代学人的命运变迁》(李昶伟,2010年8月1日《南方都市报》)便是成功的一例。

当初为便于记者了解此书的产生过程及前因后果,我专门撰写了以下"背景"文字——

> 对于1950—1990年代生活在中国大陆的读书人来说,"筒子楼"是一种典型的居住环境及生活方式。不仅北大是这样,那个年代过来的大学教师(以及公务员),绝大多数都有类似的生活经历。只不过中国人更习惯于"向前看",相信未来必定更美好,不屑于谈论那些"陈芝麻烂谷子"。我之所以格外珍惜这一历史记忆,不全是"怀旧",也不是为了"励志",而是相信个人的日常生活,受制于大时代的风云变幻;而居住方式本身,又在某种意义上影响了一代人的知识、情感与趣味。那种艰难环境下的苦中作乐、自强不息,还有邻里间的温馨与友情,后人很难体会与想象。

> 今天大学里的同事,不管你住"豪宅"还是"蜗居",相互间很少生活上的联系,更不要说学术及精神上无时不在的交流。我和钱理群、黄子平商谈"20世纪中国文学",主要是在老钱那间"筒子楼"的宿舍中完成的。那时住得很近,就在隔壁楼,端起饭碗就过去,一聊就聊大半天。像今天住得这么分散,见面聊天,要事先打电话约定,再也不可能那样无拘无束了。当然,不全是住宿的问题,还有整个时代的精神氛围。如果说上一代学人因"政治运动"等,相互间走

得太近，缺乏个人隐私与独立的生活空间，闹了不少矛盾；那么，今天的问题是倒过来，离得太远，同事间相互不了解，连在一起聊天说闲话的机会都很少。我在北大中文系定期组织"博雅清谈"，就是想改变这一现状。

所有的回忆，都是有选择性的。即便你很真诚，说的都是真话，还是有所隐瞒；因为，还有同样真实、甚至更为重要的话题，被你有意无意中遗忘了。或者，因现实环境的限制，无法准确地表达出来的。最明显的是，这本书对于筒子楼温馨的一面谈得比较多，残酷的一面谈得少；当初的怨恨与诅咒，随着时间流逝，渐渐隐去。我不希望让读者误认为，那是一种理想的校园生活；更不希望变成今日的大学校长拒绝帮助青年教师解决居住问题的借口。至于集中文章不太牵涉那一时期严酷的政治生活，有编辑出版方面的策略考虑。

此书乃"献给北大中文系百年华诞"，作为编者，我当然明白将筒子楼的生命记忆与一时期的政治史和学术史勾连，将有很好的发展前景。但这毕竟不是个人著述，只能取最大公约数；另外，还得考虑现实条件的限制。实际上，即便一个小小的北大中文系，要写"信史"也都很难，明摆着有很多坎你是过不去的。与其临渊羡鱼，还不如退而结网，在力所能及的范围内，借勾勒若干精彩的生活断片，呈现特定环境中的个体记忆与历史想象。几年前北大出版社曾刊行《开花或不开花的年代——北京大学中文系55级纪事》，今年初新华出版社推出了《文学七七级的北大岁月》，再加上这本《筒子楼的故事》，以及即将由北大出版社刊行的"北大中文百年纪念文集"六种（《我们的师长》《我们的学友》《我们的青春》《我们的五院》《我们的园地》《我们的诗文》），所有这些书籍，编写者不同，但都是希望化整为零，兼及文史，以轻松的姿态谈论相当严肃的话题。能走到哪一步，很难说，但毕竟还是在努力。

以上这四段文字，《花开叶落中文系》（北京：三联书店，2013年）收入《筒子楼的故事》的代序《想我筒子楼的兄弟姐妹们》时，曾作为"附记"刊出。这回北大出版社重印《筒子楼的故事》，此等戏台里喝彩，终于有机会得附骥尾了。

2017年4月17日于京西圆明园花园